物語の黒幕に転生して

～進化する魔剣とゲーム知識ですべてをねじ伏せる～

Reincarnated as the Mastermind of the Story

4

結城涼　イラスト　なかむら

この空間だけ、まるで別の国の城のよう。
「レン？」
リシア・クラウゼル
帝都にほど近い都市エレンディルを
統べる子爵家の令嬢。
気高く、天才気質の少女。
頑張り屋で負けず嫌い。

「ど、どうして黙っちゃうんですか!?」
あまりにも可愛らしくて、言葉が見つからなかったから。
言葉に詰まり、けれどそんなレンが
何を考えているのか二人の美姫がすぐに察して、
嬉しそうに笑う。
フィオナ・イグナート
レンの活躍により、
命を落とすはずだった運命が変わった少女。
純粋で芯が強く、献身的な令嬢。

CONTENTS

Reincarnated as the Mastermind of the Story

物語の黒幕に転生して

～進化する魔剣とゲーム知識ですべてをねじ伏せる～

Reincarnated as the Mastermind of the Story

4

結城涼
イラスト なかむら

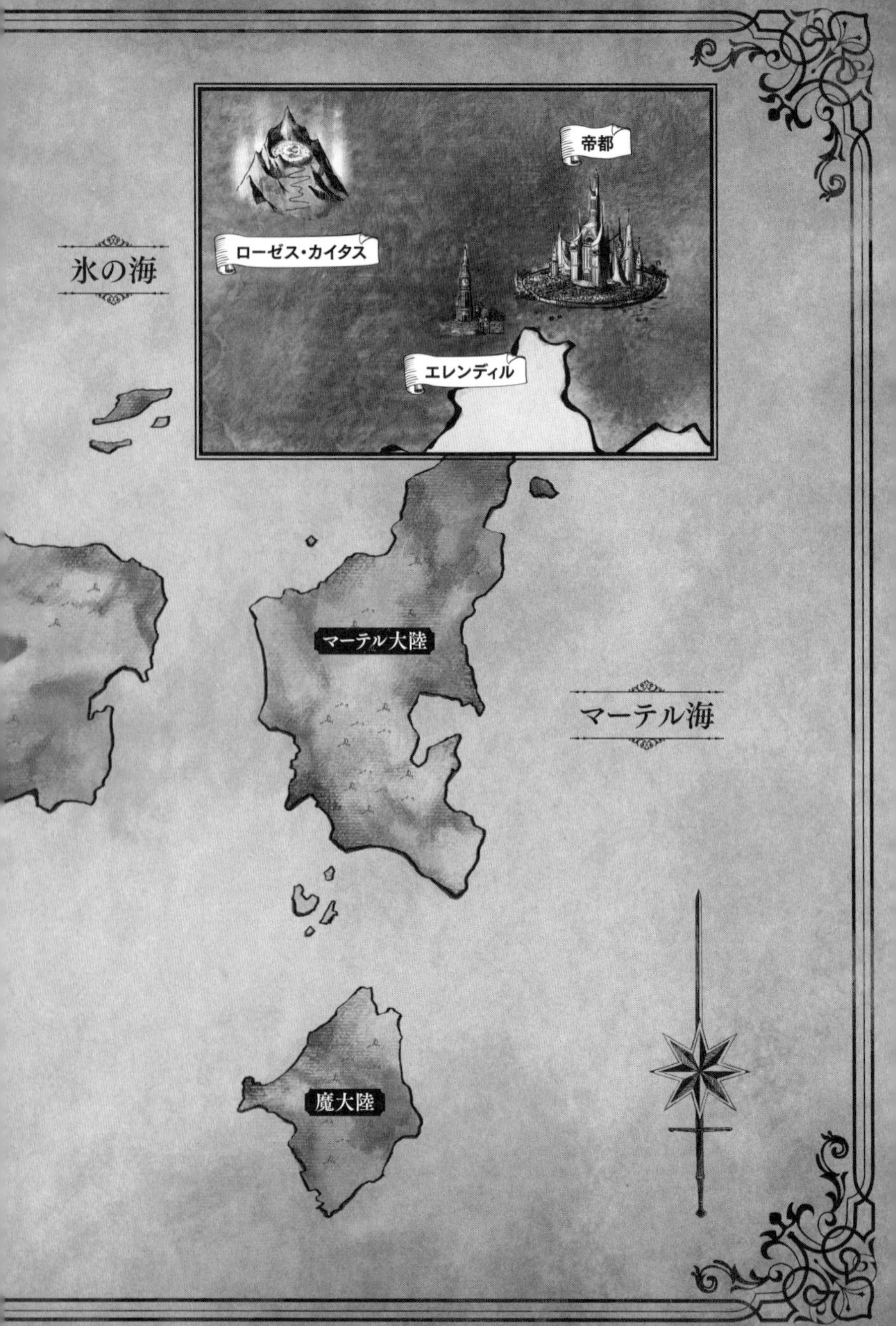
帝都
ローゼス・カイタス
氷の海
エレンディル
マーテル大陸
マーテル海
魔大陸

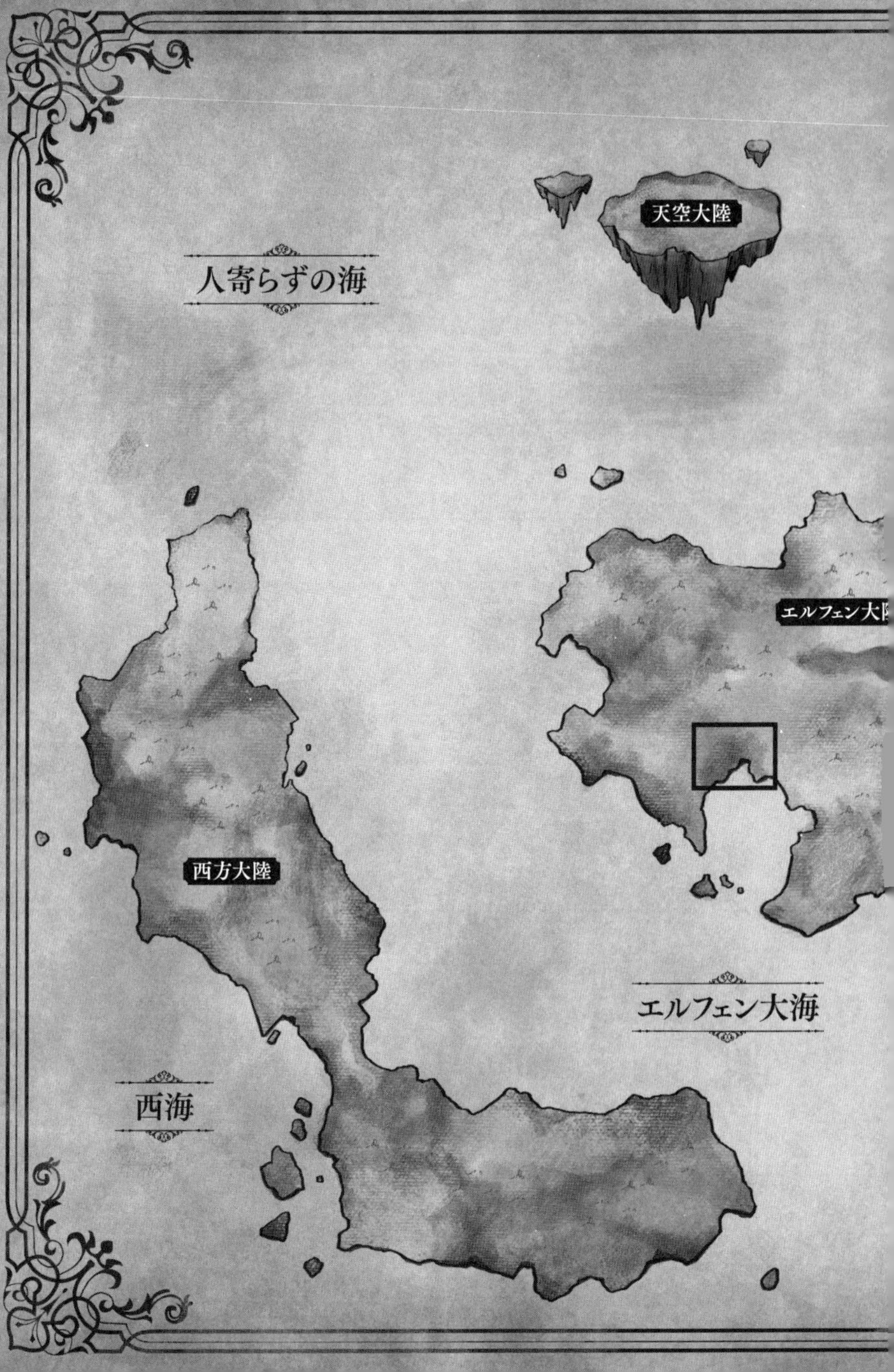
天空大陸
人寄らずの海
エルフェン大陸
西方大陸
エルフェン大海
西海

CHARACTERS

レン・アシュトン

「七英雄の伝説」では物語の黒幕と呼ばれていた。かつて特別な力を持つ魔剣を駆使し、「白の聖女」と「黒の巫女」を救った剣士。名門・帝国士官学院の特待クラスに首席で入学した心優しい少年。

リシア・クラウゼル

気高く天才気質な令嬢で、「白の聖女」の名でも知られている。レンとは幼馴染。彼と帝国士官学院の特待クラスに入学し、ともに通学する日々に胸をときめかせている。

フィオナ・イグナート

絶対的な氷を操る、芯が強く献身的な令嬢。生まれ持った「黒の巫女」の強大な力は過去、彼女の命を奪いかけた。帝国士官学院に入学したレンと過ごせる時間が増えたことに喜ぶ。三年次特待クラスに所属。

クロノア・ハイランド

帝国士官学院の学院長。世界最高の魔法使いの一人で、レンに人懐っこく接する姿がよく見られる。絶大な権力を持っているがかなりの苦労人。

ルトレーシェ

剣王序列「第五位」。何らかの目的があってレオメルに滞在しており、大時計台の騒動ではレンが参戦すると聞いて力を貸した。

ラディウス・ヴィン・レオメル

レオメル帝国第三皇子で、次期皇帝筆頭。二年次特待クラスに所属。レンとは友人関係にある。

セーラ・リオハルド

七大英爵家の令嬢で、一年次特待クラスに所属。命を救われた勇者ルインの末裔の少年に心を寄せている。

ユノ

幼い頃からリシアに仕える若い給仕。

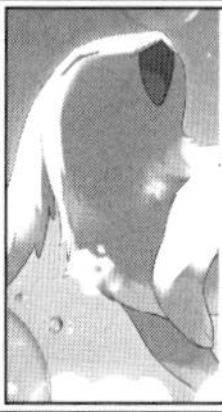

ククル

セラキアの蒼珠から生まれた霊獣《ラタトスク》の特殊個体。

エステル・オスロエス・ドレイク

「獅子聖庁」の長官で、帝国最強の騎士。帝都を離れていたが、しばらくぶりに帰国した。

ミレイ

第三皇子の補佐官兼幼馴染。先祖にケットシーがいて猫のような耳がある。四年次特待クラスに所属。

プロローグ

とある山に設けられた石の階段を抜けた先に、山肌を抉《えぐ》った巨大な平地がある。敷き詰められた石畳の広場を、数十メイルの高さを誇る何体もの神像が囲んでいた。
古き時代、この地は世界中のエルフェン教徒が集う場所だった。
長い石階段を数えきれないほどの教徒が歩き、やがて目前に現れた神像が放つ神秘を前に、皆、涙したという。

その場所の名は、ローゼス・カイタス。

古い言葉で、『神に謁見する地』を意味する。

ローゼス・カイタスは誰かが創《つく》ったわけでもなく、最初からそこに在《あ》った神秘的な場所である。

魔王は自らの側近をローゼス・カイタスに放ち、神に牙を剝《む》いた。神像の多くは見るも無残に全壊、あるいは半壊している。

以来、ローゼス・カイタスは熱心な教徒も足を運ぶことができなくなった。

再び魔王に狙われることを危惧したエルフェン教とレオメルの手により、周辺の地形ごと特別な力で封印された。

それから数百年、ローゼス・カイタスに一組の男女がいた。

理不尽としか言い表せない存在を前に、二人はいつものように言葉を交わす。

「ねぇ、レン」

リシアが口を開き、レンの顔を見上げた。

「こんなことになるなら、帝都のお祭りに参加していたかったって思う？　あっちにいれば、戦うのは武闘大会に参加した同年代ばっかりだったし、今頃私たちが決勝で戦ってたかも」

「いえ、別に後悔はしてません」

「ふふっ、レンならそう言うと思ってた」

「とはいえ、祭りの名前の最後に『裏』ってつけたいところですけどね」

二人が顔を見合わせて笑う。

帝都で行われている巨大な催し事の裏側で、こんなことになっているなんて誰が想像するだろう。

自嘲したレンは、表舞台の裏側で死闘を演じるその前に、

「これも俺たちらしいのかもしれませんね」

「ええ。表舞台を離れて戦うのって、本当に私たちらしいかも」

「……いまさらですが、やっぱり避難してくれませんか？」

「バカ。ほんとにいまさらだし、無理なことはレンもわかってるでしょ」

リシアはレンの言葉に苦笑して、白焉《びゃくえん》を握る手に力を込めた。

彼女の象徴ともいえる名剣を握る手は震えることなく、隣に立つレンを見上げて微笑《ほほえ》む表情からも恐れは見えない。

彼女は周囲に舞う砂嵐の先に理不尽を見ながら、

「それとも、隣に立つ相手が私では不満なのかしら？」

砂嵐に対しレンが鉄の魔剣を一閃《いっせん》。

魔法の一つだった強風がそれによって雲散したところで、リシアはレンの一歩前に出て振り向いた。なおも可憐《かれん》に、そして美しい笑みを浮かべていた彼女がレンに手を伸ばす。

彼女の指先から生じた光の波が、レンの身体《からだ》を包み込んでいく。

「どう？」と彼女が声に出さず瞳で挑発的に告げる。

「こんな状況なのに、リシア様はいつも通りですね」

「死んでしまうとしても、隣にレンがいてくれるなら十分よ。ただ、死ぬのが何十年か早くなるだけだわ」

「――――そうですか」

レンはリシアの手を取った。

一際強い閃光が二人を包み込んでいき、互いの身体に力が漲《みなぎ》る。

「怪我《けが》をしても怒らないでくださいよ」

「くどいわよ。聖女の手を取ったのだからレンも覚悟なさい」

数多《あまた》の神像は風化して、はたまた魔王の側近の手により多くが砕けている。

そこでの緊張感は留《とど》まることを知らず、されどリシアはレンの傍《そば》で微笑んでいた。

「昔より強くなった私の神聖魔法、楽しみにしてて。もしかしたら、レンの魔剣も切れ味がちょっとよくなってるかも」

このような状況下にありながら、くすりと微笑む白の聖女。

数多の神像に囲まれたこの地で。

物語の裏で繰り広げられる戦いがあった。

一章

一年次の春に

近年の帝国士官学院は、以前に増して国内外から注目されていた。

一昨年入学した学年はバルドル山脈での事件もさることながら、あのユリシス・イグナートの娘が関わっていたこともあり注目を集めた。

また、去年は英爵家《えいしゃくけ》の子が二人も入学し、今年もさらに二人が入学した。

その中に勇者ルインの血を引くヴェインがいることは、まだレン以外の誰も知らない。


新入生たちが少しずつ学院に慣れ、いくつかの授業が本格的にはじまった四月中旬。

帝国士官学院にはいま、男女問わず生徒たちが一番注目している二人がいた。彼女たちは校門の外で偶然顔を合わせた。

夏に十四歳になるリシアと、もうすぐ十六歳になるフィオナという双璧を成す美姫《びき》である。

リシアの可憐さはより磨かれただけでなく身長も伸び、身体つきにも変化が訪れていた。フィオナもそうだ。入学時から注目の的だった彼女の美しさは一段と増しており、忘れてはならない愛らしさも異性の目を奪う。

彼女たちは可憐さと美しさを絶妙なバランスで併せ持った、どこか神秘的な少女たちだった。

「リシア様」

校舎に足を踏み入れたところで、フィオナがリシアに問いかける。

レンの姿がなかったことが不思議で、何かあったのかと思ったのだ。

「レン君はお休みなんですか？」

「行ければ午後から行くって言ってました。理由はわからないんですが、朝、お父様と話してから決めたみたいです。――理由はわかりませんが」

「……二度も同じことを仰《おっしゃ》るということは、リシア様は納得していないのですね」

苦笑いすら絵になるフィオナの隣で、僅かに唇を尖《とが》らせたリシアもまた絵になった。

彼女たちは授業がはじまる前に少し話でもと思い、職員室に寄ってから、屋上へ向かうことに決めて歩を進めていた。

「一緒に登校しようと思っていたら、いきなりレンだけお父様に呼ばれて……それでレンがお父様の執務室から出てきたと思ったら、午前中は休みますって言ってきたんです！」

この学院では休む際にいちいち連絡する必要はないが、新学期がはじまってすぐなことに加え、レンはリシアと共に新入生の総代を務めたため、この時期くらいは連絡をしてみようと思って。

話を聞くフィオナが怪訝《けげん》そうに考え唇に手を当てていた。

「リシア様にも理由を言わないで……しかもクラウゼル子爵と話した後ということは、何かあった気がします」

「ですよね……昨夏の大時計台のこともありますし」

「でも、クラウゼル子爵もお教えくださらなかったんですよね？」

「ええ。お父様は私に『気にするな』としか言ってくれなかったんです」

　二人はふと、中庭にいた女子生徒たちの声を聞いた。

『聞いた？　あの一年生の子たちギルドでも頑張ってるんだって。もうこないだDランクになったみたい』

『すごーい！　一年生なのにもうそんなに強いんだ！』

『リオハルド家のご令嬢だもの。隣にいる男の子だって、ご令嬢に並ぶかそれより強いかもって話でしょ。だから入学してすぐなのに活躍してるんじゃない？』

　リオハルドという名前から察するに、いまこの学院にいる七大英爵家《ななだいえいしゃくけ》の子たちが話題に上っているようだ。

　七大英爵家といえば、魔王討伐を成した七英雄《しちえいゆう》を先祖に持つ一族。英雄派筆頭としても知られるレオメルの大貴族のため注目されていた。

　女子生徒たちの話題はすぐにリシアとレンに移った。

『一年生ならクラウゼルの聖女様もだし、新入生総代を務めた男の子もすごそうって噂《うわさ》だけど』

『聖女様はすごいって話を何度も聞いたけど、男の子の方はどうなんだろ』

『私の弟が特待クラスに入ったから聞いたんだけど、受験中は、魔物が出てもほとんど聖女様が倒してたって。男の子の方はあまり剣を使わなかったみたい。使っても魔物が弱くて強さがわからなかったって』

その会話を小耳に挟んだところで、フィオナがリシアに話しかける。

「最終試験のときって、レン君はあまり戦わなかったんですか？」

「ええ。レンは他の受験生たちが怪我をしないように周りを見ていましたから」

レンがバルドル山脈で活躍したことは言うまでもなく、試験では主に補助を担当した。試験官たちはそんなレンの振る舞いをちゃんと見ていたため、成績に反映されている。

『来年は他の英爵家の方たちも入学するって』

いうなれば、セーラたちは表舞台で称賛を集めるような存在だ。

逆にレンやラディウスの働きは、陰の英雄的なものだろうか。

クラウゼルの民やレンが生まれた村の者たちはレンの活躍を知っているが、レンと七英雄の末裔《まつえい》たちのどちらが人目を引く活躍をできるかというと、明らかに七英雄の末裔やヴェインたちだ。

しかし、リシアとフィオナがそれを気にする様子はない。

彼女たちはレンに命を救われた者同士、彼の強さを誰よりも知っていると自負している。


職員室の前に到着すると、リシアが一人で入室する。

担任にレンが学院に来ていないことと、時間があれば午後から登校する旨を伝えた。

「ああ、事情はわかった」

この学院は貴族や他国の王族もいるため、理由を明かさず休む生徒も多い。

担任もそれに慣れているから深く尋ねることはせず、軽く頷《うなず》くだけに留めた。

リシアが職員室を出る直前、耳に届いた教職員たちの会話。

『第三皇子殿下が早ければ午後からの登校で、無理なら学院を休まれるとのことだ』

『恐らく公務でしょうね』

リシアは「第三皇子殿下も？」と呟《つぶや》いて職員室を出る。

廊下で待っていたフィオナの前で考え込む様子を見せながら、「行きましょう」と口にして屋上へ向かって歩きはじめた。

すると、フィオナが、

「どうかしたんですか？」

リシアの様子が先ほどと違う理由を尋ねた。

「職員室で小耳に挟んだのですが、第三皇子殿下もお休みらしいです」

「……レン君と同じ日に、ですか」

それを聞いたフィオナもリシアと同じように考える。

二人は考えるというよりほぼ確信した様子で「もしかして……」と声を重ねた。

「リシア様」

「フィオナ様」

再び声が重なったのは、二人が屋上の扉を開け放つと同時だった。

「レン君と第三皇子殿下が同じ日に休むのが、ただの偶然とは思えません！」

「しかもお父様に仕事を任されてたとか――絶対に隠れて何かしてるに違いありません!」

屋上に他の生徒はいなかったから、二人とも大きめの声で意見を述べる。

当然というか、わかり切っていたが二人は同じ意見だ。それこそ、大時計台の件を思い返せばここでレンとラディウスが同時に休んだことは無関係とは思えない。

彼女たちは互いを見て頷き合うと、

……また、私たちに内緒で何かしてるようですね。

完全に同じ言葉を、再びほぼ同時に発する。

リシアとフィオナが何事もなく学院に来ることができたあたり、それほど大きな騒動があったというわけではないだろう。

◇◇◇◇

同じ頃、帝都やエレンディルを離れた山の奥で。

絶壁と尖った岩々が目立つ場所に、一人の少年が二人の騎士を連れて立っていた。

彼らが相対する魔物との戦いは、終わりまであと少し。

……そろそろ決めないと！

レンが心の内で強く思った。

リシアより一足先に十四歳になった彼は、母のミレイユの優しい顔立ちと、父のロイの精悍《せいかん》な顔立ちを受け継いだ中性的な容貌が、女子生徒の注目を集めることもある少年だ。

「レン殿！」

「奴《やつ》は上へ飛んでいこうとしています！」

漆黒の甲冑《かっちゅう》に身を包んだ騎士たちの声を聞き、レンが岩肌を駆け上がる。

尖った岩肌は、足を踏み外して転がり落ちれば人の身体を容易に貫くだろう。

しかしレンは怖気《おじけ》づくことなく足を動かし、急な斜面を撫《な》でるように上へ飛んでいく魔物の後を追った。

「レン殿!?　まさか――――ッ」

彼が追う魔物は、巨大な二対の翼をはためかせる怪鳥だった。

羽や羽毛がすべて濃い緑色に染まった魔物である。

時は遡る。

今朝、レンがリシアと別れる前のことだ。

朝から第三皇子ラディウスの使者がクラウゼル邸にやってくると手紙を残していった。

『人里離れたところに力ある魔物が飛来した。まだ情報は公になっていないが、昨晩、怪我を負わされた冒険者がいる。だが、軍や冒険者に討伐を依頼する前に私の下で様子を見たい。大時計台の騒動から間もないとあって、なるべく手早くな』

魔王教が関係している可能性があるから、レンの力を貸してほしいということだった。

現状、特筆するほど危険性は高くないが打てる手は早めに打ちたいとのことで、レザードは朝食を終えたレンに声を掛け、学院へ行く前に執務室へ呼び出した。

『――――とのことなのだが』

『わかりました。俺も念のために行って確認します』

手紙には帝都で落ち合おうという言葉も添えてあったから、レンはいつものようにリシアと登校して、学院の外で彼女と別れた。

『……お父様から頼まれた仕事？』

『屋敷を出る前に話してたんです。うまくいったら午後から登校してきますので』

リシアは不思議そうにしていたが、最後にはレンに頷き返した。

一人で帝都を歩いていたレンに、獅子聖庁《ししせいちょう》の騎士が声を掛ける。

騎士に案内されて向かった路地裏に秘《ひそ》かに止められていた馬車の中に、ラディウスが待っていた。

『来てくれて助かる』

『大丈夫。それで詳細は？』

『資料を渡す。確認してくれ』

レンが受け取った資料には『シンリンクライ』という名の魔物の情報があった。

ギルドの指標においては、Cランク下位相当。

普段はこの辺りに生息していない強力な魔物である。

『非常に食欲旺盛だ。名前の通り、森林を食らいつくさんとするほどにな』

『うん。聞いたことある』

『通常、これほど帝都近くに現れることのない魔物だ。討伐できたら、私の解析《スキル》で不審点がないか確認したい。無論、レン一人に頼もうとは思っていない。獅子聖庁の騎士を付けよう。他にも各所に別動隊を投入する』

一般的には、Dランクの魔物に対して大人の騎士が五人以上は必要とされている。

同じDランクの中でも魔物の強さが違うため断定はできないが、最低でもそのくらいの人数が必要なことはレンもシーフウルフェンの際に聞いたことがあった。

ではCランクになるとどうなるかというと、その数倍は必ず用意したいところ。

もちろん、力ある騎士や冒険者なら話は別だし、

『それなりに高ランクの魔物だが、戦えるか？』

レンや獅子聖庁の騎士たちの場合はまた話が変わる。

一握りのエリート騎士と、彼らを凌駕《りょうが》する剛剣使いが揃えば恐れは不要。

『大丈夫。問題ないよ』

剛剣使いとして剣豪級になり、あの夏を経て一段と強くなったレンの声音には、一切の迷いが窺《うかが》えなかった。

そして、いま。

レンは鉄の魔剣を宙に向けて振り、空を割く剣圧を放つ。

シンリンクライは空中でふらっと体勢を崩したところで、山肌を勢いよく蹴って接近してくるレンを見た。

『グラァァアアッ！』

耳を刺すような鳴き声を発し、無理やり翼をはためかせたシンリンクライ。

翼の表面を覆った紫電が音を立てながら、レンに向けて放たれる。

レンはそれを脅威に感じることすらなかった。鉄の魔剣を一振りして、戦技《アーツ》、星殺《ほしそ》ぎを用いてすべてをかき消す。

「ごめん。人に手を出した魔物のことは見逃せないんだ」

シンリンクライはレンの宣告に対して力を振り絞る。

迫るレンに再びの魔法を放つも効果がなかったため、翼や嘴《くちばし》など、全身を武器とした攻撃でレンに立ち向かう。

『グルゥウウッ！』

当然それも、ギルドの評価に違《たが》わぬ力を誇った。

翼の先にある手がレンの真横を通り過ぎると、その風圧によりレンの腕に切り傷が生じる。

だが、再びの攻撃はレンに見切られ、逆に鉄の魔剣により翼の大部分が切り裂かれた。

最後の力を振り絞ったシンリンクライの攻撃は、成長したレンにとっても強烈だった。

あのシーフウルフェンも、鋼食いのガーゴイルも持ち得なかった膂力《りょりょく》のすべてが、レンに新たな感覚をもたらしていた。

巨大な翼が動くたびに風圧が舞い、その先にある爪がレンを狙う。

シンリンクライはレンがいては逃げ切れぬと悟り、でき得る限りの攻撃を駆使してレンを弾《はじ》き飛《と》ばし、山肌へ衝突させてそこへ身体を抉り込ませる。

それでも、シンリンクライはこの隙に逃げなかった。

どうしてか、砂煙の奥にいるレンが逃がしてくれないと思ったのだろう。

『グルルルァァアアアアアアア――――ッ！』

だからこそレンにとどめを刺すべく、切り裂かれた翼のせいでバランスが取れずとも突進した。

紫電を全身に纏《まと》い、鋭利な嘴の先をレンが衝突した岩肌へ向けて。


しかし、叶《かな》わなかった。

剣閃が騎士たちの遥《はる》か頭上で光ったと思えば、シンリンクライが宙で止まる。

重力に従い落下する直前、シンリンクライの胸から首、嘴から頭までが縦一文字に切り裂かれた。

落下地点にいた騎士たちは砂煙の奥にレンを見た。

彼は抉れた岩肌に鉄の魔剣を支えに立ち、笑っていた。

戦いが終わってから、魔導列車に乗るレンとラディウスが学院へ向かう途中に、

「――――何度も言ったが、無茶をしすぎだ」

貴族も使う個室の席でラディウスが言った。

「え？　何が？」

レンがいつもの調子で尋ねると、ラディウスがぴくりと眉を揺らした。

「だから、何のために私が騎士を付けたと思う！　Cランクでもレンなら倒せるだろう！　だが怪我をしないようにと騎士を二人同行させたのだぞ！」

「ごめんって。逃げられないように必死だったから、つい」

「はぁ……もういい。大事に至らなかったからよしとしよう」

レンについていた二人の騎士は、シンリンクライが飛翔《ひしょう》する前までかなりの仕事をしてくれた。

シンリンクライが敗北確実と悟ったことで飛翔して距離を取られたのだが、万が一にも逃げ切られることを嫌ったレンが力技を披露した。

……炎の魔剣は消耗が激しいし。

ここで、二人がいる個室の扉がノックされる。

扉に設けられたガラス窓の外側に、騎士の姿が見えた。

「少し席を外す」

「ん、りょーかい」

外にいた騎士がラディウスを呼んだため、レンは客室で一人になった。

そこで彼は、今日の戦果でもある得られた熟練度を見た。

最近まで受験生だったことが関係して、熟練度を得る速度が鈍化していたことを再確認する。

一昨年頃から受験生として勉学に励む時間を増やしたことと、クラウゼルにいた頃のように町を出て狩りをする機会が減ったことも関係して。

代わりに、獅子聖庁で剣を磨くようになってから、戦技も取得できて剣の腕は以前とは比較にならない成長を遂げている。

また、アスヴァルを倒したあたりから特に顕著な話だが、リトルボアなどのような弱い魔物を討伐していた頃と違い、魔剣召喚術と魔剣本体が得る熟練度に差が生じることが多くなった。

「まぁ……こんなもんか」

レンがため息交じりに言うとラディウスが戻った。

「ため息なんてついて、何かあったのか？」

「いや何も。それでそっちは？」

「ああ、出発前に騎士たちがギルドとやり取りをしていたのだが、その情報をまとめ終えたので私に報告に来ていたのだ」

[NAME]
レン・アシュトン

[ジョブ]
アシュトン家・長男

[スキル]

■魔剣召喚　Lv.1　0／0

■魔剣召喚術　Lv.5　3129／5000

召喚した魔剣を使用することで熟練度を得る。
レベル1：魔剣を【一本】召喚することができる。
レベル2：腕輪を召喚中に【身体能力UP(小)】の効果を得る。
レベル3：魔剣を【二本】召喚することができる。
レベル4：腕輪を召喚中に【身体能力UP(中)】の効果を得る。
レベル5：魔剣の進化を開放する。
レベル6：腕輪を召喚中に【身体能力UP(大)】の効果を得る。
レベル7：＊＊＊＊＊＊＊＊＊＊＊＊＊＊＊＊＊＊＊＊＊＊＊。

[習得済み魔剣]

■大樹の魔剣　Lv.3　1328／2000

自然魔法(中)程度の攻撃を可能とする。
レベルの上昇に伴って攻撃効果範囲が拡大する。

■鉄の魔剣　Lv.3　4253／4500

レベルの上昇に応じて切れ味が増す。

■盗賊の魔剣　Lv.1　0／3

攻撃対象から一定確率でアイテムをランダムに強奪する。

■盾の魔剣　Lv.2　0／5

魔力の障壁を張る。レベルの上昇に応じて効力を高め、
効果範囲を広げることができる。

■炎の魔剣　Lv.1　1／1

その業火は龍の怒りにして、力の権化である。

「ギルドと連絡って、何を？」

ラディウスがレンの対面に戻り腰を下ろした。

彼の手には数枚の紙があり、足を組んだ彼はその一枚目に書かれた内容に触れる。

「昨日の怪我人が冒険者だったとあって、我々もギルドに報告しないわけにはいかなかった。面倒だが、どう処理したのかなども含めて話しておいた」

「へぇー、ラディウスの権限で内緒にするもんだと思ってた」

「できなくもないが、怪我人が冒険者だったと言っただろう。ギルド側でも告知はしていないが、もうすでに手配書を張り出す直前だったそうだ」

だが、張り出される前にレンが討伐したというのが焦点となる。

「なのでいくつかの書類に署名してもらうぞ。あとはこっちで勝手に処理しておく」

「署名って？」

「手配書を張り出す直前ということは、ギルド内部で報酬金その他の承認が下りているということだ。私からの礼とは別で、レンは諸々《もろもろ》の報酬を受け取る権利がある」

「ああ、なるほど。だけどさ――」

「騎士たちは公務中だから受け取る権利がない。代わりに私が十分な手当てを出すから、レンは気にするな」

「すごいね。考えてたこと、全部言われちゃった」

「レンのことだ。おおよそのことは予想できる」

書類はいくつかあって、依頼達成の報酬と、シンリンクライの素材を売却したことによる費用諸々の概算と、それらの支払いにおける許諾について書かれている。シンリンクライの魔石はレンが力を吸ってから砕いたため計算外。

シンリンクライの素材は、城がまとめて買い取る。ラディウスがこの後亡骸を調べ、魔王教徒との関わりがないかどうか確かめるために。

ギルドの査定を基準にしているそうだが、それにしても全体をまとめた金額はあまりにも高額だ。

「こんなに貰《もら》えるんだ」

「学費にでも使うとい――ああいや、レンはもう学費を用意してあるんだったな。故郷のために使うのもいいと思うが」

「それもそうなんだけど、最近は自分のために使うようにって父さんと母さんが言ってて。あんまり仕送りを受け取ってくれないというか」

「では貯金しておけ。いつか使い道ができるだろうさ」

レンはそうすることにして署名した。

しかし売却に関連した諸々の書類以外にも、レンの署名が必要なものがある。

何のための書類だろうと思ってレンが見れば、ギルドランクについて。

「俺のギルドランクが上がるっぽい」

「だろうな。レンは入学前にもギルドでいくつも仕事を請け負っていただろう？　確か、ユリシスに頼まれたものもあったか」

「うん。ユリシス様の知り合いの商人を護衛する仕事とかね」

なのでこれは、レンのギルドランクがこれになりましたという報告書。

『以下の者をBランクと認める』

入試で疲れたレンは先の冬にも時折、気分転換がてらギルドで仕事を請け負うことが度々あったため、Cランクになっていた。

それがまたもう一つ、今回の討伐で昇級したことになる。

(午後の授業、途中からなら参加できそう)

レンが着たシャツの袖から覗《のぞ》く手首に包帯が見える。今日の戦いで負った切り傷をポーションで軽く治療して、念のために包帯を巻いた痕だった。

しかし彼は特に気にしていない。

車窓に広がる帝都の景色を見ながら、午後の授業は何だったっけ……と考えていた。

◇◇◇◇

今日の午後は薬草学で、専用の教室で授業が行われていた。

『薬草学において蒸留窯と錬金窯はとても重要なものじゃ。この二つがポーション精製に必須なことは皆も知っておろう』

帝国士官学院、校舎の一角にある薬草学の教室にて。

レンが教室の入り口の前に立てば、中から担当の教授が話をする声が聞こえてきた。

一度呼吸を整えたレンは、静かに扉を開けて入室する。

数多の試験管が並ぶ棚や、鉢に植えられたままの薬草がいくつも見られるその場所で、年老いた紳士的な教授が最初にレンを見た。

次に特待クラスの生徒約三十名がつづいた。

「すみません。遅れました」

「話は聞いておるぞ。さぁさ、席に着きなさい」

レンは教室を歩き、リシアの隣の席へ向かった。

リシアはレンが座ると彼にもの言いたげな顔を向け、周りに見られないよう密かに彼の腕に手を伸ばして袖を捲《まく》った。

包帯が巻かれていることに気が付くと、それはもう可愛《かわい》らしい笑みを浮かべて言う。

不思議と圧があった。

「後で教えてもらうからね？」

「……はい」

いまは授業中だから後でゆっくり聞くという、リシアの強い意志がひしひしと伝わってくる。

「蒸留窯と錬金窯がポーション精製に必須な理由じゃが――」

教授はこの授業に参加した生徒の中から、入学式で総代を務めたレンを選んだ。

「アシュトン、来て早々のところ申し訳ないのじゃが、君に聞きたい。ポーション精製に蒸留窯を用いる理由はわかるかね？」

指名されたレンは席を立ち、迷うことなく言う。

「薬草が持つ水分と、薬草の成分を分離するためです」

「結構。諸君、彼が答えてくれたのはポーション精製の基本じゃ。諸君らは受験勉強で学んだことじゃろう。じゃが、この授業ではさらに発展的な知識を皆に学んでもらいたい」

好々爺《こうこうや》然と笑った教授がまたレンを見た。

「ところでアシュトン、分離した成分の効能を高めるにはどうすればよいかの？」

「薬草から抽出される成分によって様々です」

「では、どういった方法があるかは知っているかね？」

「いくつか存じております。たとえば――――」

おおよそ一年次で習う以上の知識が彼の口から語られていくにつれて、問いかけた教授も白いひげをさすりながら頬を緩めた。

「よろしい。アシュトンは十分に学んでいるようじゃの」

鐘の音が鳴り響く。

授業が終わる合図を聞き、教授が「さて」と。

「今日はこのくらいにしておこうかの。皆、復習を忘れず次回に備えるようにするのじゃぞ」

彼はそう言い残して教室を後にした。

一人、また一人と席を立つ他の生徒たちに倣い、リシアとレンも席を立つ。

「レン、行きましょ」

ラディウスは今日のことをリシアたちに話してもいいと言っていたので、レンも隠すつもりはなかった。

席を立ってすぐにリシアが「ねねっ」と笑う。

「さっきのも勉強の成果？」

「村に薬師《くすし》のリグ婆《ばあ》がいましたしね。リグ婆からいろいろと聞いたことがあったんです」

「ふふっ、そうだったのね」

苦笑して誤魔化したレンはリシアと教室を後にした。


人目を忍んで空き教室へ行けば、リシアがレンに袖を捲るよう指示した。

「治してあげるから、じっとしてて」

リシアがレンの腕に手をかざし、神聖魔法で傷を癒やしていく。

包帯に隠されていた切り傷が光に包まれ、レンが感じていた僅かな熱や痛みがあっという間に消え去った。

「リシア様の神聖魔法、前よりかなり強くなってませんか？」

「あっ、そうかも」

昨年の夏以降、特に顕著なのだとリシアは言う。

急激と表現できるほどの速度で、彼女はどこまで成長するのだろうか。

「傷はどう？　もう痛くない？」

「大丈夫です。逆に朝より調子がいいかも」

「変なこと言わないの。私が治すからって、無茶していいわけじゃないんだからね」

笑い合った二人。

すると、レンが何をしたのかと話す前に、二人は開いていた窓の外から聞こえてきた生徒たちの声に耳を傾ける。


――帰りはどうする？

――買い物していかない？

――賛成！　行こ行こ！


同年代の生徒たちが、放課後の過ごし方を話していた。

レンたちは窓の近くに立って、風で揺れるカーテンに挟まれながら外を見ていた。

そうしていたら、何の気なしにリシアが言う。

「ねぇねぇ。私とレンが一緒にこの学院に通ってるのって、少し面白いと思わない？」

その言葉の真意に、レンはすぐに気が付いた。

「ギヴェン子爵の誘いを断ってた俺が、いまではリシア様と一緒に通学してるわけですしね」

「でしょ？　ほんとにいろんなことがあったなーって思っちゃった」

そうした過去の上にいまがあると思えば、レンとしても感慨深い。

リシアは楽しそうに笑うと、レンの横顔を見上げながら、

「けど私たち、小さい頃からほとんど一緒にいるんだもの。いろんなことがあって当たり前よね」

今日までの日々を回想してみるといろいろなことがあったけれど、あっという間にも感じる。

当然それはレンとリシアの二人に限った話ではなく、フィオナだってそう。

この日のうちにレンから話を聞いた二人は、だいたい予想していた通りの内容だったので大した驚きはなかった。

けれど、やはり惚《ほ》れた側の宿命なのかもしれない。

レンの口から聞くまで気になってたまらなかったのは、どうしようもないことだった。

◇　◇　◇

獅子聖庁にはじめて足を運んだ日のことを、レンはいまでも鮮明に思い返せる。

あの日、レンはエドガーと帝都で合流し、彼の案内で獅子聖庁に足を踏み入れた。

『七英雄の伝説』では足を踏み入れることができなかった空間に足を踏み入れたことへの驚きや興味は、剛剣の凄《すさ》まじさの前にあっさりと忘れてしまったことも記憶に残っていた。あれからいつ来ても威風堂々とした建物に圧倒される。

早朝、レンとリシアは学院に行く前に獅子聖庁で剣を振っていた。

疲れ切ったレンが大の字に倒れていると、リシアがやってきた。彼女は近くでしゃがむと、水で冷やしたタオルをレンに手渡す。

触れるとひやりとして気持ちがいい。

「授業、ちゃんと受けられそ？」

「任せてください……ばっちりです」

「よかった。じゃあ今日の朝練はもう終わりに――」

「もう少し休んでから、あと一回やって終わりましょう」

「――じゃないでしょ。そのくらいにしておかないと、授業中に寝ちゃうかもよ」

食い気味なリシアの指摘はもっともだった。

「……ですね」

リシアの人差し指がレンの額に届く。

指先から迸《ほとばし》った小さな光の粒が、レンの全身に宿った疲れを取り除いていく。

「わかってると思うけど、もう一度剣を振るためじゃないからね」

仕方なさそうに笑ったリシアとレンの頭上から、朝日が舞い降りる。

ここに来たときはまだ夜明け前だったのに、随分と時間が経《た》っていたらしい。

「お二人共、今日も気合が入っておりましたな」

獅子聖庁の騎士たちが声を掛けた。

「大時計台の騒動を思い出します。レン殿があの夜、『一切の敵をねじ伏せる、そんな獅子になる』と仰ったとき以上の気迫でした」

「大人の我らの方が先に参ってしまいます。お二人共無尽蔵の体力だ」

レンは騎士たちと話をしてから、リシアを連れて地下にある訓練場を離れた。

早く湯を浴びて学院に行く支度をしないと遅刻してしまう。湯を浴びに行く最中、リシアが口を開く。

彼女はその顔に、宝石のように美しい微笑を浮かべていた。

「獅子王の血を受け継ぐお方の前で、獅子になるって言っちゃってたのね」

「……あのときは昂《たかぶ》っていたんだと思います」

だが、当時もレンの言葉を不遜と一蹴する者はいなかったし、いまだって皆無だ。

ひとえにレンの成長速度と、彼の訓練に対する姿勢によるものだろう。

獅子聖庁の騎士たちは一般的に化け物、あるいは一握りのエリートと称されることが多いのだが、
レンとリシアの二人はその騎士たちが自分の才能を疑うほどの才に満ち満ちている。

レンの照れくさそうな言葉に、くすくすと微笑んでいたリシアが言う。

「剣聖への道は遠い？」

「ですね。剣豪になってもうすぐ一年なのに、いままでで一番の壁を感じています」

「やっぱり。どの流派でも、剣豪から剣聖が一番大変だものね」

剣聖は一つ下に剣豪、もう一つ下に剣客、その下にいくつかの等級を並べた一握りの実力者。剣聖の上には世界に五人しか存在しない剣王しかおらず、事実上の最高位の等級とも称される。

「レンがこのまま強くなりつづけたら、いつか剣王にもなれちゃうのかしら」

「どうでしょう。剣王ってとんでもない化け物ですから、俺がなれるかは割と現実的じゃない気がしますが」

大時計台の騒動の際、最後に目の当たりにした強さを思い出す。

前までのレンだったら、ここで絶対に無理！　という態度を示してしまったかもしれないが、いまは少し違った。

ただ……と、

「もし、俺が剣を磨いた果てが剣王だったら――――って考えるくらいはしてもいいですよね」

このくらいなら、強がって言えるようにはなれていた。

「そのためにも、まずは剣聖ね」

「ということです。とんでもなく高く強固な壁が立ちはだかってますから、リシア様も楽しみにしていてください」

「ええ。すぐに追いついてみせるんだから」

レンはおどけながら脅すような言葉を口にして、リシアを笑わせた。

◇◇◇◇

午前中の授業が終わってから、帝国士官学院にて全校生徒が足を運ぶ集会があった。

会場となるのは入学式でも使われた大講堂で、各階層に設けられた入り口の周りには多くの生徒がいた。

集会がはじまるまでの時間は、ここで歓談する者たちの声で賑《にぎ》わっていた。

「本当にレンのおかげで助かった……これで次の課題はどうにかなると思う」

そう口にしたのはヴェイン。七英雄の伝説では主人公として数多の活躍を果たした少年にして、勇者ルインの血を継ぐ唯一の存在だ。

彼の隣を歩くレンがヴェインに告げる。

「いいよ。けど、ちゃんと復習しないとすぐに忘れるからさ」

「わかってる。けどあの授業は難しすぎるって。どうしてあんなに複雑なんだ？」

「俺からはそういうものだから、としか言えないかな」

「くっ……そうだ！　レンはどうやって勉強したのか教えてほしいんだけど！」

レンとヴェインは入学前から顔見知りということもあり、入学してからもこうして話をする機会が多々あった。

彼らの関係は親友というほどではないにしても、仲はそれなりにいい。

「参考書を十周くらいすれば、大概のことは覚えられると思うよ」

「冗談だろ？」

「いや、本気で。俺は器用ってわけじゃないから、単純に数をこなして覚えたことの方が多いよ」

レンは勉学に関しては数をこなして覚えることを好んだ。これで筆記試験でも相当な成績を残せたのだ。

「総代が言うんだから、きっとその通りなんだろうな」

「自分で言っておいてあれだけど、他に器用に学べるならその方がいいけどね」

「そうでもないって。俺だってもっと努力しないといけないだろうし」

二人は話をしながら大講堂へ足を踏み入れた。

一年次の、それも自分たちが座る席を目指して階段を進む最中に、

——今日って何の集会だろー。

——上級生もいるんだから、あれに決まってるだろ。

——あれ？　何のこと？


同じ一年次の生徒たちの声が聞こえてきた。

何人かはこの集会の趣旨を察していたらしく、レンも密かに「確かにあれしかない」と呟いた。

一方、ヴェインは何もわかっていないらしく首をひねっていた。

「ヴェイン！　こっちよ！」

唐突に聞こえてきた女子生徒の声に、レンとヴェインが顔を向けた。

二人が見た先にいたのはセーラ・リオハルド。

彼女は英爵家に生まれた少女で、リシアとは幼い頃に剣を交わして以来の友人だ。

高貴さ漂う艶を落とす茶髪と、琥珀《アンバー》にも似た瞳。整った顔立ちが芯の強さを感じさせる、人目を惹く令嬢である。

「それじゃヴェイン、またね」

「ああ、さっきはありがとう」

レンはヴェインたちが座る席のさらに数列前方へ向かった。そこにはリシアと隣り合ったレンの席がある。

「勉強してきたの？」

「ヴェインがわからないことがあるっていう話だったので、少しですけどね」

レンがリシアと取り留めのない話をしてから数分後、大講堂が静かになった。

艶やかな髪が金糸のよう。その髪を揺らす女性、学院長クロノア・ハイランドが壇上へ向かう姿が生徒たちを注目させた。

魔女の帽子の尖った先端が、歩くたびに揺れる。

大講堂に集まった全校生徒を前に、クロノアが精緻に整った美貌に笑みを浮かべた。

「まずは新入生の――――」

最初に新入生たちの生活ぶりについて触れ、学院生活に慣れているかどうかといった話をした。

次に二年次や三年次について、最後に最高学年の四年次についても。

クロノアは学院生活の話をしてから、ちょっとした連絡事項などを含めいくつかの事柄を皆に告げた。


クロノアが壇上に立ってから十数分が過ぎれば、全校生徒たちがそわそわしはじめた。

「皆が楽しみにしてることもちゃんと話すからね」

でも軽く注意することも忘れずに、人差し指を立てて唇にそっと押し当てる。

クロノアは生徒が落ち着いたのを見て、

「今年は二年に一度の獅子王大祭があるから、そろそろ準備をはじめなくちゃね！」

わぁっ！　と大きな声が各階層から響き渡った。

クロノアは注意することなく、にこにこと微笑みを浮かべながらつづきを語る。

話を聞きながら、レンは声に出すことなく思う。

(やっぱり)

クロノアが口にした獅子王大祭は、この学院の生徒なら必ずと言っていいほど縁がある催しだ。

たとえば魔法、たとえば剣、たとえば弁論。

数多の分野で帝都にある各学《まな》び舎《や》の代表生徒たちが鎬《しのぎ》を削る祭りで、二年に一度の間隔で開催される。

規模の大きさから学生中心のみならず、レオメルが国を挙げて行う一大イベントとしての側面もあった。

帝都のいたるところに会場や出店が立ち並び、帝都のすぐ近くに位置したエレンディルも賑わう。国内外から、数多くの貴族や資産家も訪れるだろう。


集会が終わっても生徒たちが賑わっていた。

まだ大講堂を離れず話をしている者たちもいれば、レンとリシア、フィオナのように外に出て話をしている者もいる。

楽しそうにしている生徒たちの近くを、クロノアが笑みを浮かべながら去っていく。

しかしフィオナも、そしてレンとリシアの二人も、すぐにクロノアの笑みが引《ひ》き攣《つ》りはじめたのを目の当たりにして小首をひねった。

「何かあったんでしょうか……」

「獅子王大祭で何か心配事があるとか……。レンはどう？　何か聞いてない？」

「いえ……何も」とレンは首を横に振って答えた。

「ちょっと、気になっちゃいますね」

苦笑気味にはにかんだフィオナの声に、二人も同意した。

二章　獅子聖庁の長官

クラウゼル家の屋敷にユリシス・イグナートから手紙が届いたのは、その日の夜のことだ。

レンたちと共にエレンディルに越してきた給仕のユノが、イグナート家の使いからいくつかの手紙を受け取った。

そのうちの一通がレンに宛てられたものだったから、彼の部屋へ向かった。

『クゥ？』

ユノを見て、廊下にふわふわ浮かんでいたククルが封筒に興味を示す。

ククルはバルドル山脈での騒動の後に、アスヴァルの角の欠片《かけら》を供物にしてセラキアの蒼珠《そうじゅ》から孵《かえ》った魔物だ。

大人の猫くらいの大きさで、全身を柔らかな毛皮に覆われている。

いまではクラウゼル家の屋敷で自由に過ごす、マスコットのような存在だった。

レンだけが知る七英雄の伝説の知識によると、とてつもない力を秘めており、魔王をも苦しめた種族であるというが。

「こんばんは、ククル。ご飯はもう食べたのですか？」

『クゥ！　クゥクゥ！』

「それはよかったです。では、私はレン様のお部屋に行ってきますから」

『クゥ〜！』

食事を終えて間もないらしく、ククルはとても上機嫌なままどこかへ行ってしまう。

ククルを見送りレンの部屋を訪ねたユノが、扉を開けて姿を見せたレンに手紙を渡した。

「イグナート侯爵様からでございます」

「ありがとうございます。……でもユリシス様からって、何だろ」

レンは手紙の内容を確認すると、すぐにレザードの執務室へ歩を進めた。

◇◇◇◇

レザードの執務室にはリシアがいた。

いまからレンが話そうとしていたことを思えばちょうどいい。

「レンか。どうしたんだ？」

「さっきユリシス様から届いた手紙のことで、ちょっとお話があって」

手紙には、『獅子王大祭の期間中、少し時間を貰いたい。ああでも、君が競技に参加するのならそちらを優先してくれて構わない』とあった。

「理由は書かれていなかったのか？」

「決まり次第ちゃんと伝えると書いてありましたが、それくらいです」

「なるほど。それで、レンはどう考えている？」

「ユリシス様のお誘いを優先したいと思っています。競技に参加したい気持ちがあったわけでもないですし」

理由は違えどリシアも同じだった。

「私と一緒で競技は不参加ってことね」

「あれ、リシア様も参加しないんですか？」

「ええ。お父様が子爵になってから、いろいろな方に声を掛けていただいてるでしょ？　獅子王大祭期間中はお客さんがたくさんいらっしゃるから、私もご挨拶に付き合おうと思って」

「私は気にしないでくれと言ったのだがな」

「ダメですよ。クラウゼル家の地盤を固めるために重要な時期なんですもの」

こうなってくると、レンとしてはユリシスの言葉がなくとも競技に参加することがなかっただろう。レザードとリシアの傍で護衛をすることの方が重要だ。

「いいんですか？　せっかくの獅子王大祭なんですから、リシア様も楽しんだ方が……」

リシアは「ううん」と首を横に振ってしまう。

彼女の表情からは、獅子王大祭で競技に参加することへの特別な思いは窺えなかった。

「獅子王大祭は一週間もつづくでしょ？　だからレンと一緒に、余裕があるときに見て回れたらそれでいいわ」

「わかりました。それなら是非ご一緒させてください」

「でもレンの方こそいいの？　せっかくだから磨いた剣を披露したいって思ってたりしない？」

「別に、披露したくて磨いた剣でもありませんしね」

それに、レンが度々世話になっているユリシスがわざわざ手紙を寄越《よこ》したのだ。

ここで剛腕との友誼を優先しない方が、きっと間違った選択だろう。


翌日の昼休みのことだった。

「と、いうわけです！」

学院長室に呼ばれたレンの前で、クロノアがふふんっ、と胸を張りながら腕を組んで言った。

レンと一緒に学院長室に来ていたリシアが、彼と一緒に困った様子で苦笑する。

「クロノアさん、何がというわけなんですか？」

「ちゃーんと説明してあげる！　だからレン君もリシアちゃんも、ほらほらっ！　あっちでゆっくり話そっ！」

二人はクロノアに促されるまま学院長室のソファに座った。

「この学院には慣れた？」

レンがリシアに目配せを送り、彼女が先に答える。

「少しずつ慣れてきたところです」

「俺もです」

二人の本心を聞き、クロノアは「よかった」と朗笑を浮かべた。

「それじゃ本題。早速だけど、二人に相談したいことがあるんだ」

「……おー」

「うわっ……レン君、そんな面倒くさそうな顔しないでよぉ……」

「すみません。世界最高の魔法使いの一人と称される方からの相談って聞くと、どんな難題かなってつい」

「し、心配しないでっ！　ボクは学院長だもん！　可愛い可愛い生徒に無理難題を押し付けるわけないじゃん！」

　クロノアがローブの内ポケットに手を入れて、一枚の紙を取り出した。

　それを「リシアちゃんもどうぞ」と言ったから、リシアも遠慮することなくレンと共にその紙に書かれた文字に目を通す。

「獅子王大祭のことですよね、これ」

　レンが言った。

　書いてあるのは獅子王大祭の日程に加え、この学院の生徒がどの競技に参加して……といった細かな情報だ。

　とはいえ、まだ誰がどの競技に参加するか決まっていない。競技によっては参加できる人数に制限があるため、今後、時間をかけて帝国士官学院の代表を決める催し事が開かれるのだ。

「帝国士官学院《うち》って一応名門だから、嬉しいことにうちの子たちは基本的にどれかの競技に参加してくれるんだ。学び舎によっては参加しないでお祭りの部分だけ楽しむ人が多かったりするんだけ

ど、おかげさまでボクは参加者に困ってなくて」

「だと思います。ただ、俺とリシア様は参加しないつもりでしたが」

「ほんとに!?　参加しないつもりだったの!?」

普通、何らかの競技に参加すると言った方が喜ばれるはず。それなのにクロノアは、テーブルに身を乗り出す勢いでぱぁっと明るい表情を浮かべていた。

「うんうん！　うちは完全自由参加を許可してるし、無理強いしても楽しくないもんね！　二人にもお祭りを楽しんでほしいけど、ボクから参加しろー……なーんて偉そうなことは言わないから、心配しないでほしいな！」

「あ、ありがとうございます……ところで、どうして喜んでいらっしゃったのですか？」

リシアにそう言われ、クロノアがため息を漏らす。

先ほどと打って変わって、日ごろの苦労を感じさせる疲れた表情を浮かべていた。

「――――それが、二人にしたかった相談に関係するからだよ」

きょとんとした顔でつづきを待つ二人は、いつになくどんよりと重い口調で話すクロノアから目をそらせなかった。

「毎回、実行委員になりたいって人がまったく見つからなくて……」

クロノアは二人に協力を頼みたかったのだろう。彼女は懐から新たな紙を取り出して、二人に手渡した。

そこには『獅子王大祭準備及び実行委員会について』と記載がある。

「略して実行委員ってことですか」

「うん。レン君の言う通り」

七英雄の伝説の中では、選ぶことができなかった役割だ。

実行委員という名でも、獅子王大祭全体の運営に関わるものではない。帝国士官学院の諸々を調整する役割だ。

学内における折衝や、情報の整理を教職員たちと担当する仕事を担うことになる。

獅子王大祭当日も仕事はいくつかあるが、その頃にはそう忙しくないため、レンとリシアの予定を台無しにしてしまうこともなさそう。

「こういうのって、立候補者を募ったりはしないんですか？」

「もちろんするよ。明日から先生たちにお願いして、何日か掛けて募集するんだけど……今年は本当に望み薄かな。だから二人さえよければ、一度考えてほしくて声を掛けたんだよ」

苦笑いを交えてクロノアが答えた。

クロノアが何を言いたかったのか、レンはこの時点で理解しきれていなかった。リシアもそうで、話を聞きながら不思議に思っていた。

答えは後日、同じ学院長室で放課後に聞くことができる。

クロノアが言っていたように実行委員の立候補を待つ期間が設けられたのだが、立候補者はゼロだった。

それなりに生徒数がいるのにどうして、と思ったレンにクロノアが話す。

実行委員のことを話した翌々日のことだ。

「うちではみーんな競技に参加する方を選んじゃうのと、実行委員は事務仕事が多いから好まれないのとかもあるからさ……」

ソファに座ったレンとリシア、対面に座っていたクロノアの構図は先日と変わらない。

「でもこの学院でそうした役職を務めたのなら、卒業後の進路にもいい影響がありそうですが」

「そう！　ボクもしばらく前までレン君と同じことを考えてたんだ！」

力強く言うものの、クロノアの表情は依然として晴れない。

「でもうちの場合、ただ卒業するだけで十分な利点があるから。それなら実際の競技でいい成績を残したい～っ！　って思ってくれる子がたくさんいるんだ」

「得意な競技の代表になれなかったとしても、人数制限のない競技とかに参加する方がいいってことですね」

「そういうことだねー……」とクロノアが項垂《うなだ》れた。

獅子王大祭の期間中は、騎士団の上層部や貴族と知り合える機会も多い。貴族に限らず平民の子にとっても重要な機会だ。

特待クラスともなればそれが顕著で、わざわざ実行委員を務める理由がないに等しい。

実行委員を務める以上に自分の価値を示すことのできる場があればこそ、この学院に入学した生徒たちは実行委員には目もくれない――――いいや、正確には他のことに必死なため、実行委員を務める余裕がない。

帝国士官学院の性質を鑑みれば、生徒たちが競技で好成績を残そうと思う方が自然だろう。

(だから俺たちに相談してきたんですね、クロノアさん)

(そうみたい。集会の後の表情も、きっとこのことだったんだと思う)

レンとリシアが目配せを交わして考えを共有し、苦笑してからクロノアを見た。

書類を見たリシアもレンと同じで、獅子王大祭付近にあるクラウゼル家の用事も問題なさそうと思い、頷くことでクロノアへの返事をレンに委ねた。

「実行委員って、普段は何人くらい集めてるんですか?」

クロノアの身体がゆっくり動く。たとえば機械仕掛けの身体であれば、全身の歯車が軋《きし》みを上げていそうな鈍い動きだった。

立ち上がった彼女は春風が入り込む窓の前に立った。

暖かな風に髪を揺らすたび、彼女の髪から甘い花の香りが広がっていく。

「……十人前後かなー」

ぼそっと呟かれた言葉に、レンとリシアの頬が引き攣った。

それを見ていないのに、二人の反応を感じ取ったクロノアが慌てて二人に振り向いた。

「で、でも大丈夫!　生徒間のやり取りをまとめるのが実行委員の仕事で、たとえば資料の配布とか、最終的な日程の調整とかは全部こっちでするから!」

「でも、俺とリシア様だけだとあと八人ですね」

レンの鋭い……わけではなく普通の突っ込み。

それにつづいてリシアが言う。

「それにクロノア様、今年はこれまでより多くのお客様が国内外からいらっしゃるでしょうから」

「うん……前回はお客さんを呼ばないで、学生たちの競技だけだったからね」

「え？」

二人の声を聞くレンの疑問。

「前回の獅子王大祭って、いつもと違ったんですか？」

レンが知る獅子王大祭は大いに賑わう。

前に開催されたのは、レンがはじめて帝都に足を運ぶ少し前だった。

ヴェインとセーラの二人も学生の身分でなくとも、その催し事を見て自分たちも頑張ろう、と気持ちを高めるイベントだったはず。

「バルドル山脈の騒動のせいよ。あの騒動は他の学院にも波及しちゃったから、あの年は念のためにってことで、生徒だけの催し事になってたの」

「ああ、だから当時、レザード様も獅子王大祭に触れてなかったんですね」

「そういうこと。だから今年は、四年ぶりの獅子王大祭って思う人も多いみたい」

前々回の獅子王大祭にあたる四年前は、レザードがエレンディルを任されて間もないこともあり余裕がなかった。帝都近くのエレンディルもほとんどの宿が満室になるほど賑わうため忙しいのだが、大都市を任されて間もないレザードにすべてを任せるのは酷だった。

当時は帝城の文官や他の貴族が分担して、必要な仕事にあたっていた。

「これはボクの予想なんだけど、久しぶりに賑わう獅子王大祭だからこそ、今回は全力で楽しみたいって思う子が多いと思う」

それに加え学院の性質が影響して、今回はまだ立候補者がゼロだった。

「今年の獅子王大祭はこうなるかもって覚悟してたんだけど……まさか立候補がゼロ人なんて思わなくて……」

この学院に入学した者は皆、高い目標を抱いている。

厳しい試験を勝ち抜いた目的を考えてみれば当たり前のことだ。


……レザード様にとって、獅子王大祭の仕事は今回がはじめてみたいなもの。


であればレンも協力を惜しむつもりはない。

自分が実行委員を務めることで、学生の立場だろうと少しでも協力できればいい。

「……でも大丈夫だよ。いざとなったら、ボクが十人分働くからさ」

現実的ではない話だが、そこはクロノアにもしっかり考えがある。

クロノアをはじめ、教職員たちも手伝えばいいだけで、現に実行委員が足りない際はその数が増える。

実行委員の仕事は主に諸々のまとめ役にして、生徒たちの代表である。

あまり教職員が入らない方がいいとされているのだが、どうしようもないときは別だ。獅子王大祭の準備ができない以上の失態はないだろう。

(クロノアさんって獅子王大祭中も忙しそうだったっけ)

獅子王大祭期間中はそんなことがあったな、と七英雄の伝説を思い出す。

ただでさえ忙しいクロノアにばかり働かせるのは、レンも好ましく思わなかった。

「リシア様、どうですか？」

「私はクラウゼル家の仕事を手伝っているし、レンもたまに書類仕事を手伝ってくれてるから、同年代の子たちよりは書類仕事もできると思う」

それにしても、もう少し人数を揃えた方がいい。

特に生徒の代表として振る舞うなら、一年次の自分たちだけでは心もとなかった。

レンはどうしたものかと天井を仰いでから、頭数とは別に相談が必要なことを話す。

「俺とリシア様は引き受けたいと思ってます」

「っ――――いいの!?」

「ですが、相談がありまして」

ユリシスに頼まれていたこと、クラウゼル家の事情を包み隠さずクロノアへ告げる。

するとクロノアは、慌てて両手を振って「ご、ごめんね！　じゃあ無理しないでっ！」と言った。

「ああいえ！　当日は時間をいただければ大丈夫ですから！」

「私もレンも、席を外すことさえお許しいただけるなら、お手伝いさせてほしいと思ってるんです！」

レンとリシアにとって悪くない話なのだ。

ユリシスの頼みやクラウゼル家の仕事をこなすだけよりは、獅子王大祭に関わる仕事もしていた方が、二人の将来にだって繋がるだろう。名前を売ることや人脈形成にも、一役買うことは疑いようがない。

忙しくなることは仕方ないが、日程を調整できる余地さえあればどうってことはなかった。

「それに実は、裏方の方が楽しそうだなって思う自分がいて」

「私も。せっかくのお祭りですから、こうして携われるなら嬉しいです」

「こういうのって、準備期間が一番楽しいですしね」

二人の返事を聞いたクロノアは満面の笑みを浮かべ、深々と頭を下げて感謝した。

だが、さすがに二人だけでは厳しいため、人を集めたい。

この数日で立候補者がいなかったということは、もう誰かが名乗りを上げることに期待はできないのだが……。

◇◇◇◇

「というわけなんだけど、誰か紹介してくれたりしない？」

「わからんな。何故《なぜ》そこで私に頼もうと思わんのだ」

レンがラディウスに声を掛けて足を運んだのは、学院の屋上にある庭園だった。

「ラディウスに頼んでもいいの？」

二人は茜色《あかねいろ》の空を望みながら話す。

「どうして疑問に思うのか、私はまずそれがわからない」

「だって第三皇子だし、実行委員を任せるというか頼むのもまずい気がして」

「別に関係ない」

「そう？　でもさ、ラディウスも弁論とかの競技に参加するのかなって」

「興味がないと言えば嘘《うそ》になるが、獅子王大祭の期間中は私もやることがある。他国からの来賓と語らったり、相手によっては案内する予定だ」

ラディウスもそれがあるから実行委員に立候補しなかったし、何らかの競技に参加する気もなかった。

しかし、レンからの誘いは話が別だ。

「皇族の仕事があるのに、本当に平気？」

「気にするな。常に仕事をしているわけじゃないから、そちらの仕事も十分こなせるさ」

この少年なら、いくら忙しくても完ぺきに仕事をこなしてしまいそうだ。

レンはこれ以上遠慮がちに尋ねることは彼にも悪いと思い、いつもの調子で、

「じゃあ、お願いしたいな」

「任された。これで実行委員は三人か」

「普段は十人くらい揃えてるって聞いたし、さすがにまだ足りないかも」

「どうだかな。我々なら十分な仕事ができると確信しているが」

（言われてみれば確かに）

ラディウスがいれば、間違いなく。

だが、戦力は多い方がいいだろう。

レンもリシアも手伝えない時間があるから、ここで無責任にすべてをラディウスに任せるつもりはなかった。

それでもラディウスは一人ですべて片付けてしまいそうなものだが、友達としてそれはどうなのか。

誘っておいて投げっぱなしなどということはレンも好んでいない。

「明日の昼が立候補の締め切りだ。現状ゼロということは、立候補者は期待できない。我々が動かないと仲間を集められないということだ」

「やっぱりそう思う？」

「もちろん。だが、フィオナ・イグナートにも声を掛けるのだろう？」

「そのつもりでラディウスのとこに来る前にも探したんだけど、フィオナ様はもう寮に帰っちゃってて」

フィオナはあのユリシスの傍で学ぶ令嬢のため、必ず力になってくれるはず。

が、彼女にはイグナート家の仕事があるかもしれないから、実行委員を務める時間がない可能性もある。

レンはそのことを気にして、

「フィオナ様も忙しいと思うんだけどね」

「何を言ってるのだ。レンが頼んで断られるはずがなかろう」

「いやいやいや、どうしてそう断言できるのさ」

「――……はぁ、この男は」

ラディウスがわざとらしく、とんでもなく長いため息をついた。

「え、何いまの」

「気にするな。いまのはレンに聞こえるようにしたため息と独り言だ」

「それを気にするなっていうのは、かなり無理があるんだけど！」

ラディウスはあまり無粋なことは口にせず、それ以上の言葉は呑《の》み込んだ。

夕方の風を浴びる彼は、レンの言葉に上機嫌に頬を緩める。

「くくっ、何故かあの剣王ですら動いたのだ。レンが頼めば誰もが言うことを聞いてくれるかもしれないだろ？」

「そんなことを言うと、剣王のことこそよくわからないって返事になるけどね」

昨夏、大時計台の騒動の際に力を貸した剣王の真意はいまだ不明だ。

ラディウスが尋ねても皇帝が尋ねても、ただ一言、『気になったから』以外の答えを彼女は口にしようとしなかった。

皇帝曰く、彼女は何度尋ねようと答えないだろうとのことである。

「あとはそうだな、私も一人声を掛けてみる」

レンは近くのベンチに座り背もたれに体重をかけた。

ラディウスは屋上のフェンスに背を預け、レンの方に身体を向ける。

「友達とか？」

「友達と表現するのが正しいかわからないが、幼馴染《おさななじみ》で、昔から私に仕えてくれている者だ。今年、四年次に進級した女生徒がいる」

ラディウスの傍にそんな存在がいただろうか、とレンは記憶を探った。

レンがこの世界に生まれてからはや十四年が経っているとあって、それ以前の記憶を探ることがここ最近は特に難しい。

薄れつつある記憶を懸命に探ってみたところ、ラディウスが言った存在に心当たりはなかった。

ラディウスは七英雄の伝説Ⅰで死んでしまうため、得られる情報が限られていた。

「アークハイセ伯爵家の令嬢だ。聞いたことはないか？」

「ごめん。ないかも」

「アークハイセ家は私が生まれる数年前まで英雄派だったのだが、同派閥内で意見が食い違ったことから、皇族派の一員となった家系だ」

「へぇー……どういう家なの？」

「過去には宰相も輩出している文官の名門だ。現当主は陛下の補佐官を務めていてな。令嬢が私の傍にいる理由がそれだ」

　現当主を含めてそれはもう優秀な文官揃いのようだ。

　道理で派閥を変えても皇族の傍に人を置いていたのだな、とレンが興味を抱く。

「何となくだけど、すっごく優秀そうな人って印象がある」

「……優秀、まぁ……優秀だ。昨年の大時計台の件でも十分な仕事をしてくれたし、レンが魔王教徒のアジトを潰す際も私の傍で力を振るってくれた」

「おおー、想像以上にすごい人だった」

「優秀さに限っては文句のつけようがないぞ。昨年はこの学院でも学生会長を務めたから、間違いなく力になる。――――あくまでも、優秀さに限ってだがな」

　ラディウスの言葉には先ほどから妙な一言が多い。

　彼にしては珍しく相手を強く称賛しているというのに、妙な一言が入っていることでレンにも不思議な印象を強く刻み込んでいた。

　いったい、どういう女性なのだろう。

　この第三皇子にとって気が置けない存在であることは想像できるのだが。

「わざわざ優秀さに限って、って念押しする理由は？」

「個性的なだけで実力はある、とだけ」

「ああ……りょーかい」

　気になる言葉だらけなものの、ラディウスがこれほどまでに言うのだから、実力は疑う余地がないだろう。

「実質四年ぶりの獅子王大祭とあって、生徒たちの意識が実行委員に向くとは思えん。内申も大したものではない。明日の昼にはこの五人で確定となるだろうさ」

レンは「そうかも」と頷く。

例年に比べて半分の人数になりそうだが、レンはそれを不安に思うことはなかった。


……フィオナ様たちが承諾してくれたらだけど。


それは間違いなく杞憂《きゆう》に終わるのだが。

「実行委員は中立派と皇族派で構成されるわけだな」

「それ、英雄派から何か言われたりしない？」

「言ってくるものか。レンが思っているほど実行委員に価値はない。目立つには目立つが、競技に参加することとは比較にならん」

いい仕事をすれば評価されるが、競技に出て成績を残すことが一番だし、他にも学院内での試験などでいい成績を残す方が何倍もいい。

進んで引き受ける仕事にしては、雑用の面が強すぎるのが実行委員だ。

「などと話していたら、あそこに英爵家の者がいるな」

「え？　どこ？」

「ほらあそこだ。校庭の隅の木を見てみろ」

ラディウスが目線で示した先にある、校庭の片隅だった。

レンはベンチから立ち上がってその方角を見た。

「レンの同級生の……確かヴェインと言ったか。その者と一緒にいる男子生徒が英爵家の者だ」

ラディウスに言われた方角を見れば、確かにいた。

一人はレンと同じ特待クラスに入学を果たしたヴェインその人で、もう一人は、今年二年次になったばかりの上級生。

名を、カイト・レオナール。

身長が高く、引き締まった筋肉質な身体つきをしている。

この学院の制服はある程度自由に着こなすことが認められており、カイトはスラックスの上にTシャツを一枚着ただけの、ラフな格好でそこにいた。

(カイトとヴェインがはじめて会うイベントか)

ヴェインはこの学院で英爵家の者たちと知り合っていくのだが、最初に知り合うのが一歳年上のカイトだった。

とても気持ちのいい男で、何でも笑い飛ばしてくれそうな爽やかな人となりをしている。獅子王大祭における武闘大会の決勝戦で、カイトを相手にした負けイベントを経て、主人公パーティの仲間入りを果たす。

カイトが盾役になるのは、レオナール家の先祖が深く関係している。

彼の先祖である七英雄は、大盾で他の七英雄を守ったからである。

「学院の名誉は彼らに任せればいい。英爵家の者たちなら、実戦的競技で十分な成績を打ち出してくれるはずだ」

ラディウスが気にした様子もなく、平然と言った。

「派閥争いに影響が出そうなもんだけど、大丈夫なんだ」

「出ないとは言わないが、皇族派が後塵《こうじん》を拝するわけではない。弁論をはじめとした分野では我らに分があるから、別に目くじらを立てるものではない」

「得意分野の違いか」

「ああ。先ほど私が誘うと言った者も、前回の獅子王大祭では弁論にて優勝している」

第三皇子がつづける。

「だいたい、生徒が実力を披露する場に貴族の話を持ち込む連中がどうかしているのだ。——それが綺麗《きれい》ごとであるのは、私もわかっているのだがな」

綺麗ごとと表現したラディウスは自嘲していた。


やがてレンは、思っていたより時間が過ぎていたことを知り、

「そろそろ行くよ」

帰ることを示唆すれば、ラディウスが「待て」と言って止めた。

「先日のシンリンクライの件だが、私の力や魔道具を駆使していろいろと確かめた。どうやら魔王

教徒との関連はなさそうだ」

「てことは、偶然だったって感じか」

「そのようだ。縄張り争いに負けた魔物が海を渡ることもよくある話だ。そうした何かだろうさ」

レンは「かもね」と頷いて、ひとまず先日の件が大きくなることがなさそうだと安堵《あんど》した。

「また何かわかったら教えてよ」

「ああ」


今度こそラディウスと別れたレンは屋上を離れ、学院の出入り口へ通じる廊下へ。

そこで待っていたリシアがレンを見て微笑した。

「お話しできた？」

「結果的に、ラディウスが協力してくれることになりました」

「いいの？　第三皇子殿下に手伝ってもらうなんて」

「本人が気にするなって言ってたので、大丈夫だと思いますよ」

ラディウスが乗り気だったと聞けば、リシアの立場でも無理に止めるようなことはなかった。

◇　◇　◇

同じ頃、

「だ・か・らっ！　本当に強いんだってばっ！」

まだ校庭にいたヴェインと、カイト・レオナール。

そこへヴェインを迎えに来たセーラが加わり、ある話に花を咲かせていた。

「間違いないの！　カイトも入学式で見たでしょ？　あのレン・アシュトンのことよ！　彼が例の魔王教徒たちを一瞬で倒しちゃったんだってば！」

「なぁーっはっはっはっ！　セーラお前馬鹿か？」

レオナール英爵家の嫡子、カイトが高笑いを交えて。

「俺と同年代どころか一年次なのに、とんでもない剛剣使いだって？　そりゃないぜ！　この俺が毎回筆記試験で赤点だからって、馬鹿にしてるのか？」

「だから本気で――――ってカイト、毎回赤点なの？　よく二年次に進級できたわね」

「他の教科でどうにかしてるぜ。父上たちは試験のたびにお怒りだけどな」

「……でしょうね」

セーラとカイトの二人は互いに面識があった。七大英爵家の嫡子たちは皆、互いを名前で呼べるくらいの関わりがあったからだ。

それに一歳しか違わないとあって、遠慮なく話せる間柄だった。

「話を戻すぜ。まずセーラの言い分は無理がある。何よりも剛剣技だっての。あの馬鹿みたいに特殊な流派の技を、俺らと同年代が使えるってか？」

「あたしは何度でも言うわよ。本当にそのくらい強いんだってば」

「そりゃ、クラウゼル家の聖女さんならもしくはって思うぜ。けど、そうじゃないんだろ？　やっぱり本当かどうかわからねぇ話だ」

「はぁ……もういいわ。行きましょ、ヴェイン」

セーラはため息交じりにカイトに背を向けた。

「セ、セーラ！　カイト先輩はいいのか!?」

「あんな脳筋もういいわ。自分の目で見るまで信じないと思うし」

話を聞き入れてくれないことに飽き飽きして、セーラがつんとそっぽを向いて歩き出す。

二人の背中に向けてカイトが応える。

さっきとさほど変わらない、気の抜けた声だった。

「どうだかな。見ても変わらないだろうぜ」

「あっそ。さすが、自慢の盾ですべてを防ぐって言い張る、レオナール家の人間ね」

歩いていたセーラがふと、足を止めた。隣を歩くヴェインもそれに倣う。

「いまだかつて、レオナール家の者が手にした大盾を砕いた者は存在しないわ」

セーラはさっきまでと違う、まるで警告ともとれる声音でカイトに言うのだ。

「それがあなたたちの自慢だったもの。それにはリオハルド家も、あたしも敬意を抱いてる」

カイトに振り向き、ため息交じりに言い放つ。

「いいえ。魔王の剣には砕かれたわね。それを直したんだったかしら」

「い、痛いとこを突くじゃねぇか……」

「馬鹿にしてるわけじゃないからね。レオナールの力が勇者を守って、そのおかげで勇者が魔王を打ち取れたんだもの。ただ、同じようなことが起こらないとも限らないって言ってるだけ」

「おん？　レン・アシュトンが魔王だって話か？」

あまりにも突拍子もない反応に、ヴェインが思わず吹き出しかけた。

セーラも啞然《あぜん》としてしまったけれど、そんなはずがない。魔王がどうしてクラウゼル家に仕える騎士の末裔で、いまリシアの傍にいるというのか。

「あたしが言いたいのはそういうことじゃなくて、レン・アシュトンを嘗《な》めてると、カイトの大盾も砕かれるかもよってこと」

「やっぱり魔王じゃねぇか！」

セーラが短く息を吐いて。

「……どうしてそこで、獅子王のような強さを思い浮かべられないの？」

「そりゃお前……うちの先祖が獅子王と戦ったわけじゃないし、別に俺たちは剛剣使いに大盾を砕かれたわけじゃないしな」

「だから、それでも砕かれたらって言ってるんでしょうがっ！」

「セーラ、ちょっと落ち着いて……ほら、深呼吸」

ヴェインに窘《たしな》められたセーラが天を仰ぎ見て、言われた通りに深呼吸を繰り返す。

「すー……はー……ありがと、ちょっとだけ落ち着いた」

興奮で肩を震わせていたセーラが落ち着きを取り戻して言う。

「レン・アシュトンがレオナール家の大盾を砕く、はじめての剛剣使いになるかもね」

セーラは自分が目の当たりにしたレンの強さを、はっきりと口にしたかっただけ。

「悪かったよ。俺もちょっと悪ノリしてただけなんだぜ」

「だと思ってたわ。馬鹿みたいに相手を軽んじるような人じゃないものね」

「ただまぁ、驚いてはいるぜ。セーラがぼろ負けしたっていう聖女よか、レン・アシュトンはずっと強いっていうんだからな。そりゃ、突拍子もない話ってやつだしよ」

今度はカイトが歩きはじめる。

彼は大きな欠伸《あくび》を漏らしてこの場を後にした。

◇　◇　◇

少し前まで朝霜を見るたびに冬の名残を感じていたはずが、いまでは朝方に僅かな肌寒さを感じるくらいで、夏服に着替える日も近いと感じる。

いつもより早く登校していたレンが教室でリシアと別れ、図書館で本を借り外に出てきた。

途中、彼は足を止めある方角に目を向けた。その先には魔法専用の訓練場があるはず。

……いまのって。

レンはある気配を感じ取っていた。

無視できず、彼は魔法の訓練場へ向かって歩を進めた。


歩くこと数分、魔法の訓練場は学院の敷地内の隅の方に位置している。

円柱状に造られた魔法の訓練場は、全体が白磁にも似た色の威容を誇る巨大な建造物だ。

レンが大きな扉を開けて中に入れば、広い訓練場から強烈な冷気が漂う。

足元に流れ着いた白い冷気を切るように歩いたレンが見たのは、訓練場の内部に生み出された数多くの氷である。

氷魔法。

それも特筆すべき練度の高度な魔法。

コバルトブルーの海を思わせる色の氷柱が、森林をそのまま凍り付かせたかのような光景を作り上げていた。


氷の世界――――幻想的な空間の中心にフィオナが立っていた。

彼女は疲れた様子で、

「――――もっと、頑張らないと」

自らを鼓舞し、新たな氷魔法を行使しようと冷気を漂わせる。

フィオナが生まれ持つ『黒の巫女』の力は彼女に強力な魔法適性を与えたが、身に余る魔力も与えて幼い彼女の身体を蝕《むしば》んだ過去がある。

アスヴァルの復活に絡んでしまったこともそう。

だが、強力な魔法を扱えるようになったのは、ひとえに彼女の努力によるもの。

彼女は誰もいなかったはずの訓練場に人の気配を感じて慌て、

「え？」

レンを見つけると、一瞬だけ驚いてすぐに喜んだ。

フィオナが行使していた魔法が徐々に消え、氷の世界から石畳が敷かれた訓練場の光景へと戻っていく。

フィオナはとととっ、と軽い足取りでレンの元へやってくる。

「おはようございます！　いついらしたんですか？」

「ついさっきです。フィオナ様の魔法かなって思って」

フィオナは普段と違いやや疲れた声だったが、朝からレンと会えた嬉しさで声が弾んでいる。

「訓練ですよね」

「ええ。そうなんです」と答えたフィオナがつづけて、可能な限り訓練場に来て魔法を磨いていると言った。

「あのときみたいに、守られるだけではいたくなかったんです」

バルドル山脈でアスヴァルと戦ったときのことだ。

当時のことはいつだって鮮明に思い返せた。穏やかな声音の中からも、フィオナの健気《けなげ》さと心の強さが窺える。

レンは「守られるだけじゃなかったですよ」と微笑みを浮かべて言った。

事実として彼は、アスヴァルと戦った際にフィオナの助力により特別な力を使えたのだ。

「ところで、あの」

さっきレンが言ったことを気にして、彼女が聞く。

「私の魔法だと思ったたって仰ってましたよね？」

「はい。ほかの人の魔法はよくわからないんですが、フィオナ様の魔法ならすぐにわかるので」

「？　どうしてですか？」

「……魔力の質の影響なのかも。フィオナ様みたいに澄んでて綺麗というか、何というか……」

剛剣使いとして魔力の扱いに長《た》けてきたことで、より強く感じるようになった。

それはそれとして、言葉で表現するのは難しいのだ。ただ、レンにしてみればいまの言葉がすべてだった気もする。

フィオナがぽかんと気の抜けた表情を浮かべた。

間接的ながら綺麗と言われた気が――――いや、確かに言われていた。

そのことを自覚したフィオナがあまりの事実に驚愕《きょうがく》し、レンに背を向け両手を胸に押し当てた。

「フィオナ様？」

「な……なんでもありません！　気にしないでください！」

フィオナの過去を知るレンが慌てかけるが、すぐにフィオナがレンに心配をかけまいと顔だけでちらりと振り向いてみせた。

「……でも、さっきのは不意打ちだと思うんです」

何が不意打ちでフィオナにどんな効果があったのかを、彼女は語らなかった。


魔法の訓練場を出て、校舎に向かう途中で実行委員のことを話した。

徐々に登校してくる生徒の数が増えていたが、二人が歩いていたのは学院の敷地内でも特に人気《ひとけ》のないところだから、周りには誰もいない。そのおかげで、実行委員のことを気兼ねなく話すことができた。

「というわけなんですが、フィオナ様にも参加していただきたくて」

「私でよければ喜んで！」

フィオナはまばゆいほど可憐な笑みを浮かべて快諾した。

「俺から話しておきながら、本当にいいんですか？　フィオナ様も何らかの競技に出場される予定とかあったら、そっちを優先していただいて大丈夫ですからね！」

「それなら平気です。担任の先生には参加してほしいって言われていたんですが……私はあまり興味がなくて」

「ということは、イグナート家のお仕事がある感じですか？」

「ううん。それもそんなにありませんよ」

思っていたよりもあっさりとした返事だったことに驚くと同時に、彼女の助力が得られたことに喜んだレンが「ありがとうございます」と笑みを浮かべて言った。

「珍しいですね。ほとんどの方が競技に参加されるって聞いたんですが」

「あはは……かもしれませんけど、私はレン君とお祭りを――」

フィオナは隣に立つレンの横顔を何度も見た。

彼にバレないようにしていたつもりだが、不意に目が合ってしまい、僅かに頬を赤らめると慌てて目をそらす。

「ななな、何でもありませんっ！　今年はあまり気分じゃなかったみたいです！」

「みたいですって、そんな他人事《ひとごと》みたいに仰らなくても。でも、フィオナ様が手伝ってくださるなら心強いです」

「ご期待に添えるように頑張ります。それで……私以外にはレン君とリシア様、第三皇子殿下のお三方だけですか？」

「いえ、ラディウスがもう一人声を掛けてくれます。確かアークハイセ家のご令嬢とか」

「存じ上げております！　すごい方をお誘いなさったんですね！」

フィオナはレンが知らない情報を口にしていく。

聞けば聞くほど、ラディウスに似てすごい人物だった。

「入試の際も力試しのために一次試験から参加して、最終試験まですべて満点で合格なさったお方ですよ。入学してからも、試験で満点以外取ったことがないらしいです。それに学生会長を辞めてからは、いろんな先生たちにまたやってくれって頼まれてるんですって」

だが、学生会長はもうやっていない。

昨年、ラディウスが入学した年はすべてそつなくこなしていたが、ラディウスの傍にいる時間を増やそうと思ったら、学生会長の立場は邪魔になる。

そのため去年のうちにその席を退いていた。

「……思ってたよりすごかったです」

「そうですよね。あと、普段はお城でも仕事をされてるそうです」

フィオナは学院内で何度か直接顔を合わせたことがあるようだ。

その一方で、話をしたことはなかった。アークハイセ家の令嬢がラディウスの傍に控えている際は、常に主人たるラディウスを立てることに力を注ぎ、自分から口を開くことはないという。

(俺がラディウスと会うときは遠慮してたのかな)

ラディウスによれば、大時計台の騒動などではきちんと動いていた。

やはり少年二人が遊ぶ場には遠慮して顔を出さなかったのだろう。


レンが気の抜けた様子で欠伸をした。

フィオナも朝早くに学院に来て訓練をしていたが、レンも朝から獅子聖庁で剣を振ってきたからか、気を抜くといまのように眠気が出てきてしまう。

「っとと、すみません」

「ううん。レン君も頑張ってきたからだと思いますし」

隙を見せてくれるということは、以前よりレンが打ち解けたことの証明でもある。

フィオナは密かに嬉しく思っていた。

「はは……リシア様に神聖魔法を使ってもらったので、これでも回復してる方なんです」

そうでもなければ、もっと疲れた様子を見せていただろう。

そして、ちょうど体調に関係した話をしたからか、レンはフィオナを見て問いかける。

「話は変わるんですが、フィオナ様の体調って、あれ以来何もないんですよね？」

「あれ以来って、アスヴァルのとき以来ですか？」

「はい。ユリシス様から大丈夫だって話は聞いているので安心してたんですが、最近はどうかなと思って」

「平気ですよ。あれ以来『黒の巫女《みこ》』のうずくような魔力も消えちゃいましたから」

ほっと胸を撫で下ろしたレンの横顔を見上げたフィオナ。

彼が心配してくれたことが嬉しくて、頬が少しだけ赤らんだ。

「心配してくださったんですね」

レンが「そりゃしますよ」と即答すれば、フィオナは「ふふっ、ありがとうございます」と言って笑った。

それからすぐに、

「実行委員のことで何か進展があったら教えてください。普段は女子寮にいますから、いつでも来ていただいて大丈夫なので！」

校舎に入った二人は、階段の前で別れた。


レンが進む先からリシアとセーラの二人が現れた。

リシアが小走りでレンに近づいて話しかけた姿を見て、

「相変わらず仲がいいのね、二人とも」

少し遅れてやってきたセーラが肩をすくめながら二人に話しかける。

「もう……急に何言ってるのよ」

リシアは若干照れくさそうにしていたけれど、仲がいいと言われたことに喜んでいるのは見ているだけでわかった。

「それでレン、ヴェインを見なかった？」

「ヴェインでしたらさっき、二階に向かうのを見ましたよ」

「ありがと。じゃああたしは行くから、二人も授業に遅れないようにね」

レンとリシアの隣を進んでいくセーラが足を止め、振り向いた。

「五月になったら、各種目で獅子王大祭に参加する選手の選考会があるわよね」

「ええ、それがどうかした？」

「どうかしたって、二人も出るのよね？」

「ううん。私とレンなら出ないわよ」

「ど、どうして!?　あたし、そこで二人と戦えることを楽しみにしてたのにっ！」

しかし理由を告げるとセーラは「そういうことね」と頷く。

帝国士官学院の実行委員をやると聞けば、セーラのように競技に参加する者たちにとっては感謝の言葉が一番に出てくる。

セーラは感謝の気持ちを込めて頭を下げてから言う。

「でも、もうすぐ剣術の授業がはじまるから楽しみね」

この学院の中でも、特に特待クラスは授業選択の自由度が高い。

普通クラスの生徒たちより選べる科目が多いことに加え、生徒の裁量でどの授業を受けるか決められる幅も広かった。

必修とされている単位の取得に問題なければ、自分が伸ばしたい分野に注力できる。

そのうちの一つである剣術の授業は、セーラが一番楽しみにしている授業だった。

昼になると、実行委員の立候補が締め切られる。

予想通り、レンをはじめとした五名が実行委員に決まったのである。

◇　◇　◇

授業が終わり、リシアはセーラと買い物をしてから帰ると言っていた。

帝国士官学院は寄り道や買い食いは禁止していない。

学院の品位を損なうようなことをすればそれなりの対応はあるが、二人ならそんな心配はいらなかった。

レンは夕方に一人、鍛冶屋街にあるヴェルリッヒの工房を訪ねた。

「次はレンの身体の成長を考えて防具を作るとするか」

ヴェルリッヒ。鍛冶師兼魔導船技師という珍しいドワーフだ。

レンは彼と帝都で知り合った。以来、ユリシスの仲介でクラウゼル家の魔導船の修理を請け負ってもらっている。

アスヴァルの角で作った一つ目の防具が、一足先に完成した『炎王ノ籠手』だ。

「悪いな。レンの防具が後回しになってて申し訳ねぇ」

「気にしてないですよ。魔導船の修理を優先してくれって頼んだのは俺ですし。それにヴェルリッヒさんも言ってたじゃないですか」

「お？　何をだ？」

「次の防具のために、魔物の素材を探してくれてる最中なんですよね？」

「まぁな。だが、ユリシスにも話をしてやっと手に入るところなんだぜ」

「ってことは、素材が届いたら取りかかれるんですか？」

「おうとも。待たせた分頑張らせてもらうからよ。俺様が作る防具に乞うご期待ってわけだ。ってなわけで今日も、空中庭園に行ってレムリアを修理すっか！」

ヴェルリッヒは子供の頭ほどもありそうな力こぶをもう一方の手で叩き、ニカッと豪快に笑う。

「もう日暮れですよ？」

「新しい部品のための素材が届くんだ。新しいもんはさっさと見たいってのが男心なのさ」

レンがヴェルリッヒと一緒に工房を出た。

ヴェルリッヒは工房に鍵をして、ふわぁ、と欠伸を漏らしながら大股で歩きはじめる。

レンがその後ろを追った。

「学院はどうだ？」

「普通ですよ。いつも普通に授業を受けてるだけって感じです」

「んだよ、もっとこう……学生らしい話はないのかよ」

「逆に聞きますけど、どういう話を期待してたんですか？」

「たとえばほら、剣術の授業とかはどうなんだ」

「それなら、もうすぐはじまる感じですね」

入学してすぐはまだはじまっていない授業がいくつかあり、剣術の授業もそのうちの一つ。

新入生は意外とすることが多いためである。

「ほーん……でもま、レンは参加しなくてもいいかもな。あの学院の特待クラスは試験で好成績を残せば割と問題ないんだし、サボって別の授業の自習でもした方がマシだ」

日頃、獅子聖庁で剣を振って腕を磨いているレンにとって、剣術の授業は何一つ身に付くことがないだろう、と暗に言っていた。リシアにとってもそうなのだが。

「いっそのこと、教える側になった方がいいだろうに」

「いやいや、教えるのもそれはそれで難しいですよ。仮にヴェルリッヒさんが、自分の技術を若い人に教えてくれって国に頼まれたらどうします？」

「がぁーっはっはっはっ！　無理だし無駄だ！　俺様が人にものを教えられるわけがない！」

「実際にどうなるかはわかりませんが、俺も似たようなもんですよ」

「おお、なるほどなぁー……」

空を見上げていたヴェルリッヒが話題を変える。

「そういやレン、マーテル大陸から軍が帰ってくるって話は聞いてるか？」

「いえ、まったく。マーテル大陸にレオメルの軍が遠征してたことも初耳です」

マーテル大陸はエルフェン大陸から見て東に位置している。大陸の規模はエルフェン大陸より小さい。存在する国々の規模もエルフェン大陸の国々とは比較にならない小国が多く、紛争が絶えなかった。

ゲーム時代は行く機会がなかったため、プレイヤーが得られたのはそれらの情報のみだが、レンがこの世界に来てからというもの、試験勉強をはじめとしたいくつかの機会にその他の情報を得ることがあった。

使われる言語の割合や、人種の割合などの様々なことを。

「どうしてレオメルの軍が派遣されたんですか？」

「マーテル大陸に聖地が派遣した人道支援の一団が、活動する拠点ごと紛争に巻き込まれたんだとよ。それで聖地がレオメルに援軍を頼んだから、レオメルは聖地や、その本拠地の銀聖宮《ぎんせいきゅう》に恩を売るために軍を派遣したってわけだ」

「それだと派遣期間も長そうですね」

「レンが引っ越してくるちょい前からだったから、二年近くってとこか？　派遣された戦力は数十人規模で、だいたい一小隊のはずだぜ」

「あれ、意外と戦力が少ないような」

紛争地域にその程度の人数を派遣して何をするのかと思ってしまう。

しかし、次の言葉を聞いたレンは当たり前のように頷くことになるのだ。

「一人残らず、獅子聖庁の中でも精鋭に数えられる者たちだしな。ついでだから若干の示威行為も兼ねてるんだろ」

「――――全然余裕だった」

「しかも率いていたのが獅子聖庁の長官様だ。姐御《あねご》がいりゃ、たかが小国同士の紛争は一人で十分だったかもしれねぇな」

長官様、という言葉を聞いたレンが一瞬、瞳を揺らした。

「事情があったとしても、それほどのお方が二年近く国を離れてたんですね」

「んお？　言われてみりゃ確かにそうだな」

仮にそれが重要な戦争であれば理解できるのだが、そうではないようにも思える。

もしかすると、何か隠されていて長期派遣に至った可能性もあるが、話を聞いたばかりのレンは何も想像できなかった。

何にせよ、気になる話だ。

「ってか、レンは意外と姐御のことを知ってるみたいだな」

「えっと……名前とその強さの噂はかねがね」

それもゲーム時代の知識でしかないし、レンとして生きるうちに薄れた記憶を懸命に思い返しての記憶でしかない。

明らかなことは、その長官がとんでもない実力者であるということ。

レンはヴェルリッヒと歩きながら思い返す。


獅子聖庁長官、エステル・オスロエス・ドレイク。

『死食い』の二つ名を持つレオメル一の騎士。剣王は騎士の立場にないため、事実上彼女が頂点という扱いである。

彼女がはじめて登場したのは、七英雄の伝説Ⅰの本編終了後だ。

時系列的には主人公たちが一年生の冬の話で、いまのレンの状況に置き換えれば次の冬だ。

七英雄の子孫たちはⅠの段階で全員登場するものの、入学していない一つ下の年代はパーティに加わらない。主人公たちと、一つ上の年代の者でパーティを組んでいた頃のことになる。

イベントの発生条件は本編終了後、七英雄の伝説Ⅰのサブストーリーをすべて終えること。

放課後になってから学院長室の前に足を運ぶと、学院長室の中から彼女の声が聞こえてくる。

『私はそろそろ行く。陛下に呼ばれてるのでな』

『うん。またね、エステル』

学院長室から姿を見せた者こそ、エステルであった。

エステルは主人公たちを一瞥《いちべつ》してすぐに去ってしまうため、特に会話はなかった。

イベントの最後には実績〈勇者の末裔〉を得ることができ、七英雄の伝説Ⅰが本当の意味でクリアとなる。


つづく彼女の出番は七英雄の伝説Ⅱで。

レン・アシュトンの騒動が勃発して以降、主人公パーティとは別に魔王教やレン・アシュトンを追うようになり、度々顔を合わせて話をするイベントがあった。

彼女は敵にも味方にもならない存在で、Ⅱの段階でも設定上以外の実力が秘匿されていた。

「レン、急に考え込んでどーしたんだ？」

「すみません。どういうお方なのかと思って考えてました」

「おう、やっぱりそうか。んー……レン、姐御と会ってみてーか？」

「悩ましいところですが、そもそも簡単にお会いできる人じゃない気が――――ってかヴェルリッヒさん、さっきから何度か姐御って言ってますよね？」

「エステルの姐御は俺様の顧客だしな。帰ったらすぐに俺様のとこに来るだろうし、そうでなくとも、獅子聖庁で会えるんじゃねーのか？」

レンはその話を聞いてきょとんとした後に、「なるほど」と頷く。

ヴェルリッヒの腕は言うまでもない。剣王のみならず、獅子聖庁の長官まで顧客だとはレンも思っていなかったが、顧客に獅子聖庁の長官がいることは不思議じゃなかった。

「会えたらしっかり挨拶しとけよな」

「……そうします」

一つの話題が終わって訪れた十数秒の静寂に、ヴェルリッヒが欠伸を漏らす。

すると彼は、鍛冶屋街をひやかすような目で見ながら言う。

「鍛冶屋街もまた賑わいだすんだろうな。獅子王大祭の時期になるといつもそうなんだぜ」

「学生が使う武器とか防具は、獅子王大祭の運営が用意してませんでしたっけ」

「そっちはそうだが来客だ。帝都には有名な鍛冶屋が多いだろ」

ヴェルリッヒが指をさすのはこの鍛冶屋街の中でも、名店に数えられる鍛冶屋が並ぶ通りだ。

そこには以前と変わらず学生の姿もないわけではなく、また貴族をはじめとした資産家の姿も多く見られる。早くも国外からの客と思《おぼ》しき者たちが交じっていた。

「賑わってるとこは獅子王大祭でやってくる客向けに、品数を増やしてるって話だぜ」

「稼ぎ時でしょうしね。けど、ヴェルリッヒさんは仕事をしないじゃないですか」

「がぁーっはっはっはっ！　レンも俺様をよくわかってきたじゃねぇか！　いいぜ！　この前作った調理用のナイフを後でくれてやる！　考えてみりゃ俺様は自分で料理しねぇからよ！」

きっと、料理長が喜ぶだろう。

◇◇◇◇

レオメルへ向かう魔導船が、真夜中の空を泳ぐように進んでいた。

途中、幾隻もの魔導船が空中で停泊し、専用のタラップを繋げて人と人が行き来する。

「閣下！　ここより先はレオメル領空となります！」

何人もの剛剣使いたちに声を掛けられる、背の高い女性がいた。

髪はとても長く腰まで届きそうなほど。ボリュームに富んだ緋色《スカーレット》の髪は気品を感じさせる。整った顔立ちに言葉では言い表せない力強さと、剛剣使い特有の凄《すご》みを内包した女性だ。

彼女こそ獅子聖庁長官、エステル・オスロエス・ドレイク。

久方ぶりに彼女を目の当たりにした獅子聖庁の騎士たちは、その迫力に息を呑んでいた。

女傑が言う。

「皆がこれよりマーテル大陸へ向かう者らだな」

エステルは床についてしまいそうなほど長い漆黒の軍服を見事に着こなす。空高き場所に吹く夜風を浴びる彼女は、その軍服を翼のように靡《なび》かせていた。

獅子聖庁の騎士がエステルの声に答える。

「はっ！　現地の増援として向かうこととなっております！」

わざわざ空で合流したのはそのため。

魔導船を行き来している周りの者たちは、諸々の情報を共有することに励んでいる。

「私が不在の獅子聖庁はどうだった。皆々、怠けることなく研鑽《けんさん》に励んでいたか？」

尋ねられた騎士の中から、代表して口を開く者がいた。獅子聖庁に足を運んで研鑽に励むレンとも度々剣を交わしていた、巨軀《きょく》を誇る力自慢の騎士だ。

この男であっても、エステルを前にすれば久方ぶりの緊張に身体が強張《こわば》る。

「もちろんです。最近は以前にも増して、鍛錬に励まねばならない事情があります故」

「まさか――皇族の方々に対し、失態を演じたのではなかろうな」

エステルが纏う気配が変わった。

獅子聖庁の騎士たちはとりわけ皇族への忠義に厚かったが、エステルはさらに厚い。

それ故、彼女は部下が失態を演じた可能性を危惧して声音に覇気を混じらせた。

彼女の圧を前に騎士は生唾を飲み込むも、すぐに真意を口にする。

「新たな才能を前に、我らが力不足を実感しただけなのです」

「新たな才能だと？」

騎士はユリシス・イグナートの紹介で獅子聖庁に足を運ぶようになったレン・アシュトンと、リシア・クラウゼルのことを語った。

話を聞いたエステルは、リシアに限らずレンにも興味を抱いたようだ。

「閣下も彼をご覧になればすぐにわかるかと」

すると、もう一人の騎士が口を開いた。

「レン殿はもう剣豪級ですし、昨夏には第三皇子殿下のお傍で剣を取り、大時計台の騒動にて特筆すべき活躍をしてみせました。剣聖になる日も、そう遠くないかもしれません」

「ラディウス殿下の友人となった少年のことか。噂には聞いているが」

エステルはレン・アシュトンのことを考えながら、祖国レオメルの方角に顔を向けた。

が、すべては実際に見てからでないと判断できないと思い、息を吐く。自分の代わりにマーテル大陸へ向かう部下の肩に手を置いて、

「興味深い話を聞けた。後のことは頼んだぞ」

「はっ！」

檄《げき》を飛ばしたエステルは、愛する祖国への帰路に就いた。


翌日に。

しばらくぶりの帰郷に思うことはいくつもあった。魔導船の窓から見下ろす夕方の祖国の景色には熱い気持ちが滾る。

彼女を乗せた軍用機は、帝都のはずれにある軍保有の魔導船乗り場に降り立った。

そこからは専用の線路を進む魔導列車に乗り、獅子聖庁近くの駅まで向かう。魔導列車を降りると帝城を目指した。

夕方と夜の間くらいの空になっていた頃、帝城に着いたエステルは皇帝に謁見した。

彼女は皇帝からねぎらいの言葉を頂戴した後に、昨夏のエレンディルでの騒動を尋ねた。

しかし、皇帝はラディウスに聞くよう言った。

その方が、長期の遠征を務めた本当の理由もあって都合がいいだろう、とつづけて。


エステルが謁見の間を出ると、回廊には壁に背を預けたラディウスの姿があった。

「ラディウス殿下！　お久しゅうございます！」

獅子聖庁の内装にも似た、黒い大理石調の回廊に彼の姿がよく映える。

エステルの声を聞いたラディウスは壁から背を離し、近づいてくるエステルの元へ歩を進めた。

それを見たエステルが慌てて片膝をつこうとしたのだが、ラディウスに「楽にしてくれ」と言われたため、彼女は立ったまま姿勢を正した。

「私は楽にしてくれと言ったのだが」

「これが私にとって楽な姿勢なのです。ご容赦を」

「まったく……相変わらずだな」

ラディウスはエステルの肩にぽん、と手を置いた。

「レオメルを愛するそなたにとって、これほど長期の遠征は思うところがあったであろう」

「とんでもない。陛下とラディウス殿下から密命をいただいたこと以上の誉れはありませぬ」

「すまないな。しかし、おかげで収穫があったと聞く」

「はっ。陛下にはすでにご報告しております。ラディウス殿下にも是非にと思っておりました」

二人は示し合わせたように歩き出す。

窓から差し込む茜色の光が、こうしている間にも消えつつあった。

「ラディウス殿下からご相談いただいたのは、二年前の春でしたか」

「ああ。その数か月前にバルドル山脈で勃発した騒動について、私は多くを考えた。魔王教の存在は我が国だけに牙を剝いたのか、否かが焦点となった」

「そしてその際、都合よく聖地から増援依頼が届きました」

ラディウスが頷き、当時を思い返しながら言う。

「我らとしては奴らに恩を売れる。それに若干でも示威行為に踏み切れた」

「ですが、本当の目的は違った」

間髪入れないエステルの言葉こそ、彼女ほどの人物が祖国を二年近くも離れていた理由だ。

「陛下とラディウス殿下はある目的があって、私に密命をお与えくださった。祖国を離れた私はその命に従い、数多くのことを調べて参りました」

密命の内容は調査だった。

表向きは獅子聖庁の騎士たちを率いての増援部隊であり、実際に紛争地では人道支援などにも協力した。

だが、それだけのためにしばらく祖国を離れていたわけではない。

エステルには紛争地の争いに魔王教が関わっていないか調べ、また魔王教に関する情報は些細《ささい》なことに至るまで探るという使命、密命があった。

エステルが単身でマーテル大陸を巡ることもあった。彼女ほどの立場の人間が二年近く祖国を離れていたのは、それが最たる理由だ。

皇族や帝都を守る戦力は多い方がいい。それもあって最初は長期の任務に思うところがあったエステルだが、レオメルには剣王がいる。剣王に対処しきれない状況に陥ってしまえば、エステルがいても同じことだった。

皇帝やラディウスにも葛藤はあった。いくら重要な調査とはいえ、エステルほどの人間を二年も祖国から派遣することには迷いがあったのだ。

しかし、重要な仕事であるからこそのエステルだったとも。

「マーテル大陸にて調査活動をつづけ、魔王教の幹部と思しき者らの情報を得て参りました」

ならばこそ、彼女を派遣することに意味があったといえよう。

レオメルとしても魔王教の存在を甘く見ていないことの証明であり、こうして密命を下した価値を示せたのなら誰も文句はないはずだ。

「度々報告は届いていたが、直接聞ける機会がどれほど待ち遠しかったことか」

昨夏、エレンディルの大時計台を襲ったレニダスから得た情報もある。

尋問にかけたことで得られたのは、魔王教はとある神殿を襲い、保管されていた聖遺物『エル・フエン・の涙』を盗んだことだ。

その際、レニダスや魔王教徒たちは教主と呼ばれる者を筆頭に据えていたという。これらについては、レオメルから遠く離れたマーテル大陸にいたエステルにも共有していた。

エステルが軍服の懐から、一枚の紙を取り出した。

それを受け取ったラディウスが目を通すところへ、エステルがつづける。

「――――この男の名に、どうやってたどり着いた」

「すべては、魔王教から得られた情報による結論です」

「戦ったのだな？」

「はっ。紛争地でもやはり暗躍していたらしく、あちらでの調査中に何度か魔王教と遭遇いたしました。ですが、そこに書かれている男と戦ったわけではありません」

エステルは幾度も魔王教徒と剣を交えたのだが、一度も傷を負うことなくその戦いを終えた。

相手を尋問にかけたり、荷物から得られる僅かな情報をおよそ二年の間にいくつも集めたことで、彼女はある人物にたどり着いたのだ。

「その男が教主だと思われます」

「……伝承によると、魔王の側近を務めた者の一人だったか」

「その男が死んだという確かな記録はありません。あるのは、魔王が死ぬと同時に姿を消したという記録のみでございます」

ラディウスは歩きながら「確かにそうだ」と呟き、じっと羊皮紙を見つめた。

半歩遅れて歩くエステルはその様子を視界に収めながら言う。

「以前、奴らに襲われたという神殿の件は覚えておいででしょうか」

「エルフェンの涙が盗まれた場所のことか。覚えているが、それがどうかしたのか？」

「その神殿に足を運んでいた冒険者と会うことができました。聞くところによると、その際、教主と思しき者の傍に二人の側近がいたそうです」

「それはあの男《レニダス》からも聞けていなかったな。その二人の外見などの情報はあるか？」

「ございません。聖地にいた者も居合わせた冒険者たちも、目の当たりにした教主らしき人物と二人の側近はローブに身を包み、仮面で顔を隠していたと言っておりました」

以前、レンが彼なりに考えて魔王教の情報を共有すべく動いたことがある。

自分が持つ魔王教の情報——といってもどこに現れるかなどはもうあてにならないため、共有できる情報は限りなく少なかった。

バルドル山脈の騒動の際にユリシスに共有した情報こそレンが知る情報のほとんどだったくらいなのだ。

「情報をまとめ次第、レンとユリシスにも伝えなくてはな」

魔王教に教主と呼ばれる存在がいたことはレンも知っていたし、情報を共有している。


レンは、教主の存在自体は、七英雄の伝説IIの終盤で姿を見せたため知っていたのだ。だから昨夏の騒動の際も、教主という単語を聞いて眉をひそめた。もっとも、レンが見た教主もエステルの報告通り姿を隠していたため、教主の名とその種族、また二人の大幹部がいることは、レンもはじめて知ることになるだろう。

「もう少し話が聞きたい。構わないか？」

「無論です。ご報告もなしに屋敷へ帰るなどできるはずがありません」

「悪いな。そなたの故郷ドレイクとオスロエス山の恵みを取り寄せてある。食事をしながらゆっくり聞かせてくれ」

ラディウスはそう言ってから、

「……忙しくなるな」

と呟いた。


エステルとの話が終わり、ラディウスは報告書を読むため自室へ向かった。

一方、城内を歩くエステルは途中、近衛《このえ》騎士に呼ばれて謁見の間へ再び足を運んだ。そこで皇帝に新たな命令を下された彼女は、謁見の間を去る前に一つ厳命された。

新たな任務の内容は誰にも知られることがあってはならぬ、ということ。

たとえラディウスであっても、皇妃であってもだ。

エステルは任務の内容を不思議に思うも、皇帝に「お任せください」と答えた。

「また、珍しい任務をくださるものだ」

夜が更けていく。

帝城を出たエステルは満天の星を見上げてから、久方ぶりに自分の屋敷への帰路に就いた。

三章　剣の腕前

おはようございます、と獅子聖庁の騎士が言った。

夜が明けきらない、空が薄暗い頃の挨拶だ。

「聖女様はいらっしゃらなかったのですか？」

「リシア様はクラウゼル家の仕事があるんです。授業には間に合うんですが、朝の訓練には参加できないらしくて」

レンは獅子聖庁の騎士に会釈をして、先へと進んだ。


訓練場で。

いつものように訓練をして、汗を流す。

漆黒の騎士たちと剣を磨き合いつづけること、数時間。立てつづけの立ち合いを経たレンが息を切らしながら、なおも剣を振っていた。

こうなると、大の大人たちにも音を上げる者が現れはじめる。

幾人も武舞台の中央を離れ、地べたに腰をつく。

しかし、彼らを少年に負けた軟弱者とは言えない。

レンは日々、まさしく人間離れした速度で成長をつづけている。才能あふれる獅子聖庁の騎士たちであろうと、魔剣使いの少年はさらに上をいきつづけた。

騎士たちが話す。

「最近のレン殿は以前にも増して気迫がこもっているな……」

「何でも、獅子王大祭の影響もあるそうだぞ。放課後に通える日が少なくなるだろうから、なるべく朝早くに通えるようにしているらしい」

騎士たちの視線の先にて、レンはただ剣を振ることに真摯だった。

(もっとだ)

彼が剣を振ることに没頭。

滾る力をいかんなく発揮しながら汗を散らしていたところで、

「まさかあのお方は……!?」

「い、いつの間に帰られていたのだ!?」

騎士たちが驚き、座っていた者たちも慌てて立ち上がる。

地下に広がる訓練場から見上げることのできる、吹き抜けの上。そこに現れた者の姿に気が付いた者たちから、次々に背筋を伸ばす。

皆、一様に口を閉じた。

レンの相手をしていた者も手を止め、吹き抜けを見上げる。

その姿に、レンは相手が「参った」の合図を出したのだと思い、

「つづけてお願いします」

意気揚々とその言葉を口にして、次の挑戦者を待つ。

絶えず剣を振り、纏いの練度を高める。

剣聖になるために余念がなかったレンの耳に、

「エルフェン教曰く、不屈はもっとも偉大な精神の一つだそうだ。そこに剛力を伴えば、人々はそれを剛勇と讃《たた》えるらしい」


遥か頭上から届いた女性の声。

声から伝わる迫力に、レンは無意識に吹き抜けを見上げた。

その先に、

「――――私の獅子聖庁に、随分と威勢がいい少年がいるじゃないか」


彼女がいた。

吹き抜けの上からこちらを見下ろす、苛烈の権化が。

(な……何で……？)

こんなにも急に、何の前触れもなしに現れるとは予想していなかった。

現れた人物は啞然とするレンを嘲笑《あざわら》うかのように堂々と、この場に集まった騎士たちへと檄を飛ばす。

「皆々は訓練をつづけよ。年端もいかぬ少年に負けたことを悔しく思えるのならな」

革靴で歩くたびにカツン、という音が響き渡っていた。

誰よりも存在感を放ちながら訓練場の中央へやってきた彼女が、レンに話しかける。

「名を名乗れ」

訓練場のほぼ中心で。

向けられた迫力が、その声からひしひしと伝わってくるようだった。

肌をひりつかせるほどの覇気と相まって、レンは生唾を飲みかけたのだが、すぐに落ち着きを取り戻して女性を驚かせた。

彼女が「ほう」と微《かす》かに笑うのを前に、自己紹介を。

「レン・アシュトンと申します」

「やはりか」

女性の貫くような鋭い視線に、レンは決して怯《ひる》まなかった。

「私はエステル。この獅子聖庁の長官である」

その名はレンが予想していた通りだった。

エステルを目の当たりにしたレンは、久しく経験していなかった緊張感に苛《さいな》まれていた。

（帰還した軍を迎えるパレードとかの話はなかったような……まぁ、毎回やるわけじゃないだろうけど）


だが、そんなレンが時計を見て「あっ」と声を漏らす。

学院に行く身支度を整えなければならない時間が近づいていた。

剣を振ることに没頭しすぎていたことを知り、彼は頭を抱えかけた。

それでもレンはエステルほどの大物を前に、いくら学院があろうとここで立ち去るのはどうだろうかという、当たり前の疑問を抱く。

「長官、レン殿はこれより学院がありますので」

一人の騎士が助け舟を出すと、エステルが態度を急変させた。

「レン、ちゃんと学院へ行くのだろう？」

「は、はい！　しかしながらご挨拶をすべきと思い、なかなか申し上げられなくて！」

「うむ。素晴らしい心がけだ。しかし授業も大事にせねばならん。特にこの時期はな」

すると、エステルはレンがきょとんとするほどあっさり許してくれた。

レンはその返事を受けて頭を下げると、足早に訓練場を後にする。

レンが去っていく姿を見ながら、

「悪くない。芯の通った男ではないか」

さらにエステルは「もっとも、私の夫ほどではないが」と笑った。

◇　◇　◇　◇

「――ってことがありました」

レンが教室で獅子聖庁でのことをリシアに告げた。

二人が立ち話をしていたのは、隣り合った自分たちの席の傍だ。そこへやってきたセーラが笑みを引き攣らせた。

「あ……あの長官殿が帰ってきたのね」

「私はその長官殿と会ったことないけど、セーラは何か嫌な思い出でもあるの？」

「あたしというかお父様がね。それも嫌な思い出ってわけじゃないけど」

レンとリシアがエレンディルに来るしばらく前に、セーラの父である現リオハルド英爵がエステルと剣を競った。

意見の相違などの剣呑《けんのん》なそれではなく、互いに剣の腕を確かめることを目的として。

「ぼろ負けよ、ぼろ負け」

「ほんと？　セーラのお父様も剣聖級なのに？」

「ええ。傍《はた》から見てるあたしは何が何だかさっぱりだったわ。実際に戦ったお父様も、よくわからないうちに負けたって言ってたくらいだし」

それに、とセーラが当時のことを思い出しながら。

「リシアも知ってると思うけど、剛剣使いの剣聖って他の流派の剣聖よりずっと強いでしょ。それに剣聖って、一つの階級の中で実力差が一番あるじゃない」

剣聖は剣王の一つ下の位だからだ。

それより上は剣王しか存在しないため、比べようにも難しく、同じ剣聖同士でも実力差が大きいことも珍しくない。

剛剣技における剣聖であれば、剛剣の特異性から特にそうだ。

「あっ！　そういえば、リシアに聞きたいことがあったんだから！」

「急にどうしたの？」

「剛剣技よ！　剛剣技！　どうなの？　リシアも獅子聖庁に足を運んで剣を磨いてるって聞いたけど、どのくらい強くなってるのか聞かせてよ」

ただでさえライバルとして、またその強さを目標としてきたセーラにとって、リシアの強さが気になってたまらなかった。

「去年の終わり頃に剣客級の戦技を使えるようになって、剣豪級を目指してるとこ」

親友のあっさりとした返事にセーラの笑みが凍った。

「……聞かなきゃよかった」

他の流派における剣豪級といったところか。しかもそれが、昨年末というのだからセーラは恐れ入った。

セーラはリシアの机に突っ伏すと、その下で両足をばたつかせる。

恐らく……というか間違いなく、リシアとの実力差が開いたことを悟って思うところがあったようだ。

「……リシア様」

「気にしないで。セーラはこう見えて打たれ強いから」

「こう見えてって何よ！　あたしが貧弱に見えるってこと？」

「見た目はね。だってセーラ、腰とかすっごく細いじゃない」

「嫌みにしか聞こえないんだけど。あたしより細い子に言われたくないわ」

二人は冗談を交わしてから微笑み合った。

リシアが仕方なさそうに頬杖《ほおづえ》をついてすぐ、レンが「あれ？」と、

「そういえば、ヴェインがいませんね」

いまの言葉で三人の間に緊張が奔《はし》った。

主にセーラの態度が変わったことで、レンが啞然とする羽目になる。

「誰それ？　知らない人の名前」

「……え」

セーラのやや冷たい声にレンがきょとんとしていると、そのセーラが窓の外に目を向けてつんとした態度を示す。

リシアがそんなレンに耳打ち。

一瞬、彼女の甘い香りがレンに届いた。

「彼、一つ上の先輩に呼ばれてるみたい。二年次にいる英爵家の方で、すっごく綺麗な女性なんですって」

「ああ、噂には聞いたことがあります」

「セーラが不機嫌になったのはそのせいよ」

「なるほど。俺は触れちゃいけないことに触れちゃったみたいですね」

リシアは「気にしないでいいと思うわ」と苦笑した。

「……レンもその先輩と会ってみたい？」

「いえ、別に」

即答にリシアが逆に面食らう。

その横で、レンは密かに考えた。

（そんなイベントがあった気がする）

入学して間もないヴェインは英爵家の者たちと友誼を深めていく中で、サブヒロインに位置付けられた二年次の少女とも出会う。

リシアが言ったように、綺麗な少女だ。

（いまみたくリオハルド様が不機嫌になってたっけ）

レンの現状は、イベントの裏側といったところなのかもしれない。

ゲームとこの現実を一緒くたにすることはレンも愚かだと何度も心に思ったことだが、似た何かがあるとつい考えさせられてしまう。

「そうだ！　今日の午後からよね！　あたしたちが参加する授業がはじまるのって！」

不機嫌だったセーラが気分を一新するために、半ば強引に話題を変えた。

彼女が何よりも楽しみにしていた剣術の授業だ。

剣術のような一般的な授業は特待クラスに限らず、一般クラスの生徒が交じることもある。

三人は午後から同じ授業を受ける予定だった。

「でもセーラ、私は前から言ってたけど、別に学院の外で一緒に訓練をしてもいいんだからね」

「覚えてるけど、せっかくだから学院で剣を交わせる日を待ちたかったの」

「それ、何か意味があるの？」

「気持ちの問題だってば。前に騎士の詰め所でぼろ負けしたときよりも強くなったあたしを、この晴れ舞台で見てもらいたいし」

そこにセーラなりの考えがあるのなら、レンもリシアも尊重する気でいた。

ヴェインが教室に戻ると、セーラはつんとした顔で彼を迎えた。

レンは戸惑ったヴェインの後ろ姿を見て、「頑張れ」と声に出さず微笑んだ。

◇　◇　◇　◇

昼食を終えてから訓練場に向かう前、セーラは更衣室の中で午前中よりもさらに上機嫌な姿を披露していた。

「入念に準備しなくちゃ」

「準備運動で体力を使いすぎないようにしなさいよ」

「わかってるってば！」

帝国士官学院が指定する専用の運動着があるわけではないため、生徒たちは皆自分が動きやすく、気持ちが昂るそれに身を包む。


着替えを終えた二人が更衣室を出て、剣術の授業で使う訓練場へ。

さながら小さな闘技場と言わんばかりの訓練場は、おおよそ一つの学び舎が持つには過剰すぎる設備に見える。周囲には客席まで用意されていた。

そこには生徒がすでに十人は揃っていた。

中にヴェインの姿はあったが、レンの姿は見えない。

「レンはまだみたいね」とセーラが言えばリシアが答える。

「レンなら遅れてくるわよ。獅子王大祭の実行委員の仕事があるから、午後の授業は後半から参加するって」

「え？　それならリシアも行かないといけないんじゃない？」

「本来ならね」

「本来ならって、どういうこと？」

「気にしないで。こっちの話だから」

レンの仕事は大したものではなく、軽めの書類仕事をこなす程度のもの。

それにリシアを付き合わせるのはセーラが可哀《かわい》そうとレンは考えた。今日までこの日の授業を待っていた彼女に対し、これ以上のおあずけはしたくない。

リシアはそうした事実を煙《けむ》に巻《ま》き、授業開始前の準備運動に取りかかる。

彼女が身体をほぐしていると、そこへやってきたヴェインがセーラとリシアに声を掛ける。

「レンは遅れてくるんだってさ」

「実行委員の仕事ならしょうがないし、あたしたちも感謝しないとね」

「ああ。っていうわけで、えっと……今日はクラウゼルさんと？」

「当たり前じゃない」

会話をしながら準備運動をするうちに、その時間は訪れた。

この授業を担当する男性の教官が訓練場にやってくると、集まったおよそ二十名の生徒たちを見て口を開く。

「帝国剣術の授業へようこそ」

この学院では他にも、聖剣技などの授業を選択することもできる。

基本となる帝国剣術を受講すれば剣術の単位は問題ないため、あとは生徒の裁量次第だ。

「レオメルでは、帝国剣術を基本的な剣術と定めている。特待クラスはもちろん、一般クラスに入学した者たちもそれなりに剣の扱いは学んでいるはずだ」

生徒たちが静かに頷いた。

「まずは皆の程度を確かめたい。皆、好きなように相手を見つけて剣を振りなさい」

生徒たちがペアを作って剣を振ろうとしていた中、一際注目を集めていたのがリシアとセーラのペアだった。

類《たぐい》まれな美貌はさることながら、互いにその剣の腕を轟《とどろ》かせる少女たち。

教官も、二人がどれほど強いのかと興味を抱いていた。

生徒たちが無意識に避けていた訓練場の中央へ向かった二人は、注目を集めている事実を気にすることなく訓練用の剣を構えた。

いつもレンと、あるいは獅子聖庁の騎士を相手に剣を振るリシアは自然体で悠々と。

これは授業の一環であり、教官が生徒たちのレベルを測るための時間だ。

しかしこの二人ならと思い、また、別の思惑があった教官は二人が剣を交わすことも止めようとはしなかった。


授業の一環という前提はありながら、セーラはまるでそれを意識していないかのように剣を振る。

彼女の踏み込みと剣の振りは、間違いなくただの少女のそれじゃない。

「ふっ！」

空を割くような圧が訓練場に波及していく。

身のこなし、剣の冴《さ》え、すべてが他の生徒たちの自信を奪うほどの実力だった。

だが、リオハルド英爵仕込みの剣を披露するセーラへ向けられていた注目がそれた。

これまで鮮烈な姿を見せていたセーラに対し、すべて防ぎきるリシアの凄みが強調されはじめた。

「変なの！　リシアったらまた強くなってるじゃないっ！　でもどうしたの⁉　あたしの様子ばっかり見計らっちゃって！」

「いけない？」

「いけないとは思わないけど、まさか嘗めてるわけじゃないわよね！」

「そんなはずないでしょ。ただ、探ってるだけよ」

それを証明するかのように、ある一瞬を境にリシアの立ち回りに変化が訪れた。

風のように疾《はや》いセーラの剣が、リシアが構えた剣の真横を滑る。


ふと、体勢を崩されたセーラが慌てて身構えれば、

「――――え⁉」

そこへ迫る、リシアの剣。

風のように疾かったはずのセーラの剣よりも、数段疾い。

セーラは受け止めるも重く、足元がふらつきそうになった。

それでも、リシアは剛剣技特有の概念である纏いを用いていなかった。あれを戦技として扱うかどうか難しいところだが、授業の趣旨に添わないと思って。

「まだ疾くなるんでしょ！　リシアの本当の剣速をあたしに見せて！」

「ええ！　そのつもり！」

一段、また一段と剣を振る速度を上げたリシアは、いつしかそれをレンを相手にする際の速度にまで昇華させた。

そこに剛剣技の強さが加わっていたら、また別格だったはず。

剣の重みも速度も別物のそれへと変貌し、さらに格が違う姿を披露しただろう。

しかしリシアは、その力を使わずともセーラを圧倒してみせた。


一撃目を防いだセーラの足元が、新たな衝撃で揺らぐ。

二撃目を防ごうにも体勢を整えきれなかったセーラの腕が、脇を大きく開けて伸びきった。

三撃目は遂《つい》に何もできず、セーラが手にした剣が弾き飛ばされた。


やがて、床に膝をついたセーラの前にリシアの剣が突き付けられた。

敗北を喫したものの、セーラは笑みを浮かべていた。

前に剣を交わしたときよりも開いた実力に募る悔しさは筆舌に尽くしがたいが、目標とする少女の強さを前に、滾る思いもある。

「ほら、セーラ」

セーラに手を貸したリシア。

「ありがと。はぁ……これで剛剣技も使えるんでしょ？　そうなったらどうなっちゃうのよ」

「でもセーラだって、聖剣技があるじゃない」

「それを言ったら、リシアは神聖魔法も使えるようになるわ」

セーラは当てつけのように不満を言ったのではない。

頬には笑みが浮かんで、先ほどまでの戦いに充足を得ていたことは事実なのだ。

実際、リシアには感謝している。最後に彼女が披露した剣は、いまのリシアが纏いを用いない場合に披露できる最速だ。

あれ以上はもう、本当の戦いになってしまう。

だからここでリシアが見せることのできる、すべてだったはず。

「もう一回！　まだ時間はあるからいいでしょ？」

セーラが言った。

「大丈夫だけど、ヴェイン君はいいの？」

「平気！　ヴェインにも今日はリシアとしたいって言ってあるから！」

舌をぺろっと出して言ったセーラにはまだやる気が満《み》ち溢《あふ》れており、つづく訓練においても心が折れることなくリシアと剣を振ることができた。


授業中、彼女と剣を交わしたいとリシアに声を掛ける男子生徒が数人いた。

彼らは以前、リシアの美貌に惹《ひ》かれて声を掛けたことがあった。

彼らは腕前に自信がありそうだったけれど、

「ごめんなさい。今日はセーラとするって決めてるから」

リシアが袖にしても、男子生徒たちはすぐさま食い下がる。

「では次の授業はどうでしょう？　いつも傍にいるアシュトンも腕利きと聞きますが、私とも是非」

「私も、騎士の子よりよき訓練相手になるかと思います！」

きっと彼らは無意識だった。

別にレンを貶《けな》すような意図はなく、自分がリシアと親しくなりたいが故の必死さから出る言葉だった。

セーラは隣で話を聞きながら苦笑した。

何を言ってるんだと思いながら、でも皆がレンの強さを知らないのは仕方ないと理解しつつリシアの顔を窺った。

リシアはというと、

「気遣ってくれてありがとう。でも平気だから、ごめんなさい」

可憐な笑みを浮かべて言ったところで、セーラに顔を向けた。

「つづきをしましょ」

「ええ」

先ほどの二人は口を挟めず、彼女たちの剣を眺めることしかできなかった。

教官が「つづきをしろ」と言えば、二人は諦めて元の場所に戻る。

一方、リシアが気にしていない様子でつづけた。

「そういえばさっきの子たちって、皇族派と英雄派の貴族の子じゃなかった？」

「最近は結構多いわよ。ほら、バルドル山脈での件から派閥を超えた交流が増えたでしょ？　派閥争いがつづいているところもあれば、そうじゃないところもあるってわけ」

「ふぅん……だからなんだ」

午後の授業の前半は、この二人が誰よりも注目を集めた。

同じくらいヴェインも注目を集め、その実力を同年代の少年少女たちに見せつけた。

彼は剣の腕はまだセーラに及ばないとしても、膂力やその他を含めれば彼女と同等か、もしかするとやや上回っているのかもしれない。


レンがやってきたのは、授業が終わる直前だった。

すぐに授業終了を知らせる鐘の音が鳴り響き、剣術の教官が終了の合図を口にした。

汗をかいた生徒たちは少しずつ訓練場を後にしていく。

休憩をしたり、雑談をして残る者。他にはいまやってきたレンを見て、彼も剣を振るのだろうかと興味深く観察している者。

リシアに声を掛けた二人組も合わせて、まだ全体の半数ほどの生徒が残っていた。

「ごめんなさい。私も一緒に仕事しなくちゃいけなかったのに」

「いえいえ。これ以上、リオハルド様をお待たせするのは申し訳ありませんし」

リシアはレンの気遣いに「ありがと」と声を弾ませた。

二人が話しているところに、

「アシュトン、クラウゼル」

教官が声を掛けてきた。

「アシュトンの腕も確認しておきたい。クラウゼルには相手を務めてほしい」

授業がはじまる際、彼はある思惑があってリシアとセーラの立ち合いを止めず自由に戦わせたのだが、レンも無関係ではなかった。

訓練場に残っていた生徒たちが、レンとリシアの様子に気が付いた。

まずはリシアに声を掛けた二人組が、

「あいつ、本当に強いのか？」

「最終試験も静かだったらしいし、どうだろうな」

客席の一角でその声を聞いたセーラは前列の椅子の背もたれに肘を置き、頬杖を突いた。

隣に座っていたヴェインも仕方なさそうにしていた。

「レン、最終試験ではまったく実力を見せず補助に徹していたそうよ」

「聞いたよ。魔物が現れても軽々と剣を振って倒してたから、本当の強さがわからなかったって」

「そ。だから楽しみ。彼がどのくらい強いのか、もう一度この目で見られるんだから」

二人が密かに言葉を交わし合うのに気が付くことなく、レンとリシアが向かい合って居住まいを正した。

訓練場の中心に向かった二人は、特に緊張した様子もなくいつも通り。獅子聖庁で訓練をする前のよう。

「いつもみたいに剣を振りながら身体を温めれば大丈夫です」

「準備運動は？」

「ええ。わかった」

あれほどの剣を見せたリシアを前に、彼は実戦形式で身体をほぐす？　それはあまりにもリシアを嘗めてはいないだろうか、という驚きがあった。

だが、はじまったリシアが見せる踏み込み、剣を振る速度に至るすべてがセーラと立ち合っていたときとほぼ同一。

ゆったりと構えたレンが反応しきれずにやられることすら、想像できたのに、

――――想像は、どれも外れた。

「嘘、でしょ」

「いま、何があったの……？」

女子生徒たちが驚きの声を漏らす。

いつの間に剣で受け止めたの？

何も見えなかった。

彼女たちの表情から、そんな声が聞こえてきそうだった。

生徒たちが目の当たりにしたのは、リシアの剣があっさり防がれた光景だ。

受け止めたレンの手元はおろか、彼は体幹もまったくぶれていない。それには腕に覚えのあるセ

ーラとヴェインも驚かされる。

「やっぱり、去年の夏とは別格ね」

「ああ」

レンの強さを見た経験のある二人が、あの夏を思い返して。

他の生徒たちの声は圧倒され、言葉通り息を呑みまばたきを忘れていたほどだ。リシアに声を掛けた二人組にいたっては絶句している。

彼女が剣を振る速度が増し、剣と剣がぶつかり合う音が皆の耳を刺す。

リシアは剣を握る手により力を込め、すぅ――――っと息を吸った。

眼前の少年、レン・アシュトンもまた、これまでリシアの剣を受け止めるだけだった立ち回りを変え――――。


一瞬、響き渡った剣戟《けんげき》の轟音《ごうおん》。

受け止め方を変えたレンの手元から、リシアの手にもたらされる衝撃。

二人が交わす剣の圧が、瞬く間に変貌した。

雰囲気が変わったリシアの剣は苛烈さを増しているにもかかわらず、レンは難なく対処した。

リシアが攻撃したはずなのに、受け止められた彼女が逆に後退させられる。しかし、彼女も負けじと剣を握る手に力を込めた。

レンが返す剣を軽い身のこなしで避《よ》けると、得意とする流麗な剣閃をこれまで以上に鋭く放つ。

どうすればあれを防げるのか、どうすればあれをいなせるのか、周囲の生徒たちは何も考えつかなかった。


速度も膂力も目を見張るものだったが……。

レンは真正面から容易に弾き返すと同時に、体勢を崩したリシアに剣を突き付けた。見た目にはほとんど一瞬の鬩《せめ》ぎ合《あ》いが、見守る者たちの言葉を奪う。

空間を満たす静寂をリシアが破る。

「いまのは結構自信あったのに」

リシアが剣から手を離すと、彼女の剣が床に転がった。

レンは防ぐどころか容易に一本を取ってしまったことに苦笑いを浮かべ、剣をそっと下ろした。

学生離れなどという言葉では到底言い表すことができない。

獅子聖庁で剣を磨く者がいかに常人離れした力を発揮するか、それを纏いや戦技を用いず知らしめた二人。

もはやここに、レンの実力を疑う者は誰一人としていない。

剣術の教官が神妙な面持ちでレンとリシアに近づいた。

彼もまた先ほどまで二人の剣に言葉を失い、強さに多くを考えていた者の一人。

「話がある。こっちに来なさい」

教官が言い、二人を連れてこの場を後にした。

放心していた生徒たちはその様子を何も言うことなく見送ったのだが、十数秒後には息を吹き返したように、一斉に口を開いた。


二人は教官に連れられて、訓練場近くにある教官が使う準備室に足を踏み入れた。

そこで椅子に座らされた二人の前に、教官が同じく腰を下ろす。

教官も二人が剛剣使いであることは聞いていた。

二人が足しげく獅子聖庁に通っていることは多くの者が知る。中にはレンがリシアの護衛か何かとして通っていると思っている者も少なくないようだが。

剛剣は他の流派と比べて使い手が極端に少ない。獅子聖庁が剛剣技の聖地なだけで、外に出れば剛剣使いは滅多にいないのだ。

教官も、剛剣使い同士が剣を交わす場面は久しく見ていなかった。

「今後のことを話し合う必要がありそうだ」

教官は難しい顔で話しはじめた。

◇　◇　◇　◇

放課後、職員室に戻った教官が別の科目の教授らと言葉を交わす。

「新入生総代の二人をご存じですか？」

「もちろん。彼らは私が担当している魔物生物学の授業も意欲的に受講しておりますしね」

答えた女性の教授につづき、話を聞く別の男性教授が、

「レン・アシュトンと言えばつい先日、授業後の後片付けを手伝ってくれましたな。ああ、別の日は準備も手伝ってくれましたぞ」

「急にどうされたのですか？　剣術の授業で彼が何か？」

教官が言う。

「ええ、少し」

先ほどの授業の後半は教官が皆に帝国剣術を指南したが、リシアは何ら得るものがないと確信せざるを得ない。

授業が終わってからの立ち合いから、レンもそうであることは明らかだった。

二人が自分たちも技術の復習に意義を見出《みいだ》せても、大人たちはそうも言っていられなかった。

話を聞いた教員たち。

「剣術の授業では毎年、数人の実力者が上級生に交ざっていたはずです。二年次や三年次、いっそ

のこと、四年次の剣術に参加させてはどうです？」

剣術の教官は「あれでは同じことです」と首を横に振った。

肩をすくめた教官がこれしかないという声音で。

「剣術は必修科目なので、試験は参加しなければなりません。幸い、出席点はない科目なのでそちらは問題ないでしょう。これは皆様もご存じのように特別措置ではありません。実際、試験だけ参加する生徒は前々から存在します」

以前、ヴェルリッヒもレンに言ったことがあった。

ある程度自由度が高くないと、この学院の場合はその性質から考えても多くの面で障害が生じる。

そのため、授業参加より試験が重要視される科目がいくつも存在していた。

その代わり、試験の難易度が他の学び舎と比較にならない。

成績が悪ければ、貴族だろうが他国の王族だろうが容赦なく落第にされるため、授業に出ないなら相応の理由が必要になるのが実情だった。


皆がレンとリシアのことを話していると、クロノアが職員室に姿を見せた。

教官から話を聞いたクロノアは可愛らしく笑って。

「試験はちゃんと受けてもらうとして、剣術の授業時間をどう過ごすかだね」

他の生徒の例となるが、二人のように試験だけ参加する生徒は何人もいる。そうした生徒の多くが、該当する科目で卒業生と同等かそれ以上の知識を誇る優等生だ。

彼らは図書館で勉強したり、別の教科の教授などから課題を貰うことが多い。

これらは自由度が高い特待クラスの生徒によく見られる例であり、レンとリシアもそれらの例に倣うのが一番と思ったクロノアが聞く。

「他の先生たちとも相談して、規則に則《のっと》った上で二人に提案してあげてほしいな。レン君は剣術の授業を週に何回取ってるの？」

「必修単位となる帝国剣術のみですので、週に二回、午後にとっていたはずです」

◇◇◇◇

放課後の校舎を照らす茜色の光が、屋上で歓談する三人にも降り注いでいる。

「私もそうでした」

思い出したように言ったフィオナのシルエットが、西日を背負っていた。

「私も一年次の頃、薬草学の先生から別の科目の課題を貰うことを勧められたんです」

屋上を囲むフェンスに背を預けたレンの傍で、フィオナが一年次の頃を思い出す。

彼女は病弱だった過去があり、自分のためにも薬草学を学ぶ時間が多かった。

今日までに培われた知識は特待クラスの卒業生にも勝り、また専門家にも劣らないと高く評価されていた。

「フィオナ様はそのとき、どうされたんですか？」

レンが聞いた。

「私は他の先生たちから課題をいただいてました。イグナート家のお仕事が度々入ることがあったので、他の授業に交ぜていただくより、その方がいいと思ったんです」

「そっか……そうしたら、勉強以外にも時間を有効活用できますしね」

「ええ。それにいただける課題は大変勉強になりますし、先生たちも空いてる時間は親身に教えてくださいますから」

話を聞くレンはリシアを見た。

リシアは傍に置かれたベンチに座っている。

彼女はレンを見上げて、

「私たちもそうした方がいいかも」

「ですね。あとは課題を先生たちにいただけるかどうかですが」

「それでしたらご安心ください。最近もお二人みたいな方は何人かいらっしゃいますし、昔は確か……入学してすぐに四教科ほど、卒業生と同等かそれ以上の知識を持っていた男子生徒もいましたから」

「どういう方だったんですか？」

レンが尋ねればフィオナは苦笑し、レンとリシアを納得させる言葉を口にする。

「私の父……です」

驚きは不要。

納得は一瞬だった。

「イグナート侯爵なら仕方ないわね」

「すごくしっくりきました」

いずれにせよ、レンとリシアの二人も時間を有効活用したいことに変わりはない。

後でどの教科の教授から課題を貰うか決めるとして、もう一つ決めなければならないのはどこで勉強に励むかだ。

(現実的に考えれば課題を貰う一択だけど……実行委員の仕事が忙しくなったら、そっちをやっちゃえばいいかも)

二人が剣術の授業に参加しない週二日の午後は、フィオナも同じく授業がないそうだ。

先ほど彼女が口にした理由によるもので、午後は図書館で勉強したり、ときに学院の敷地内にある庭園の片隅で勉学に励んでいるという。

リシアはその話を聞いた際に「ご一緒してもいいですか?」と尋ね、フィオナは「私でよければ是非」と答えた。

二人が大時計台の騒動以後、以前にも増して打ち解けているのがレンにもわかった。

「あとで先生に相談しなくちゃね、レン」

「はい。どの教科にするか考えないと」

とリシアとレンが話してから、すぐのことだ。

声が届く。

「レン、ここにいたのか」

屋上にやってきたラディウスが扉を開けて発したものだ。

「あれ？　もう時間だっけ？」

「まだだ。約束の時間になるまで暇を持て余してここに来たら、偶然にも三人を見かけたにすぎん」

レンはラディウスと剣術の授業について話す約束をしていたが、その時間まで二十分ほど早かった。

リシアとフィオナには最初から伝えてあったから「少し早いんですが」と断りを入れ、二人の傍を離れていく。

「ラディウスも授業が入ってない時間があるんだっけ」

「たとえば今日の午後とかな。公務が入ることが多いから、この日の午後は授業を入れないようにしている」

「へぇー、午後の授業がないとこだけは俺と同じじか」

話をしながら屋上を離れる二人を見送ったリシアとフィオナが、ほぼ同時に同じことを考えて互いを見た。

「……リシア様はどう思いますか？」

「もちろん、大いに不満です」

「ですよねっ！　第三皇子殿下と比べたら、侯爵令嬢なんて大したことないはずじゃないですか……っ！

「それを言うと、私は子爵令嬢なのでなおさらですけどね……」

二人は互いに思うところがあった。

それは先ほどのように、レンがラディウスをラディウスと呼び捨てることと、以前と変わらず友人として砕けた態度で接することにある。


あの態度と、彼女たち二人に向けるレンの態度を比較してみると……。

「……はぁ」

この二人は互いにレンに砕けた態度を求めたことがあっても、固辞された者同士だ。

恋敵ながら、こうした話くらい共有していいだろう、とため息を重ねた。

◇◇◇◇

二人の傍を離れたレンが、

「くしゅん」

学院内の庭園に向かいながら話をしていたときにくしゃみをした。

「どうした、急に」

「わかんないけど、いきなり出てきた」

「春の陽気があっても、風邪は引かないようにな」

「うーん……別に油断はしてないんだけどね」

「それは何より。だがまぁ、風邪を引いたら見舞いくらい行ってやろう。そのときは私が、父や母から聞いた昔話でも聞かせてやるさ」

もうそんな年じゃないし、第三皇子にそんなことはさせられない。

「ちなみに、昔話ってどんなの？」

若干、ばつの悪そうな顔を浮かべたレンが髪をかきながら言えば、ラディウスは端整な顔立ちに涼しげな笑みを浮かべた。

「気になるのか？」

「そりゃ、皇族がどんな昔話で幼い皇族をあやしてたのかは気になるし」

「ならば少し話すとしよう」

短く整えられた芝生の上を進みながら、ラディウスが夕暮れの春風に髪を靡かせる。

「昔、とある国に一人の少女が生まれたそうだ」

「おお、割とありそうな感じのはじまり方で――――」

「ちなみに、昔話のタイトルは『蝕《むしば》み姫《ひめ》』だ」

「――――一瞬で不穏になった」

レンの反応が変わる様子にラディウスが笑った。

「生まれた少女こと蝕み姫は、両親でさえ触れることができない、何者も蝕む魔力を持っていたそうだ」

さぁ――――っと辺りの芝生を夕方の風が撫でた。

まだ学院に残っていた生徒たちの声が、時折、二人の耳に届く。

「器割れみたいなもの？」

フィオナが幼い頃に罹《かか》っていた病に似ている気がして聞いたのだが、ラディウスが首を左右に振った。

「器割れは自分の身体を蝕むが、蝕み姫の魔力は自分のことも、そして他者のことも蝕んだ。しかも蝕み姫本人が制御しきれなかったため、蝕み姫の父はやむなく彼女を塔に軟禁したそうだ」

ラディウスは自分が聞かされた昔話そのままに話すというよりは、どういった話なのか掻《か》い摘《つ》まんで。

話を聞くレンは蝕み姫の境遇に切なさを覚えた。また、どうして幼い皇族にそのような昔話を聞かせたのかと疑問を抱く。

しかし、つづきを聞けば、ちゃんと昔話らしくそれらしい終わり方をしていた。

「やがて、一人の男が現れる。その男は蝕み姫の力の影響を受けなかったらしい」

「それじゃ、その人が活躍するのかな」

「ああ。男は蝕み姫の力を抑えるために必要な三つの宝物を集め、蝕み姫に求婚した」

昔話の中でも触れ方は三つの宝物を集めるように、とだけ。

その詳細までは出てこないらしく、あくまでもそうした課題として登場するだけらしい。

ラディウスもラディウスで、昔話だからとあまり気にしていないようだった。

「それで、どうなったの？」

「自分の力がまた再発したらと断りかけた蝕み姫を、男が塔から強引に連れ出した」

そして。

「異常を察知して塔を守っていた者たちが二人を追えば、蝕み姫は『いつか私の力が再発するかもしれない。それか私を連れ戻そうとする者が貴方《あなた》に剣を振るかも』と言った。しかし、男はその言葉を一蹴したという。蝕み姫に『そんなことは気にしない』と笑い、『こうして俺が傍にいるのは嫌ですか？』と問いかけたのだ」

蝕み姫はその問いに答えず、

『私といても幸せになれない。いつか私も貴方も、新たな追手に襲われるかも』と告げた。

しかし、男が言う。

自分のせいで相手を不幸にしたくないと思いつづけた蝕み姫に、本心を語らせるための言葉を。

『そのときは、俺が命を懸けて貴女《あなた》を守るだけです』

月並みな言葉かもしれないが、蝕み姫が欲しかった言葉だ。

「蝕み姫は『なら私のすべてをあげる。だから、貴方が見てきた世界を見せて』と言い、男の傍で生きることを決意した。こうして二人はどこか遠くへ逃げて、幸せに暮らしたと言われている」

どうだ？　とラディウスがレンを見て笑う。

「いい話だと思う。ただ何個か気になることがあるんだけど、いい？」

「ああ、どうしたのだ」

「姫って呼ばれてるってことは、かなりの身分だったのかな」

「所詮は昔話だから細かなことはわからん。田舎の村などでは村を預かる騎士に子ができても、姫と呼ばれる事例があるから何とも言えん」

「ちなみに、どこの国の話なのかも不明？」

「そうした情報も一切ない。だが、昔話なのだからそういうものだろう。話としての整合性を取るというよりは、寝る前に聞かせる英雄譚《えいゆうたん》のようなそれだからな。子供が喜べばそれで十分だ」

「言い伝えみたいな感じなんだ」

「そういうことだ。故に細かなことは私も気にしていない」

二人は歩きながら、ただの世間話のようにつづけた。

聞けばどうやら、蝕み姫の話を聞いた皇族の少女たちは一つ憧れを抱く傾向にあるという。自分にもそんな異性が現れれば……という憧れだそうだ。


二人の足が、人気のない庭園の片隅で止まる。

「この辺りでいいか」

二人はテラス席に腰を下ろした。

辺りの生垣で、二人の姿が隠れた。

「もう昔話はいいだろう。剣術の授業はどうだった？　もう少し聞かせてくれ」

レンに話せることはあまり多くない。

実行委員の仕事で遅れていったらリシアと剣を交わすことになり、それを見た教官に連れられて別室を目指したことくらいだ。

別室で今後の件を相談したことも話せば、ラディウスは笑う。


三十分も話をしていれば、空の端が薄暗くなりはじめた。

ここで何者かがこちらに近づいてくる気配を察したレンが「ん？」と。

生垣の奥から女性の声が聞こえてきた。

「殿下、私ですニャ」

声につづいて姿を見せたのは、ケットシーと人間の混血の可愛らしい少女だ。

レンは彼女が殿下と口にしたことから、ラディウスの関係者だと悟った。

「お帰りになる時間と伺っていたのに姿が見えなかったので、探していたんですニャ。ご歓談を妨げてしまったことは申し訳ありませんニャ」

「それは悪いことを――――っと、すまないレン、紹介しよう」

ラディウスがやってきた少女を手招いた。

少女から漂う気品に、レンは彼女が貴族なのだろうと思った。

その予想は当たっていた。

「彼女がミレイ・アークハイセだ。前に話していたアークハイセ伯爵家の令嬢で、昨年は学生会長を務めていた者になる」

「ああ！　実行委員に誘うってラディウスが言ってた！」

「はじめましてですニャ。先日、殿下からお声がけいただき、微力ながら実行委員をお手伝いさせてもらう予定ですニャ」

ミレイは自己紹介の際、自分は見ての通り異人の血が混じっていると言った。

両親は純粋な人間なのだが、自身は先祖返りだという。彼女の可愛らしい顔立ちを彩る猫の耳が、ケットシーらしさを想起させる。

「はじめまして。引き受けてくださってありがとうございます」

レンも自己紹介をすれば、「ニャハハ」と笑ったミレイの頭で猫の耳がぴょこん、と揺れた。

「私のことはミレイとお呼びくださいですニャ」

「とんでもない。伯爵令嬢を呼び捨てにはできませんよ」

レンが別の呼び方で、たとえば「様」を付けることを提案する。

しかし、ミレイはそれを固辞した。

「なら、さん付けとかがいいですニャ。殿下のご友人に様と呼ばれるのはご容赦いただきたいですニャ」

「……えっと」

レンはラディウスを見て、ラディウスが「そうしてくれ」と頷いたのを見て了承した。

一方、ミレイは普段からこの口調のためそれを保持することを好んだ。

「レン殿のことは勝手に知ってたから、親近感がありますニャ」

「ラディウスの近くで様子を見てたとかですか？」

「時々ですけどニャ。たとえば、去年の特殊依頼の後とかニャ」

「俺がラディウスとエレンディルの路地裏で話してたときですね」

「仰る通りですニャ」

レンにとっても話しやすいことは助かる。

こうして気軽に挨拶できたことは彼も嬉しかった。

「ミレイ、頼んでいた空き部屋は借りられそうか？」

「問題ありませんニャ。ただ、いままで学院の倉庫として使ってたところなので、荷物を別の倉庫に寄せたり整理する必要はありますニャ」

「そのくらい構わん。手分けしてやればすぐだ」

話を聞いて小首を傾《かし》げたレンは口を挟むことなく、自分が聞いていい話なのかと迷った。

そうしていると、ラディウスがレンを見る。

ラディウスは「実行委員の話だ」とすぐに言った。

「実行委員には学院側から空き教室が提供されるが、他にも静かに仕事ができる場所がほしかったのだ。それで、ミレイには学生会長の経験から調べてもらっていた」

だからか、と頷いたレンが立てつづけに尋ねる。

「その部屋ってどこにあるんですか？」

「私が話を通したのは、図書館の奥にある小部屋ですニャ。数年前から倉庫だったので、私たちで掃除する前提で借りますニャ」

埃《ほこり》っぽくても掃除すれば十分使えるという。

実行委員の仕事が終わってからも、別の誰かから申請がない限りはそのまま使っていいとのことだった。

レンがそういうものなのかと思っていると、ラディウスが補足する。

「レンも都合がいいと思う。剣術の授業の時間を別の科目の勉強に使うなら、ちょうどいい場所になるはずだ」

「仕事以外でも使ってもいいんだ」

「問題ない」、とラディウスが言う。

レンはリシアとフィオナと一緒に屋上で話していたことを思い出し、笑みを浮かべたのだが、

「あ」

笑っていた彼の表情が、唐突に固まった。

「どうしたのだ？」

「ごめん。急だけど朝のことを思い出して」

「朝？」

「今朝、獅子聖庁の長官殿とお会いしたんだけど、学院がはじまる直前だったからちゃんとご挨拶できなくて。しかも慌ただしく学院に来ちゃったからさ」

耳を傾けていたラディウスは急な話に一瞬だけ眉を揺らしてから、微かに笑う。

「帰国して間もないエステルといきなり顔を合わせたのか？」

「うん。そんな感じ」

だが、とラディウスが話をつづけた。

「エステルのことだ。学院がはじまる時間と聞き、早く学院へ行くように言っていなかったか？」

レンはそのときのやり取りを頭に浮かべ、「よくわかったね」と言った。

四章　実行委員のために準備をして

思い思いに昼休みを過ごす生徒たち。

昼食や午後の授業の準備や自習、仲のいい生徒同士で歓談する姿もあちこちで見受けられた。

フィオナはある目的があって、一年次の教室が並ぶ廊下へ足を運んでいた。

「すみません」

彼女は一年次の特待クラスに所属する生徒たちを見かけて声を掛けた。

男女入り交じった数人の生徒たちは、フィオナが唐突に声を掛けてきたことに驚いていた。

「レン・アシュトン君がどこにいるかご存じの方はいらっしゃいませんか？」

「アシュトン君なら確か――」

女子生徒が答えようとしていたら、食い気味に口を挟む男子生徒。

「裏庭だと思います！　俺たちの友達と一緒に行くのを見ました！」

「そうだったんですね！　ありがとうございます！」

可愛らしくも気品ある仕草で礼をしたフィオナが、一年次の生徒たちに背を向けてこの場を後にする。

彼女の後ろ姿を見ながら男子生徒が言う。

「アシュトンって、どうしてイグナート様と仲がいいんだ？」

「さぁ？　第三皇子殿下と話してるときもあるらしいし、クラウゼル家が皇族派に近づいてるとかじゃないか？」

「待て待て。だとしたらクラウゼルさんとリオハルドさんの仲のよさも無視できない。うちが所属する英雄派にこそ近いって言われてただろ!?」

「あのさ」

それを聞いた女子生徒がため息交じりに異を唱える。

彼女といまの男子生徒は、英雄派に属する貴族の親を持つ者同士だった。

「同じ英雄派の私からしても、そんなのあり得ないって感じだけど」

「はぁ？　何でだよ？」

英雄派の貴族を親に持つ少年がむっとした顔をした。

「ギヴェン子爵の件があったでしょ。いくらリオハルドさんと仲がいいからって、あんなことがあって英雄派に加わるはずがないじゃない」

女子生徒が息をつく間もなく言う。

「それに私の兄が入学式のときに驚いたって。貴方も数年前の最終試験の騒動は知ってるでしょ」

「それがどうしたんだよ」

「私の兄がそのときに受験した年代よ。バルドル山脈にある砦《とりで》に逃げたとき、救助に来た一団の中にアシュトン君がいたんですって」

「……本当かよ。そのときのアシュトンって、いいとこ十一歳だろ？」

「兄は間違いないって。当時のアシュトン君はきっと、クラウゼル家の騎士に交じってバルドル山脈に行ったのかもね。クラウゼル家とイグナート家の関係もその頃からなんじゃない？」

少女の兄はバルドル山脈で騒動が勃発した当時、吊り橋《つばし》で冒険者の前で強がった少年である。

彼は自分を気遣って手を貸した冒険者に声を掛け、そのまま自分の騎士にしたそうだ。

「クラウゼル子爵は中立を保っているお方だけど、もしも派閥が変わるとしたら明らかに皇族派でしょうに」

ぐうの音もでない正論に、男子生徒が肩を落とした。


フィオナは先ほどの生徒たちがそんなことを話しているとは知らず、急《せ》かす足を窘めながら、でも早歩きで校舎の裏庭へ向かう。

校舎を出た際、レンと再会した大きな木を見て微笑んだ。

あれから、もう一年以上経っている。

いまでは彼が傍にいてくれることを幸せに思いながら、駆け足になった。

やがて、レンの声と他の男子の声が聞こえてきた。

フィオナは邪魔したらまずいと思い足を止め、近くの木に背を預けて話が終わるのを待った。

すると一人、また一人と合計四人の男子生徒が裏庭からフィオナがいる方にやってきた。誰もがフィオナの姿に驚いて、軽く会釈をしてこの場を後にした。

「もう、平気かな」

フィオナはレンの元へ向かって歩を進めた。

レンは制服の上着を脱いでシャツの袖をまくっていた。ボタンもいつもより数個多めに外したラフな姿だ。

「あれ、フィオナ様？　って、すみません。はしたない格好で」

「お、お気になさらず！　急に来ちゃったのは私ですから！」

レンの珍しい姿を見たフィオナは一瞬驚いたが、すぐに平静を取り戻して彼の傍へ。

「身体を動かしてたんですか？」

「みたいなものです。俺が剣術の授業でリシア様と剣を交わして以来、帝国剣術を教えてくれって頼まれることがありまして」

近くに迫る獅子王大祭の代表選考もあり、男子生徒たちがレンに教えを乞うていた。

レンも断る理由がなく、空いてる時間に少しくらいならと受け入れることがあった。

それにレンは無意識だったけれど、中には貴族もいるため、彼らと縁ができる面から考えても悪くない。

「それで何人もいらしたんですね」

フィオナはレンが慕われていることを自分のことのように嬉しそうに言ってから、笑みを浮かべながら彼の傍に腰を下ろす。

レンが座っていた芝生の傍で膝を抱いた。

「ところで、フィオナ様はどうしてここに？」

「そうでした！　実は――――」

フィオナの話は、先日ラディウスとミレイが話していた空き部屋の件だった。

レンにリシア、フィオナの三人は例の空き部屋を掃除するため、休日にもかかわらず学院を訪れた。

ラディウスとミレイも掃除をするつもりだったが、予定が合わなかった。

予定があったとしても、リシアとフィオナは立場を踏まえて止めただろうが。

掃除していた部屋には、図書館の裏手に出られる扉があった。

そこから埃まみれの本や木箱を外に出したレンは額に浮かんだ汗を拭ってから空を仰ぎ、雲一つない青空へ息を吐く。

開いた扉の奥、部屋の中にいたリシアを見て話しかけた。

「リシア様ー！　ちょっといいですか？」

「はーい？　どうかした？」

掃除に勤《いそ》しむリシアが、ホウキを片手に顔を覗かせて返事をした。

「俺たちが剣術の授業に参加しなくなった件、リオハルド様は何か仰ってましたか？」

「そのことなら、『なんでよぉおおおっ！』って叫んでたわ」

リシアが当時のセーラの真似《まね》をしてみせた。

だが、セーラも事情は理解できたとのことで、叫んだ後は『でも、しょうがないわよね』と頷いたという。

「そのご様子が頭に浮かんで――――って、クロノアさん？」

二人が話していると、私服姿のクロノアが近づいてきていた。

ロングスカートにニットを合わせたシンプルな出《い》で立《た》ちながら、彼女はそれを普通に感じさせない華があった。

どうしたのだろうと思ったリシアが問いかける。

「クロノア様？　どうなさったんですか？」

「うん！　ボクもお手伝いしようかなって！」

「そ、そんなお気になさらず！　片付けくらい私たちでやりますから！」

「いいのいいの。もとはと言えばボクが実行委員をお願いしたんだし」

クロノアはロングスカートのベルトに添えていた杖《つえ》を取り出して、軽く振った。

レンとリシアの服に付着していた埃が、どこかへ消えていってしまう。

「面白い魔法ですね」

「種明かしをしちゃうと、ただの風魔法なんだけどね。ボクがちょーっとだけ細かく操作してるだけだよ」

そのちょっとが難しいのに、軽々とこなすのがクロノアらしい。

彼らが話していると、

「いまクロノア様の声が……あら？」

空き部屋から外に出てきたフィオナがクロノアの姿に気が付いた。

フィオナが両手に抱えていた埃まみれの木箱を床に置けば、クロノアはもう一度杖を振って埃を掃《はら》う。

「ありがとうございます」と礼を言ったフィオナがクロノアの前に立った。

「ボクも手伝いに来ちゃった」

「あらら……学院長が掃除を手伝っても大丈夫なんですか？」

「逆にダメな理由なんてないもん。それにボクは二か月ぶりに終日お休みだから、楽しく過ごしたいしさ」

せっかくの休日ということを聞いたレンが首をひねった。

「久しぶりのお休みなら、ご自宅で休む方がいい気がするんですが」

「……レン君はさ、ボクが休みの日にどう過ごしてるのか知らないから、そんなことを言っちゃうんだよ……」

クロノアが遠い目をして自嘲する。

心なしか、瞳から光が消えているようにも見える。

「滅多にない休日くらいゆっくり過ごそうって思ってると、気が付いたらベッドの上で一日が終わったり、買い物から帰ったらそれだけでやる気がなくなっちゃったりする気持ち、きっと経験したことないよね？」

レンがそっと目をそらすと、クロノアがその先に回り込んだ。

にこっと、まさしく妖精のように微笑んだ彼女。

もう一度、目をそらすようなことはレンもしなかった。

「経験したこと、ないよね？」

再びの言葉に不思議と妙な圧を感じたレンが「四人でやればすぐに終わりますよね」と言い、クロノアを「やった」と喜ばせる。

仕方なさそうに笑うリシアとフィオナを傍目に、レンがわざとらしく咳払《せきばら》い。

「実際、ちょうどよかったのかも」

「はえ？　ボクが来たから？」

「そうです。実は俺たちではどう扱えばいいかわからない物が多くあるので、クロノアさんに確認してもらえばいいかと思って」

「任せてよっ！　ボク、こう見えて学院長だから捨てていい物とダメな物の区別はちゃんとつくからさ！」

ついて当然なのだが、敢《あ》えて突っ込むまい。

クロノアは久方ぶりの休日を三人と過ごすことを楽しく思っているようだから、それに水を差すような真似をしてはならないのだ。

……先ほどのように、彼女の瞳から光を奪ってしまわないためにも。

絶対に。

「たとえば、これとか」

「わっ、まだあったんだそれ！　確か五年くらい前の学院祭で使った魔道具だよ！　霧に似たモヤモヤを生み出せるんだったかな」

「ちなみにこっちは何ですか？」

「それも懐かしいなー！　昔の生徒が特注で用意した魔道具だったと思う。魔力を込めると宙に浮いて、少しの間鈍く光ってゆらゆらするんだよ！」

クロノア以外の三人が話を聞いて、乾いた笑みを交わす。

「この二つの魔道具は何に使ったんですか？」

「アンデッドハウスっていう名前で、お客さんを驚かせる出し物をしてたはずだよ。すっごく人気で、お客さんが何人も泣いちゃったんだ」

謎の魔道具の使い道を知り、レンをはじめとした三人は何とも言えない様子で頷いた。


レンは捨てる物をまとめて木箱に詰め込んだり、麻紐《あさひも》で縛って運びやすくしていた。運ぶ先は学院の敷地内の片隅にあるゴミ捨て場だ。

レンがゴミを持ち運べるだけ両手に持ち、

「ちょっと行ってきます」

と三人に一言告げてから、数分歩いて。

所定の場所にゴミを捨てたレンの耳に届く、金属が勢いよくぶつかり合う音と、肌にまで届く迫力があった。

すぐに男子生徒たちの声も届いた。レンが知っている声だったから、彼は足を止めて声がした方向に顔を向けた。

レンの視線の先にある広場に、剣と盾で戦う二人の少年の姿がある。

（ヴェインとカイト？）

カイトと呼び捨てにしてはまずいと思いつつ、内心だけのことだからとレンは自らを擁護した。

ヴェインがレンの姿に気が付いて剣を持つ手を止め、手を振る。彼と力を競っていたカイトも手にした大盾を下ろした。

「レン！　休みなのにどうして学院に？」

声を掛けられたからには無視できず、レンは二人がいる広場へ近づく。

「俺もすることがあっただけだよ。ってか、ヴェインこそどうして学院で訓練してるの？」

「ああ、俺はさ――――」

ヴェインはカイトがいることを思い出して、

「紹介するよ。カイト・レオナール先輩だ」

「おう！　アシュトンのことは聞いてるぜ！　よろしくな！」

レンが差し出されたカイトの手を取れば、カイトが力強く握り返してくる。

「んで、俺とヴェインのことだけどな」

誘ったのはカイトで、彼はヴェインと剣を交わしたかったから。

学院が休みのこの日を狙い、少し前から約束していたと彼は言う。

「……カイト先輩が強すぎて歯が立たないんだ」

「そりゃ、相手は英爵家の方なんだから、俺たち程度じゃ難しくて当たり前だって」

「わ、わかってるけど、負けたくはないだろ⁉」

「気持ちはわかるけどさ……」

相手は一歳年上で、力自慢のカイト・レオナールだ。

七英雄の伝説でも筋力と耐久力に加え、手にした大盾でパーティメンバーを守った男だ。

「なぁ、アシュトン」

カイトの興味がレンに向けられた。

「剣術の授業のことは聞いたぜ。俺たち二年次の間でもどんくらい強いのかって気にしてる奴が多いんだ。あのセーラだってすごく強いって言ってたしな。それに、クラウゼル家の聖女よりも強いんだろ？」

「どうでしょうね。あまり考えたことはありませんけど」

「ほーん。そっかそっか」

するとカイトがレンの実力を気にして、

「どうだ？　ここで知り合えたのも何かの縁だし、俺たちと汗を流していくってのは！」

そう口にしたカイトが片腕をぐるぐると回す。反対側の手には、腕にくくりつけるように装備した大盾があった。

しかし、誘われたレンが固辞する。

「遠慮しておきます」

迷わず断りの言葉を口にすれば、カイトが「おっとと!?」と喜劇で見られそうな仰々しい仕草で体勢を崩した。

「何でだよ!?」

「実は俺、やることがあって学院に来てて」

「やること？　俺以外の奴と立ち合いをするためか？」

「全然違いますね」

そういえば、この男は割と脳筋だった。それでいて戦闘センスはずば抜けているので英爵家の人間らしさもある。

それらのことを思い出しながら、レンは失礼に当たらぬよう表情を繕う。

「獅子王大祭の実行委員です。活動に使う部屋の掃除をしに来てました」

想像していなかった言葉なのか、カイトが大口を開けて面食らっていた。

だが彼は、数秒と経たぬうちに勢いよく頭を下げた。

「ありがとよ！　実行委員をしてくれてるってんなら感謝するしかないな！　だが……おん？　ってことは代表選考にも出ないのか？」

「そうですよ。実行委員以外にもする仕事がありますから」

「なんだよぉ～……せっかく強い奴と戦えるって思ってたのになぁ～……」

「カイト先輩、おかげで俺たちが武闘大会の代表選考に出られるわけですから」

「わかってるって！　さっきも言ったけどな、俺はちゃんと実行委員に感謝してるんだぜ！」

項垂れたカイトが慌てて言い繕う。

「残念だけど諦めるぜ！　また今度、獅子王大祭が終わった頃にでも相手してくれよな！」

レンは図書館の空き部屋へ戻ろうと思い、その旨を二人に告げる。

カイトはレンが去る直前に、

「忙しいのに悪かった！　またなー！」

満面の笑みを浮かべ、レンの背に向けて勢いよく左右に手を振っていた。

レンは彼らをもう一度振り向いて、軽く手を振ってから図書館隅の小部屋へ戻っていった。

空き部屋の外で掃除に勤しむ三人の姿が見えた。

レンが再び三人に交じって掃除をすること、しばらく。日が傾きはじめた頃には、ほとんど片づいた。

終わりは限りなく近い。

「クロノアさん！　こっちの古い本はどうしますか？」

「待ってね！　いま行くから！」

木箱に押し込まれていた古い本を示したレンと、木箱の中から一冊の本を取り出して確認するクロノア。

クロノアは杖を軽く振り埃を掃った。

「古い魔物が載ってる本だね。こういうのって、一部でも情報が古くなると入れ替えちゃうんだ」

「でもしまいっぱなしってのも、もったいなくないですか？」

「ボクもそう思う。でも図鑑とかって、新版が出るとすぐに入れ替えないといけなくて。古い情報を生徒に教えないようにって理由からなんだけど、勿体《もったい》ないからボクが倉庫に運んでたんだよ」

「捨てるほど古い情報ばかりってわけじゃないんですね」

「こういう図鑑は古い魔物の情報が記されてるものだから、ほとんど変わらないかな。間違いを探す方が難しいくらいかも？」

「なら、ここの部屋の中に置いたままでもいいですね」

「だね！　本棚も綺麗になったから並べておこっか。レン君たちが暇なときに読んでもいいだろうし！」

クロノアが木箱の中に風を送り、埃を掃う。

レンは綺麗になった本を抱えて部屋の中へ運び、本棚に並べていった。

最後の一冊を並べようとしたとき、レンは表紙に目を向け、声に出さずに表題を読む。

(魔王軍の魔物たち？)

気になるから、今度読んでみようと思った。

さらに三十分も作業をしたところで、今度こそ掃除を終えた。

「三人ともお疲れさま！　今度、ご飯とかご馳走《ちそう》させてね！」

クロノアの声を聞いてうんと背筋を伸ばし、気持ちよさそうに三人が身体を休める。

クロノアの魔法で埃を掃うことは容易なのだが、汗もかいたから、特にリシアとフィオナはシャワーを浴びていきたいと言っていた。


レンもついでにそうすることにして、向かうのは校舎の中にあるシャワー室。

歩いている途中で、

「そういえばクロノア様、今年は課外授業がないんですよね？」

リシアが言った。

「今年だけじゃないよ。バルドル山脈の事件以来ずっとだから」

話に出た課外授業は、一年次の特待クラスが入学前の最終試験のように森へ向かうものだとクロノアが話す。

しかしそれは、クロノアが言った理由で最近は行われていない。

仮に行われたとしても、レンが想像するようなことにはならなかっただろうが。

「イェルククゥもいないし」

アシュトン家の村を襲った魔獣使い《ビーストテイマー》。

イェルククゥが本来現れるのがいま話に出ていた課外授業のときだったから。

「久しぶりに聞いた名前だけど、どうして急にイェルククゥ？」

レンの呟きを聞いたリシアがこてん、と首を寝かせて疑問を口にした。

レンは慌てて「い、いえ！」と手ぶりを交え、

「森って聞いて、昔のことを思い出してました」

「ふふっ、あのときは森を移動してばっかりだったものね」

しかしながら、意外と違いがあるものだ。

レンは思いのほか自分が多くの七英雄の伝説との違いを作り出していたことを考えながら、密かに笑った。


シャワーを終えてからの帰り道、レンの隣を歩くリシアが言う。

「ねぇ、まだ元気？」

「もちろん。けど、どうしてですか？」

「よかったら、このまま獅子聖庁に寄っていかない？」

レンは迷わず頷き返した。

「まだ二、三時間なら剣を振って帰れるくらい余裕がありますしね」

彼らはエレンディルに向かう魔導列車ではなく、官庁街へ向かう魔導列車に乗り込んだ。

この時間はどこも混み合っている。リシアはレンが何も言わずに自分を守るように傍に立っていたことが嬉しくて、彼の前で口元を綻ばせる。

魔導列車に揺られながら、目の前の彼を見上げてみる。

彼は、「？　俺がどうかしましたか？」と不思議そうにリシアを見た。

「ううん。いつも通りのレンだと思うわ」

「……えっと？」

「ふふっ、それだけ」

鈴を転がしたような声で誤魔化したリシアは、車窓に顔を向けた。


二人が官庁街に着いた頃には、また一段と空が暗くなっていた。

「ねねっ、長官殿ってどういう方だった？」

「説明するのが難しいんですが……剛剣技をそのまま体現したような、苛烈で実直なお人という印象でしょうか」

エステルはただ強いだけではなく、長官としての威厳に満ちた人物であることは間違いない。

「私もご挨拶させていただく方がいいわよね」

「そう思いますけど、すごくお忙しい方な気がするんですよね」

「確かにそうだが、今日のように暇な日もある」

「いやいや……あの獅子聖庁の長官殿ですし、そうでもないはずが――」

「ええ。だから、どうしたらいいかしら――」

二人は足を止めた。

ぴたっと示し合わせたように。

彼らは何も言わずに互いの顔を見て、首をひねる。まさかと思いつつ、自然と会話に交じっていた声が聞こえた方を振り向いた。

「その心がけやよし。挨拶は基本であるからな」

その先に、軍服を夜風に靡かせる一人の女傑が立っていた。

「だが堅苦しい挨拶は貴族相手だけで――――いや、聖女は貴族だったか。まぁいい。いずれにせよ堅苦しいのは好かん。普段通りの態度で私と接しろ。それと長官と呼ぶ者は部下だけで十分だ。私が両親からいただいた、立派すぎる名で呼べ」

ここにいるのが当たり前のように言い切ったエステルに遅れて、別の女性の声が届く。

「長官！　急に姿が見えなくなったと思えば……って、お二人ではありませんか」

エステルに遅れて獅子聖庁の女性騎士が姿を見せた。リシアと度々剣を交わしていたこともあり、レンもまたよく話すことのある女性だ。

彼女の手には大きな紙袋が二つあった。

僅かに開いた紙袋の口から、少しだけ湯気が立っている。

「それは皆に届けてやれ。私たちの分だけ貰っておこう」

「かしこまりました。長官は？」

「私はこの二人と話がしたい。書類仕事は疲れた。もうしたくない」

「はいはい……文官たちには私から伝えておきますから、ごゆっくり」

エステルは女性の騎士が持つ紙袋から、何かを三つ取り出した。

薄い紙に包まれた丸いもので、先ほど以上に甘い香りを放つ湯気が立っている。

「これをやろう」

騎士を見送ってから、エステルは手にしたそれを一つずつレンとリシアに渡した。

残る一つは自分で持って、二人を連れて歩き出す。


エステルが向かった先は獅子聖庁の敷地内だが、普段、レンたちが足を踏み入れる神殿のような建物ではない。敷地内にある庭園の中で、噴水などが並んでいた。

エステルはその噴水の縁にある段差に腰を下ろし、二人を見る。

髪と外套《がいとう》を靡かせる彼女は雰囲気がある。

「私が好きな甘味だ。疲れた身体に沁《し》みる」

彼女が言うには、部下への差し入れ。

「私は獅子聖庁の部下や文官にそれをよく買ってくる。甘いものが嫌いな者もいるから無理強いはせんが、廊下に置いておけばすぐになくなるくらいにはいい味だぞ」

レンとリシアはここで遠慮するのも悪いと思い、紙に包まれたものを見た。

包み紙を開けると、ふわっとやわらかいパンが現れた。

「くくっ。大の大人が、それも獅子聖庁の者らにこんな甘いものを差し入れているわけだ」

エステルがパンをかじった。

レンとリシアもかじると、中からまだ温かいクリームが溢れ出る。

一口食べたリシアが「美味《おい》しい」と吐息交じりに言ってから気が付いた。

「これ、もしかして大通り沿いのお店のですか？」

「知っていたのか」

「セーラ《友人》から聞いたことがあるんです。私も気になってたので、それかなって」

「ふむ、道理で」

パンを食べ終えたところでリシアが姿勢を正す。

急な出会いと、エステルにやや気圧《けお》されて自己紹介が遅れていた。

「申し遅れました。リシア・クラウゼルです」

「うむ。もうすでに知っていると思うが、私はエステル・オスロエス・ドレイクだ。陛下からいくつかの領地を預かり、伯爵としての地位も頂戴している」

エステルがつづけて話す。

「リシアは護衛を連れていないようだな」

「ええ。帝都は治安がいいですし、レンがいてくれますから」

「確かレンはその若さで剣豪級だったな。先日も私が愛する部下たちを好き勝手していたのを覚えている」

「その節はご迷惑を……」

「迷惑なものか。朝の訓練を邪魔したのは私で、レンが好き勝手できるのは私の部下が弱いからだ」

事実、エステルは帰国してすぐに驚いた。

彼女の留守を預かる獅子聖庁の騎士たちが弛《ゆる》んだ態度でいるとは思っていなかったのは当然のこ

ととして、彼ら騎士たちが彼女の想像以上に奮起していたからだ。

そこに二人の若い才能が関与していたことは明らかだった。

「また相手をしてやってくれ。私の部下たちも喜ぼう」

三人は他にも話をした。

特にエステルは自分が不在の頃のラディウスが気になったのか、レンとラディウスの出会いから根掘り葉掘り尋ねてきた。

他には、レンとリシアの剣の話などを。

「二人はエドガーに剣を教わる機会もあるそうだな」

「でも、エドガーさんは最近忙しいみたいで、俺もあまりお会いできていないんです。――やっぱりエドガーさんのことはご存じだったんですね」

「同じ剛剣使いとして数える程度だが、獅子聖庁で顔を合わせたことがあってな」

ただ、エドガーの主《あるじ》であるユリシスとは交流らしい交流はない。

過去にはユリシスも軍務関連の仕事をしていたが、二人は同じ部署にいたわけではない。互いに多忙を極めていたため、同じ会議室に足を運んだことがあった程度だ。

剣を振りに来たはずのレンとリシアはエステルとの話に没頭した。

だが、一時間と十数分が過ぎた頃にエステルから「もうそろそろ帰りなさい」と言われ、帰路に就こうとしていた。

「今日はありがとうございました。じゃあ、リシア様」

「うん」

レンの声に応じたリシアも礼を言ってエステルに頭を下げる。

「うむ。気を付けて帰るように」

エステルは座った体勢のまま二人を見送った。二人の後ろ姿が小さくなっても変わらず、彼らをじっと見つめながら目を細め、

「────さて、どうしたものか」


夜風に向け、溶かし入れるような声で。

彼女の声が、レンの背に向けられていた。

五章　初夏の学院生活を

実行委員の仕事が本格化すれば、各種目に参加する代表生徒をまとめ、代表選考が必要な種目で教職員と協力して準備をする。

そうした日々が少しずつ過ぎた、ある日の学院内で。

七月のはじめに迫る獅子王大祭の代表選考に向け、生徒たちの間にも少しずつ緊張感と高揚感が漂いはじめていた。


――そういや、武闘大会の代表って何人だっけ？

――四人じゃなかった？　一つの学校から四人まで。学年は問わないって書いてあった気がする。


レンが昼休みの廊下を歩いていると、いたるところからそうした会話が聞こえてきた。

(前回優勝者を出した学校は一人多いだけで、本当は三人じゃなかったっけ)

彼は廊下の窓枠に身体を預け、声に出すことなく思い返した。

獅子王大祭で開催される武闘大会は、ここ数十年ずっと帝国士官学院が優勝している。

これは当然と言えば当然のことだったし、他国にも名を轟かす名門校の生徒が負けるのも違う。そもそも、負けてはならないとも言い換えられる。

レンが窓の外を眺めながら、穏やかな時間を過ごしていたときのことだ。

「よっ、アシュトン」

レンが真横から聞こえてきた声に顔を向けると、ラフな姿のカイト・レオナールがいた。

急に声を掛けられたことにいくらか驚かされたが、レンは驚きを表に出すことなく応える。

「レオナール先輩？」

「おう！　アシュトンを見かけたから声を掛けてみた！　何してんだこんなとこで？」

「昼食後に日光浴をしながら、英気を養ってたってところです」

レンののんびりした答えを聞いたカイトが、レンと同じように窓の外に目を向けた。

カイトは陽気に誘われたのか、欠伸を漏らしていた。

「もうすぐ代表選考がはじまるけどよ、アシュトンも聖女も参加しないし、本戦で他校の生徒かヴェインたちと戦えるのを楽しみにするしかねーなー」

「学内での代表選考は楽しみじゃないんですか？」

「まぁ……俺は曲がりなりにも、英爵家の嫡男だしな」

カイトは少し言いよどむも最後には口にして苦笑い。

本当は学院の生徒を下げるような言い方はしたくなかったのだが、英爵家の人間として自覚している強さと責務があった。

七大英爵家の一つ、レオナール家の者としての意地と矜持《きょうじ》でもある。

同年代の少年少女に負けることは、どう考えてもよしとされていなかった。

「んで、話は変わるんだが、アシュトンはうちのクラスにも一人、英爵家の人間がいるのは知ってるか？」

二年次の特待クラスのことだろうと思い、レンは頷く。

「女性の方ですよね。ヴェインをすごく気に入っているんでしたっけ」

「おう。ヴェインたちを抜かすとあいつもかなり強いんだ。得意な弓を持たせれば俺だって近づくのは厳しいぜ。けどよ……俺はやっぱり剣と盾でぶつかり合いたいんだよなぁ」

代表選考はどの競技でもいくつかの段階を踏んで行われる。

選考基準は競技ごとに様々ながら、仕組みは最終的に総当たりでポイントを競い、上位が代表に選ばれるもの。

ここでヴェインにセーラ、カイトの三名が最終的に代表になることは容易に想像できるし、そうなるだろうとレンは確信していた。

「代表選考と本戦で戦えるんだし、いいじゃないですか」

「冷たいことを言うなよぉー！」

「え、ええー……」

「俺はいつだって強い奴と戦いたくて――――おっと、次の授業の支度があるんだった！　また赤点はやべぇから俺はもう行くぜ！　またな！」

肩を落として去るカイトを見送ってから、レンは窓の外に同級生二人の姿を見つけた。

ヴェインとセーラの二人が意気揚々と訓練場へ向かっていく。レンとリシアの二人が参加しない剣術に参加するようだ。

訓練場へ向かう二人も、代表選考のために張り切って授業に参加することだろう。


レンは窓枠に乗せていた両肘を上げ、軽く背伸びをしてから歩きはじめた。

リシアは遅れて合流すると口にしていたから、レンは一人で廊下を歩いて図書館へ向かった。

「あっ！　レン君！」

上の階から下に向かう途中だったフィオナに呼び止められたレンは、彼女と踊り場で合流した。

「フィオナ様もいまから図書館ですか？」

「ええ。そうなんです」

レンは歩きはじめる前に言う。

「俺も図書館に行くところだったので、よかったら一緒に行きませんか？」

「は、はい！　行きますっ！」

レンに誘ってもらえたことが嬉しくて、フィオナは無意識に声を弾ませた。

二人が一緒に歩きはじめると、時折、彼らに視線を向ける生徒がいた。

レンが入学する前から目立っていたフィオナである。

彼女が特定の男子の隣を歩く姿が普段よりもっと可愛らしく見えたことが、男女問わず生徒たちに興味を抱かせていたのだ。

レンも、彼の隣を楽しそうに歩くフィオナもそれらの視線に気が付いていなかった。

それでも、彼女の軽い足取りにはレンも気が付けた。

「楽しそうですけど、何かいいこととかありました？」

「ありましたよ。ふふっ、まだ継続中なんです」

「継続中……？」

「ええ。ちゃんといまもつづいてるんです」

いまのは積極的すぎたかもしれない。

だが、レンの反応は少し拍子抜けだった。彼はフィオナが口にしたいいことに自分が関係していると考えず、首を傾げてしまう。

迷う彼の横顔を見ていてもそう。

フィオナは隣から嬉しそうに見上げ、

「いま、もう一つ増えちゃいました」

歌うように軽やかな声で告げた。


放課後、先日掃除を終えたばかりの部屋に集まっていた皆にラディウスが言う。

「これを皆に。学院からだ」

テーブルの上に置かれた小さな木箱に入った腕章を、一人一つずつ取るように指示した。

腕章にでかでかと『実行委員』と書かれているわけではないが、これらは実行委員が身に着けるために用意されたものだ。

四人がラディウスの声を聞きながら、腕章を制服にくくりつけはじめた。

「実行委員の活動中、我らはその腕章を着けることが規則で義務付けられている。今日までは不要だったが、代表選考がはじまるから必須になったと思ってくれ」

レンは「そうなんだ」と呟きながら腕章を着け終えた。

窓ガラスに反射した自分を見ると、これだけでもいままでと雰囲気が違って見える。

「一気に実行委員っぽくなった」

「私もそう思う。これまで四人には準備を手伝ってもらうこともあったが、今日からが本番だ。手分けして仕事にあたるとしよう」

今日の仕事はもうラディウスが分担していた。

「私とミレイが代表選考を回り、書類仕事やら選考状況の整理など、学院側と協力して仕事をしてくる。三人には今後の競技の代表選考で必要となる情報の整理や、私たちが戻ってきた際に渡す資料の確認を頼みたい」

「学院側が用意した実行委員の部屋はどうするの？」

この図書館奥の小部屋ではない方のことだ。

「あちらでの作業はミレイに任せることにした。他に質問がある者は？」

問題ないことを悟ったところで、ラディウスはミレイを連れてこの部屋を出る。

部屋の真ん中に置かれた大きなテーブルには、書類が山積みになっている。三人が手分けして仕事をはじめてすぐ、窓の外から代表選考の賑わいが届きはじめた。

◇◇◇◇

放課後になると息をつく暇がないほど忙しい日々がつづく中、レンとラディウスが二人で見回りをする日があった。

「見回りって何するの？」

「稀に生徒同士で熱が入りすぎる例があるようだ。場合によって、我らも対処する」

夕暮れの学院、その敷地内を歩きながら、

「ところで」

ラディウスが口を開いた。

「私が公務で帝都を離れる際は、常に剛剣使いが傍にいる。いまは一人の学生としてこの場にいるというのに、傍に剛剣使いがいることをどう思う？」

「どうって聞かれても、偶然俺が剛剣使いなだけだからどうにも」

「頼りにしてるぞ。万が一、力が入りすぎた生徒がいたら止めてもらわなければな」

「ちなみに止めるって、どうやって？」

「学院側からは、場合によっては実力で黙らせて構わん、と聞いている」

武闘の代表を目指している生徒の中には、喧嘩《けんか》をしてしまう者がしばしば現れる。

口で言っても止まらず収まる気配がない場合には、多少強引でもいいから止めて構わないようだ。

話を聞くレンが乾いた笑みを浮かべる。

「思いのほか――――」

「思いのほか力業だと思ったか？」

「――――まぁね」

ラディウスがレンの内心を察して、笑いながらつづきを話した。

「私もレンと同じ考えだが、やりすぎた生徒がいればこちらもやむを得ないということだ」

「とりあえず、そんな機会が訪れないことを祈ってるよ」

「それも同感だ」

見回りをつづけるうちに二人が訪れたのは、校庭である。

「あ」

レンが校庭の一角を見て気が付いた。

そこには武闘大会に出場する代表の選考が行われている場所があって、一際多くの生徒を集めていた。

選考会を見守る生徒たちも、白熱した応援の声を響かせる。

「近くで見てみるか？」

「大丈夫。ここからでも見えるし」

遠巻きに眺めていると、ヴェインが上級生を相手に剣を振って勝利を収めている姿があった。

近くではセーラとカイトの二人も見学しており、勝利したヴェインの姿に笑みを浮かべて拍手をしていた。

彼らの様子を眺めていたレンが校庭のベンチに腰を下ろすと、ラディウスが隣に座った。


……結局、ヴェインってどこで覚醒するんだろ。


ふとした疑問は、レンが多くを成し遂げたことに関連する。

フィオナが生きていることから、イグナート侯爵が暴走する可能性は限りなくゼロだ。

アスヴァルの名残もいまではレンが運んできた角だけなのだから、やはり復活は考えにくい。バルドル山脈でヴェインが覚醒する機会が訪れないことは明らかだ。

（……獅子王大祭もその一つみたいなもんだし、いっか。どっかで覚醒するでしょ）

レンが覚醒の機会を奪おうと思って奪ったのではないから、ここで特別何かを考えることはできなかった。

様々な思いを抱きながら選考会の様子を見ていると、隣に座るラディウスがレンを見て言う。

「どうやら、自分も参加したくて見ているわけではなさそうだな」

「え？　何が？」

「いまのレンはすごく楽しそうだ。しかし不思議と、競技に交じりたいと思っているようにも見えん。それが気になってな」

「あー」

レンはベンチの背もたれに片肘を置き、ややだらしない姿勢で言う。

「こうしてるのって、楽しくない？」

「こうしてるの、とは何のことだ」

「祭りの裏方として見回りをしてる状況がってこと。他の人たちが頑張ってるのを傍目に、自分たちも後で事務仕事を頑張らないとなーって思えるいまが、俺は結構好きだよ」

ラディウスはレンと対照的に難しそうな表情を浮かべ、腕を組む。

時折、レンの表情を窺ったりして、自分の考えを整理しようとしていた。

だが結局、それらしい言葉は浮かばなかった。

「ほら、茜色の空の下で賑やかな皆を眺めてたり、校舎の方を見てもさ、窓から先生たちも様子を見てるわけじゃん」

「確かにそうだが、私たちは祭りに直接参加してるわけじゃないぞ」

「それがいいんだよ。他の生徒より遅くまで学院に残って仕事をするのとか、普段はできないことを楽しめる立場にいるのって俺たちだけだからさ」

ラディウスは改めて辺りの様子を見た。

茜色の空の下、普段は見られない生徒たちの賑わい。

校舎の窓から見える賑わいもそう。普段よりも楽しそうに、生徒たちが交流を深める様子にも目を引かれる。

「……こうした裏方仕事ははじめてだ」

「それでどう思った？」

ラディウスはここで体勢を崩し、彼にしては珍しくだらけて足を組んでみせた。

しかし隠し切れない品があり、抜群の容姿と相まって男性的な色香を感じさせた。

「悪くないな」

年相応の、少年らしさに溢れたラディウスの笑みを見たレンは同じように笑った。

二人がそうして少し休憩していると、

「すみませんっ！」

二人の元へやってきた女子生徒の切羽詰まった様子を見て、レンとラディウスがすぐにどうしたのかと問いかける。

女子生徒は呼吸を整えきる前に答えた。

「訓練場で揉《も》めてる人たちがいるんです！　先生たちを呼びに行こうとしたんですが、途中でお二人を見かけたので……っ！」

「訓練場は武闘の選考会に参加する生徒の準備場所だったな」

二人がベンチから立ち上がると、別の場所にいたはずのミレイがやってくる。

彼女も彼女で、何か用事があるようだった。

「殿下、少し相談があってお呼びに――――ニャニャ？　何かありましたかニャ？」

あまり悠長に説明していてもと思ったレンはラディウスに、

「俺が行ってくるから、ラディウスはそっちをお願い」

と告げた。

「一人で大丈夫か？」

「多分ね。途中で先生も来てくれるはずだから」

一人駆け出したレン。

いつもと違う学院の雰囲気の中、徐々に緊張感を帯びながらだった。


普段は剣術授業でも使われている訓練場。

いまは武闘の選考会に参加する生徒たちの準備場所で、大きな扉は常に開け放たれている。

『なんだって!?』

『ああ！　よく謝れなんて言ってこれたな！』

『な――――先に手を出してきたのはそっちだろ！』

レンがため息交じりに訓練場の中を覗けば、その一角で言い合う生徒たちの姿が見えた。

揉め事が勃発した場所へレンが足を運ぶと、様子を見ていた生徒たちから注目された。実行委員が来たことに対しても、レンが現れたこともそう。

「どうしたんですか」

レンに声を掛けられた喧嘩をしていた生徒たちは最初、答える気がないように見えた。

視界の端に見えたレンの腕章が偶然目についたところで、ようやくレンを見たくらいだ。

「そいつらが俺たちに言いがかりを付けてきたんだよ」

「そうだ！　俺たちがわざとぶつかってきたとかな！」

「なるほど。それで、そちらの方々はえっと……」

「そいつらが放り投げた防具が、俺の鞄《かばん》にぶつかったんだ。鞄の中には選考会で使う装備が入ってるから、俺も文句を言いたくなったんだよ。ここにいる俺の友達も見たぞ」

「間違いない。明らかに俺たちに向けて投げてきたんだ」

両者は興奮しつづけ、相手の胸ぐらを摑《つか》みにいってしまいそうなくらいの怒気が漂いはじめた。

いずれも上級生だったため、一年次以上に獅子王大祭に向ける気持ちが強いのだろう。

「先に後ろからぶつかってきたのはそいつだぞ！」

防具を放り投げた生徒が声を荒らげ、

「それは悪かったって言っただろ！　見ての通り、訓練場も人と物でごった返してる！　俺も誰かに押されて二人にぶつかってしまったんだ！」

ぶつかったという生徒の返す言葉が響く。

話を聞くレンは心の内でしょうもないと思いながらも、仕事のことは忘れていない。

両者の様子があっという間にある一線を超え、遂に――――

「お前ら、予選で負けたからって俺たちに喧嘩を売るんじゃねぇよ」

「なっ――――この！　そこまで言うのなら……ッ」

両者、訓練用の刃が潰された武器を手に取ってしまう。

落ち着きを失った両者を見て、レンは制服のネクタイを僅かに緩めた。

近くにいた生徒が腰に携えていた訓練用の剣を見て「借りますね」と言い、返事を待つことなく抜く。

揉める両者が剣を一振りでもしてしまわぬうちに、でも振り上げてしまう動作に入った瞬間に介入した。

両者の剣が腰より高く上がる、その寸前。

「……え？」

「いまのは……」

カラン、と音を立てて転がった二本の剣。

いつの間に剣を振っていたのか、それすらもわからない剣速だった。

レンが何かしたことだけは様子を見る者たちもわかったのだが、逆に言えばわかることはそれくらい。

噂の一年が実力をまったく見せることなく、いとも容易《たやす》く上級生を制圧した事実だけが残されたのである。

「それ以上は、誰も幸せになれませんよ」

いつしか両者の間に立っていたレンは淡々と言うと、振り下ろした剣を持ち主の生徒に返した。

揉めていた生徒たちが黙ったところで、レンは再び息を吐く。

彼が放っていた圧は嘘のように消えた。

彼はつづけて、

「今回は偶然が重なった事故のようなものだと思います。もう少し、落ち着いてください」

「あ、ああ……」

「そう……かもしれないな……」

両者の代表二人が返事をして、小さな声で相手にすまないと口にしていた。

いまのは力技にすぎただろうか。ラディウスなら口だけで止められたのかもしれないとレンは自嘲した。

レンはもう少し様子を見て、教官たちが来るのを待とうと訓練場の入り口を見た。

すると、ほぼ同時に訓練場内に穏やかなベルの音が響き渡った。

(この音は)

レンは聞き覚えのあるベルの音に、彼女が来たのだと思った。

ベルの音を聞き、先ほどレンに止められた生徒たちからより一層怒気が消える。立てつづけに教官がやってくると、レンの姿を見て彼の傍へ足を運んだ。

「床に剣が転がっているが、どういう喧嘩だった？」

「俺が止めたので未遂ですよ。それに、仮に剣を振り上げたところで、構えるだけのつもりだったのかもしれませんし。基本的には言い合いです」

「ふぅ……二年に一度の祭りだからって、上級生を気遣っているのか？」

レンは答えずに首を傾げ、惚《とぼ》けてみせる。

教官もその意を察しているため、それ以上聞くつもりはなかった。

「俺はもう行くので、何かあったら連絡してください」

「わかった。実行委員の仕事、ご苦労さま」

訓練場を後にするべく足を動かしたレンが背を向けると、さっき冷静さを欠いていた生徒の一人がレンの傍へやってきた。

ばつの悪そうな顔を浮かべ、レンに先ほど止めてくれたことへの礼を言おうとしたところで、

「二年に一度のお祭りで熱が入るのはわかります。ですが気を付けてくださいね」

レンが先んじて苦笑を交じえながら告げるも、二年次の生徒は理解していた。

いまのレンはまるで、

――――もう、次はありませんからね。

と言ってるようにも聞こえ、上級生は思わず「すまなかった」と声に出す。

剣を手にしていないのに、まるで全身を切り裂くような圧を向けられた気がして、二年次の生徒はそれ以上何も言わずレンを見送った。


訓練場を出たレンが風を浴びていた。

外の空気は夜が近づくにつれてやや肌寒くなっている。それが、いまのレンには先ほどの熱を冷ますために一役買っていた。

レンが涼んでいると、

「友達に呼ばれて来てみたらびっくりだよーっ！」

ある少女がレンの背に向けて声を発した。

「噂の同級生が先輩たちを止めてるし、その同級生がネムの魔道具の影響を何一つ受けてないとか、どーゆーこと？」

「偶然じゃないですか？」

レンが背を向けたまま言った。

「ふーん、アシュトン君は私の魔道具の効果を疑うんだ」

「とんでもない。アルティア家のご令嬢が作った魔道具の質は何一つ疑ってませんよ。あのベルの音って恐らく、人を落ち着かせる効果があるんですよね？」

「だいせーかーい！　さすが総代だね、アシュトン君！」

褒められたレンが声の主を振り向いた。

訓練場の出入り口の傍に立っていたのは、背は低いが凹凸に富んだ身体つきの少女だ。制服の上に大きなフード付きの上着を羽織っており、腰には太いベルトと、そこに試験管や何らかの工具をくくりつけている。

小動物のように可愛らしく、快活な少女だった。

「てか俺たち、はじめて話しますよね」

「だねだね！　でもネムはアシュトン君のことを知ってたよ？　総代だし、リシアちゃんとかセーラちゃんとよく話してるもんね！　それに、ヴェイン君とも！」

彼女の名はネム。家名はアルティア。

アルティア家といえば、エレンディルの大時計台の設計や、ギルドカードの情報管理にも手を尽くした七英雄を祖先に持つ家系だ。

レンに声を掛けたネムもまた、七英雄の末裔として魔道具職人の技術は相当なもの。

ヴェインを中心に置いたパーティではサポート役に徹していた。

「どーやったの？　ネムの魔道具の影響を少しも受けないなんて不思議だなー」

「どうやったって、ご自分で言ってたじゃないですか」

「うん？　私？」

「あのベルの音は聞いた人を落ち着かせる効果があるんですよね。俺はさっき偶然かもって言いましたけど、思えば俺は最初から落ち着いてましたし」

「……じゃー、落ち着く必要がなかったから効果がなかったってこと？」

「ですね。そうとしか考えられませんよ」

「ふぅん……そっかー」

レンはそれ以上の説明はせず、あまり長々と話そうとはしなかった。

相手が英爵家の人間であるから気を遣うという考えもあったが、実行委員の仕事がまだ終わってないから早く行かなくては。

レンは「それでは」と言ってネムの前を後にした。

「変なの。効果がなかったにしては、ずっとすごい圧を放ってたけどね」

ネムは不思議そうに呟いた。

◇◇◇◇

実行委員をこなす日々を過ごすうちに、弁論をはじめとしたいくつかの競技で代表選考が終わった。

それまで昼休み中も仕事をすることが多かったのだが、ようやく落ち着きはじめた。

武闘大会などの代表選考は継続中だが、順調に進んでいる。

放課後に代表選考が行われるようになって、二週間近くの日々が過ぎた頃。

午後に行われる剣術の授業に参加しないレンは、空き時間を有効活用するため、実行委員の小部屋に足を運んだ。

鞄の中には、様々な科目の課題が詰め込まれている。

部屋の中に一人でいたフィオナもまた、自分の課題を進めていた。

ラディウスとミレイの姿はない。二人は公務があって授業を休むと言っていた。

しかし、実行委員の仕事がはじまる放課後には来るようだ。

「俺もここで勉強していいですか？」

「もう、ダメって言うはずないじゃないですか」

フィオナの声を聞き、レンは彼女の対面の席に腰を下ろした。

テーブルの上にはすでにフィオナが広げた参考書などに加え、他にも普段使っている実行委員の資料などが並んでいた。

「あれ？　リシア様は？」

「リシア様でしたらエレンディルで公務があるので、今日は学院を休んでます。ちなみにラディウスも公務があるから休みです。魔導船に乗って、日帰りで遠出するみたいですよ」

「ということは……ミレイさんもでしょうか？」

「そうですね」

冷静に答えたレンに対し、フィオナは何も言わずまばたきを繰り返す。

いつものように課題をやろうとしたレンのことをじっと見つめていた彼女は、少し赤くなった頬をレンに見られないように俯《うつむ》いた。

彼女は唐突に立ち上がり、「窓を開けてきますね」と顔を隠しながら言う。

そうすると――

「レン君と二人だけ……!?」

窓を開けてから、レンに聞こえないように唇を動かす。早鐘を打ちはじめていた胸の鼓動が、一段と速くなったのが自分でもわかった。

彼女は時を同じくして、自分はレンより二歳上の年長者として、ただ照れるだけの情けない少女でいることは許されない……と自らを鼓舞する。

「大丈夫。もう平気」

顔の熱が落ち着いたところでレンを振り向く。

彼はいつの間にか席を立ち、この部屋に備え付けられた設備で茶を淹《い》れはじめていた。

「フィオナ様もいかがですか？」

「お願いします。レン君が淹れてくれるお茶、すっごく楽しみです」

フィオナは自分も手伝うと言ったのだが、その頃にはもうレンがほとんどの支度を終えていたため、できることはなかった。


数分後。

彼女の前に運ばれてきたティーカップからいい香りが漂う。当然味もいい。フィオナが淹れたのと違い、不必要な渋みもない見事なものだ。

フィオナもバルドル山脈のときから腕を上げたのだが、レンはそれ以上。

「あの――」

席に戻ったレンが言いだした。

レンが淹れた茶を幸せそうに飲んでいたフィオナが「どうしたんですか？」とレンに問いかけた。

「課題でわからないことがあったんです。よければ教えていただきたくて」

頼られたことで喜色満面になったフィオナが弾む声で、

「はいっ！　私でよければ喜んで！」

煌《きら》めく笑みを浮かべながら頷いた。

そのとき、フィオナの胸元でネックレスが揺れた。

それは彼女がバルドル山脈でしていた破魔のネックレスではなく、レンが贈った星瑪瑙《ほしめのう》のチャームが付いたネックレスだ。

それを見たレンが照れくさそうに言う。

「大事にしていただけて嬉しいんですが、ちゃんと加工しなくてよかったんですか？」

フィオナの胸元を飾る星瑪瑙はほとんど原石のままだった。侯爵令嬢の胸元を飾るにしては少しやぼったい。

しかし、

「私はこの形のままがいいんです」

彼女が嬉しそうに言ったので、それ以上言うのは無粋だ。

また、フィオナがレンに頼られたことへの嬉しさを表すかのように話題を戻したので、レンはネックレスについてそれ以上触れなかった。

「わからないところってどこですか？」

フィオナが机の上で身体を僅かに乗り出して、レンに近づいた。

「錬金術の先生にいただいた課題なんですが、どうしてこの薬剤を用いるのかがよくわからなくて」

「ええとですね……それは他の必要素材との計算がちょっと難しいんです。こんな計算式でその薬剤が必要になるんですが――」

フィオナがノートにペンを滑らせていく。

達筆ながら、丸みを帯びた字が可愛らしい。

「どうでしょう？」

「……えっと」

尋ねられたレンは説明を理解しきれず頬を引き攣らせた。

彼の乾いた笑みを見たフィオナが「あはは……」と申し訳なさそうに笑い席を立つ。

レンの理解が追い付かなかったことに苦笑したのではない。フィオナに限ってそんなことはあり得なかった。

彼女はレンの隣の席へ向かうために席を立ったのだ。

「こっちの計算から確認してみましょう」

フィオナがレンの隣でノートにペンを滑らせていく。

今度は先ほどよりも丁寧に、かつ別の視点からレンに教えはじめた。

フィオナはノートにかかる自らの髪を指で耳にかけ、そっとレンの横顔を覗き込む。彼が真面目にノートを見る顔を眺め、頬が赤くなりかけた。

「……っていう感じです」

説明を終えたフィオナにレンが顔を向けた。

二人が物理的に近くにいるからなのか、彼女の髪からふわっと花の香りが広がる。

「ありがとうございます！　やっと理解できました！」

「ええ、よかったです」

するとフィオナは席を立ち、甘い香りを残して元の席へ戻る。

そのままレンの隣に座っていたかったくらいだが、そうしているとまた頬が赤くなってしまいそうだったから、もう限界だ。

ただ、胸が早鐘を打ってしまうことだけは、どうしようもなかった。


課題をこなす時間が一時間、二時間と過ぎ去っていく。

少し休憩がしたくて立ち上がったレンが、開いた窓の傍へ向かう。

そこで風を浴びていると、この部屋を掃除したときのことを思い出した。本棚に並べた、気になる一冊のことを。

レンはすぐに壁際の本棚へ歩を進め、先日自分が並べた本を手に取った。

表紙に『魔王軍の魔物たち』と書かれた一冊を、自分の席に戻って開く。


……知らない魔物ばっかりだ。


迫力に満ちた挿絵がいくつも描かれていたが、名前から姿まではじめて見る魔物ばかりだ。

描かれた魔物のほとんどが現代には生き残っていない。勇者ルインのパーティをはじめ、各国の抵抗で息絶えてしまっていると書かれていた。

中には魔大陸と呼ばれる、魔王城がある地域に棲《す》むとされている魔物の情報もあった。

ページをめくるレンの指先が、あるページで止まった。

戦場と思しき荒野を歩く魔物に目を奪われる。

フィオナはレンが手にしていた本を後ろから覗き込んだ。

「図鑑ですか？」

「この部屋を掃除したときから気になってたんです。ここに書いてある魔物は、魔王軍を率いる将の一人だったらしいですよ」

五メイルもある巨大な甲冑は漆黒に金の飾りが施されており、そのみてくれから漂う禍々《まがまが》しさが絵からも伝わってくる。四本の腕。それと同じ数だけの巨剣を背負い、一方の肩に纏った薄汚れた蒼《あお》い布。甲冑の中に肉の身体はなく、代わりに濃密な魔力が満たしている。魔石はその魔力の中に浮かんでいるそうだ。

「情報が少なすぎるせいで、ランク付けはされてないみたいですね」

レンがそう言えば、本を覗き込むフィオナが一文を読み上げる。

「……魔王に従うようになってさらに強くなった魔物である。魔王以外に従ったことはなくて、それ以前は剣魔って呼ばれてた……ですって」

つづく一文はレンが読み上げた。

「分類は龍種《りゅうしゅ》みたいですね。見た目からどこが龍なのって感じですが、魔石の傍に龍種と同じような器官があるそうです」

所詮は分類だ。

ただでさえ数が少ない魔物であれば区分けも難しいだろうから、身体の仕組みからそう判断したのだろう。

他の特徴として生命力が上げられていた。

そんな魔物が当時は複数体いたと書いてあるのだから、魔王軍の猛威は計り知れない。七英雄は魔大陸でそのうちの一体と戦って、勝利を収めたという。

レンはその後すぐに本を閉じ、本棚に戻した。


一息ついたところでフィオナが言う。

「レン君って、次の連休はどう過ごされるんですか？」

獅子王大祭の代表選考で忙《せわ》しない日々をもう少し過ごしたら、来週は連休で学院が休みだ。今年だけ特別というわけでなく、よくある連休だった。

「特に予定はないですね。ただ、リシア様はほぼ毎日クラウゼル家の仕事があるみたいです。フィオナ様はどうですか？」

「あはは……実は私もリシア様と同じなんです」

本当ならレンを誘って買い物の一つくらい行きたかったが、仕事があるため叶わない。

一度は声を落としたフィオナだったが、

「そうでした！　お父様からレン君に手紙を預かってたんです！」

彼女は思い出したように鞄から封筒を取り出し、レンに渡した。

ユリシスからと聞いたレンはすぐに封を開けて中を確認する。手紙には、『来週、一緒に鍛冶屋街へ行こう』という旨が書かれていた。

急な誘いに対してレンは思った。

……新しい防具のことかな。

ユリシスが指定したのは来週の夕方で、帝都で落ち合うことになっている。

◇◇◇◇

連休のある日の夕方、レンはユリシスと帝都を歩いていた。

「護衛はいいんですか？」

「傍に君がいるしね……ってのは半分冗談で、どこかに隠れていると思うよ。きっとね」

「ああ、やっぱり」

「ところで、いまの言葉は君がいれば護衛が隠れてなくても大丈夫って意味なんだけど、通じてるかい？」

「勘弁してください」

レンを苦笑させたユリシスは勝ち誇った様子でくすりと笑む。

「実行委員の仕事はどうだい？」

「楽しいですよ。最初は何もしないつもりだったので、実行委員として祭りに携われてよかったって思ってます」

興味津々に話を聞いていたユリシスが微笑を浮かべて。

「話を聞いていたら、私も実行委員を務めた当時のことを思い返したよ」

「え」

「おや？　え、とは何だい？」

「ユリシス様も実行委員をしたことがあったんだって、驚いてしまいました。弁論の大会とかには出場しなかったんですか？」

「一度あるとも。ただ、実行委員の方が楽しかったかな」

「へぇー……ちなみにどう楽しかったんです？」

「それはもう、同年代の貴族たちの様子さ。ああ、彼らは興奮したらこう動くんだな～って眺めていたら、快楽に似た感情を抱いたことを覚えているよ」

「うっわぁ……」

レンは引いた様子でユリシスを見た。

ユリシスはレンの遠慮ない視線が嬉しかったのか、唇を吊り上げて目じりを下げた。

「いまは君のそんな顔を見るのが一番楽しくてね」

この男の余裕が消えるときはあるのだろうか。

隣を歩くレンは声に出すことなく考えた。

「いまさらだが、今日私が君を呼んだ理由はわかってるかい？」

「アスヴァルの角で作る防具のことだと思ってました」

「正解だ。そろそろ完成するって話だったから、先週のうちに君に連絡しておいたのさ」

話を聞いたレンは楽しみになってきて、頬を緩めた。

いつも大人っぽく振る舞うレンが見せたどこか年相応な姿を覗き見たユリシスは、数多の貴族を泣かせたその強みを一切窺わせない、穏やかな表情を浮かべていた。

獅子王大祭が近づくにつれて生じる賑わいが、最近は町中でも一段と増している気がした。

ヴェルリッヒの工房に到着すると、

「待ってたぜ」

来訪者の気配に気が付いた彼が、楽しそうに頬を緩めながら工房の中から現れた。

彼はいつもよりだいぶ疲れているように見える。目元の隈もそうだし、歩き方も大分ゆったりしている気がした。

相変わらずごちゃごちゃした工房の中に足を踏み入れたレンは、工房のど真ん中に置かれた丸い木のテーブルを見た。

その上に、ヴェルリッヒが作ったと思しき物が置かれている。

「あれが例の完成品かい？」

「おう！　今回はブーツにしてみたぜ！　レンの足も今後はそんなでかくならないだろうしな！微調整なら問題ねぇ！」

ユリシスが用意したのは、そのために用いる糸をはじめとした素材だという。それらが届いてすぐ、ヴェルリッヒは寝る間も惜しんで製作に取り掛かったそうだ。

ブーツには加工したアスヴァルの角がふんだんに用いられている。

一見すればわからないが、踵《かかと》やつま先、足の甲などいたるところが堅牢《けんろう》な素材で覆われている。

制服にもあわせられる、革靴にも似た見た目。

レンが重視する動きやすさも忘れられていない。胸を張って説明したヴェルリッヒにそう言われ、レンはブーツを履いて感触を確かめる。

「どこも突っかかる感じがないですし、すごく軽いです」

「だろだろぉ？　俺様を見直したか？」

「見直すどころか、腕前を疑ったことはないですよ」

「お？　そうか？　ま、好きに使ってくれ。そのブーツなら制服の下に履いててもあんま目立たねぇと思うぞ。ま、そのあたりはレンが使いやすいようにしてくれや。俺様が後で調整しやすいように作ってあるから、レンも気にせず成長してくれよな」

「えっと……ありがとうございます？」

身体の成長はレン本人にもどうしようもないため、気にしようがしまいが結果は変わらない。

苦笑したレンは「履いて帰るか？」と聞いてきたヴェルリッヒに「そうします」と答えた。

いままで履いていた靴は、ヴェルリッヒがくれた麻袋にしまう。

「炎王ノ籠手と違って名前はない。あっちの方が全体的に特別だしな。――――んじゃ、もういいか？」

ヴェルリッヒがふらふら身体を揺らしながら言った。

「もう馬鹿みてぇに寝てねぇから、馬鹿みてぇに眠いんだ」

ヴェルリッヒは、レンが礼を言いはじめた途中で眠気に耐え切れず、大の字に倒れて寝息を立てはじめた。

ベッドでもなく、煤《すす》で汚れたフローリングの上である。

「どうやら、すごく疲れていたらしいね」

「ですね。よいしょ――――っと」

レンはヴェルリッヒを抱き上げてベッドへ運んだ。

丸テーブルに置いてあった鍵を拝借し、工房を出てから鍵を閉める。

「何も考えずに鍵を閉めちゃいましたけど、どうしましょう」

「確かあの辺の窓ガラスが……ほら、端が割れてるガラスがあるから、あそこから中に投げておけばいいと思うよ。もっとも、ガラスが割れてる時点で防犯の意味は皆無だろうが」

ユリシスの言葉に何も言い返せなかったレン。

「胸などを守る防具はいらなかったのかい？」

「俺の身体がまだ成長途中なところもあるので、大きな箇所は、体格的にもあまり調整がいらなくなったところでって感じです」

それを言えばブーツもそうなのだが、ヴェルリッヒの考えとしてはまだ調整が少ない箇所だった。

残る素材はまたいずれどこかで使われるだろう。


……これがあれば、炎の魔剣ももっと使いやすくなるかな。

唐突に頭に浮かんだ疑問は、炎王ノ籠手を手にしてすぐのことを思い出して。

せっかくだからこの連休中に試してみるのもよさそう、とレンは明日からの過ごし方を考えた。

翌朝に。

最近は狩りにも出かけられていないから、ブーツの効果を試すのにちょうどよかった。

「おや、レン様？」

部屋を出て玄関ホールへ向かう最中のレンに声を掛けたのは、同じく早起きの給仕ユノだ。

「まだ夜明け前ですのに、こんな時間からどうされたのですか？」

「最近は町の外に出てなかったので、ちょっと久しぶりに気分転換でもしようと思ったんです。ついでにこの時間しか採れない果実を採ってこようと思って」

「この時間にしか採れない果実……？」

ユノは首をひねるも、レンが急いでいるように見えたので追求を避けて見送った。

屋敷を出たレンは同じ敷地内にある厩舎《きゅうしゃ》に向かった。

騎士が使う馬たちの中に、元はイェルククゥの馬だったイオがいる。レンの成長と共に大きくなったイオは、今日も美しい栗毛《くりげ》に艶を浮かべていた。

イオは近づいてきたレンを見て、『ブルゥ』と嘶《いなな》く。鬣《たてがみ》に触れられると、レンに頭を近づけて甘えはじめた。

「久しぶりに遠出してみよっか」

レンを背に乗せたイオは上機嫌に歩きはじめ、屋敷の敷地を出て蹄鉄《ていてつ》の音を響かせる。

町の外へ通じる門にたどり着くと、そこに立つ騎士が話しかけてきた。

「おや？　こんな時間からどこへ行かれるのです？」

「ちょっと森に。久しぶりに気分転換でもしてきます」

「それはいい！　どうかお気を付けて！」

騎士はレンの言葉を疑うことなく見送った。


イオを走らせてから一時間も過ぎれば、空の端が僅かに明るくなりはじめた。

また十数分も過ぎたところで森の中に足を踏み入れると、一気に獣道に差しかかった。

このあたりからは、イオをゆっくり歩かせなければならない。しばらく進むと開けた場所が見えた。広さは一般的な民家が一つ入るくらいで、広すぎず狭すぎない。

レンはイオを自由にすると、朝焼けの空を眺めてから近くの木に実る果実を観察する。

それまで青々としていた果実は、朝焼けが広がるにつれて真っ赤に染まっていく。その頃合いを見計らって収穫すると、レンは持ち運んだ麻袋の中にしまった。

けれど果実はレンにとってはおまけで、本当の目的は他にある。これは屋敷の皆への土産にもいいと考えて収穫しただけ。

完成していたブーツをすでに履いていたレンは、炎王ノ籠手を腕に嵌《は》めて紐を結ぶ。

「――――来い」

自分を鼓舞する意味でわざと声に出す。

こうして顕現したのは、いたるところに紋様が施された黄銅色の剣だ。

炎王ノ籠手がなかった頃は、召喚しようとするとその反動が大きすぎて召喚できなかった炎の魔剣だった。

アスヴァルの素材を用いた装備を追加することで、また新たな変化が訪れるかもしれないと考えたレンは、その効果を試すために朝早く屋敷を飛び出したのだ。

「やっぱりだ。反動がまったくないよ」

『ブルゥ』

話しかけられたイオは興味がないのか返事をするだけでレンに顔を向けない。足元の草を食べながら尻尾を一度だけ振った。

以前より、炎の魔剣を召喚しやすくなっていることがわかる。

想像通りの結果に喜んだレンは、炎の魔剣を軽く振った。

すると、大時計台で披露したような黄金ではない、真っ赤な炎が彼の前をうっすらと波打ち、すぐに消えた。

炎が出ないように意識して振り直せば、炎が波打つことなく剣の残像だけ見えた。

「この魔剣を思い通りに扱えて、早く剣聖になれたら言うことはないんだけど」

レンほどの才能と努力を以《もっ》てしても、剛剣技の剣聖にたどり着くことは至難を極める。

日々の訓練が成長への近道であることは間違いない。だがレンは、もっと他にも考える必要があるとも思った。

エドガーの前で剣豪級であることを示した戦いを思い返す。

確かあれは、ユリシスとラディウスたちが秘密裏に大時計台の件を進めようとしていたときのことだ。

『お見せしましょう！　魔法を扱える者の剛剣を！』

当時、エドガーはその言葉通り魔法を扱う者の剛剣技を披露してみせた。

手にした二本の剣とは別に放たれた氷の刃《やいば》は、一つ一つが纏いを会得した者の剣そのもの。あのときのレンが食らってしまえば、一撃で膝をついたはずの代物だった。

『――剣聖《あなた》に見せる剣です。俺も遠慮はしません』

レンはそう言って、一歩も引くことなく剣を振った。

最初はエドガーが放った氷の刃に対し、纏いを駆使した剣戟で応戦した。だが、数が多すぎるし氷の刃が疾すぎた。

よく数本の攻撃に耐えた。

誰もがそう思ったところで、

『ッ……』

レンの強い意志が生んだ覇気により、彼が手にした訓練用の剣がブレた。

彼は皆が見る前で新たな領域に足を踏み入れて、衝動に従い剣を振った。

『はぁ……はぁ……』

耐え切った――――否、ねじ伏せた。

レンの剣は、氷の刃が彼の下に届く直前ですべて消し去った。

氷の刃は星殺ぎの力により、魔法としての力を失った。魔法の氷は解けてしまい、レンの眼前でただの水に変わった。

『こ、こんなにも早く剣豪になられたと……!?』

エドガーが驚きの声を漏らす。

『どう、です……ちゃんと耐え切ってみせましたよ……ッ！』

あの日の感覚はレンもまだ覚えている。

化けたと自覚できるほどの昂りに全身を任せたことは、忘れられない瞬間だった。

レンは炎の魔剣を手にしていない方の手のひらをじっと見て、押し黙る。

たった一度の鬩ぎ合いだったけれど、エドガーの強さは本物だった。

星殺ぎはどんな魔法でも必ず打ち消せるわけじゃない。もしエドガーが本気で戦っていれば結果は違ったかもしれない。

しかし、レンが思うのは他のこと。

「俺も――――」

自分もあの領域にたどり着かなくてはならない。

強くなると誓ったのだから、絶対に。

剣聖になるため、立ち塞がる扉を開けるためにも、日々の訓練に限らず、いまの自分にできることは全部試しておきたい。

そう思ってしまうのは、時期尚早だろうかという迷いもあった。

いまは地道に訓練をする段階で、エドガーのような強さに憧れを抱くのはまだ早いのかもと思う自分もいる。

しかし、レンの頭からエドガーが口にした『魔法を扱える者の剛剣』の言葉が消えなかった。

あのとき全身を駆け巡った成長の実感に、再び震えたい。

今後の自分を思い描きながら炎の魔剣を見下ろしていたら、木々の隙間から魔物たちの鳴き声が聞こえてきた。

考え事に耽《ふけ》っていたレンの傍、ついさっき地面に置いた麻袋の中にある果実から漂う甘い香りを嗅ぎつけたようだ。

しかし、現れた魔物の興味はもう果実に向いていない。柔らかい肉《レンとイオ》に向いていた。

「そっちから襲ってこないなら、俺は手を出さないよ」

現れた魔物たちはレンの言葉を意にも介さず一斉に襲いかかってきた。

魔物はトカゲのような姿をしており、茶色の鱗《うろこ》が全身を覆っている。Eランクに位置付けられている、知性が低くあまり強くない魔物たちだった。

『キィイイッ！』

『キッ！』

Eランクの魔物にしては珍しく魔法を使う。自分たちが駆け抜けやすいように地形を僅かに隆起させ、レンが動きづらくなるよう土くれで辺りを囲む。

レンがため息交じりに炎の魔剣を振り、脅かすための炎を放った。

どうせなら星殺ぎで魔物の魔法を打ち消し、驚かせてしまってもいいかもと考えていた。

それが影響したのか、

『グエッ!?』

迫りくる一匹が駆け抜ける隆起した土の道が、放たれた火花程度の炎に触れてただの土に戻った。

魔物はその影響で転んでしまう。

しかし、ほんの一部だった。

魔法で隆起した土の道は基本的にそのまま保たれ、一匹の足元だけが軽く崩れたにすぎない。

レンはそんなに強い炎を使ってなかったはずなのに、とまばたきを繰り返す。

だが、確かに魔法の効力を失ったように見えた。

「……いまの炎」

妙な炎に驚いたからか、魔物たちは慌てて逃げ出していた。

レンは炎の魔剣を見下ろし、先ほどの炎が生んだ光景を思い返す。

見間違いなどでは到底なかった。明らかに、確実に微かな炎が相手の魔法に対して何らかの影響を与えていた。

レンが放った炎のごく一部が特別な力を発揮して、相手の魔法を崩したように思える。

その性質はまさしく星殺ぎに他ならない。エドガーが放った氷の刃が如《ごと》く、レンの炎も剛剣の強さを帯びていた。

「…………」

事実を思い返していたレンの身体に、魔力を多く使った際に覚える衝撃が少しだけ駆け巡る。

あんな僅かな効果でまだ実用的ではないにもかかわらず、炎の魔剣の力に星殺ぎが少し混じるだけで、随分な消耗だった。

「イオ！　さっきの見た!?」

自分だけの戦技《オリジナル》というには程遠いしまだ使い道はさっぱりだったが、やはり嬉しい。

喜びのあまりイオに話しかけるも、

『ブルゥ』

イオはレンに顔を向けず、地面に生えた草を食《は》みながら雑に返事をした。

まさか、先ほどの戦いの最中もずっとそうしていたのだろうか。

「……相変わらず、すっごく肝が据わってる」

先ほどの技を再現できないか、新たに襲ってくる魔物を相手に試してみた。

結果は一度も再現できず、レンが頭の中に練習の文字を浮かべた。

最初からわかっていたことだが、魔力の消耗が激しすぎる。こんなにもくらくらするのは久しぶりだ。

体力には大いに自信があるものの、魔力は別。

獅子聖庁での訓練で纏いを用いた際に比べ、魔力の消費量が多いが故の状況だった。

「……帰ろ」

イオの背に乗り、帰路に就く。

レンは疲れていながらも、次の訓練のことばかり考えていた。

練習中に狩った魔物を冒険者ギルドに寄って査定に出す。

査定を待っていたレンの耳に、ある女性の声が届いた。

「レンではないか！」

その声を聞いたレンは査定が終わってからカウンターを離れ、同施設内の食事処《どころ》となっている場所に向かった。

朝から豪勢な食事と共に酒を呷《あお》るエステルの上機嫌な表情と、隣に座るクロノアの苦笑。

「エレンディルにいらしてたんですね」

「うむ。そして仕事帰りにクロノアを拾ってな」

「ボクは仕事でクラウゼル子爵と少し話をしてきたんだよ。そしたら帰りに大通りでエステルに捕まっちゃって」

つまりクロノアは被害者ということになろうか。

「レンも何か食べるか？　私が奢《おご》るぞ」

「じゃあ、遠慮なくいただきます」

椅子に座る休日を過ごすクロノアは以前同様、清楚《せいそ》な服装を着こなしている。

一方のエステルはカッコよかった。シャツに黒いパンツを着こなした彼女は、椅子の背にいつものコートを掛けている。

彼女が大きなジョッキを呷る姿はとても豪快だ。

「しかしレン、連休中に朝から何をしているのだ？」

「諸事情あって、森に行ってたんです」

「ほう、狩りか？」

「それと、剣聖になるためにいろいろ考えてる状況でしょうか」

エステルは再び酒を呷ってから、大きなステーキを勢いよく頬張った。

言葉にすると荒々しく見えてしまいそうなものだが、彼女は豪快な動きの中にも気品を忘れていなかった。ナイフをステーキに滑らせる姿は特にそうだ。

「ふっふっふ、足掻《あが》けよ若者。剣聖になるにはそうするしかない」

クロノアが「ねぇねぇ」とエステルに語りかける。

「エステルはいつ剣聖になったんだっけ？」

「もうずっと前になるが、それがどうした」

「そのときの感覚をレン君に教えてあげたら、きっと参考になるんじゃないかな？」

「急にまっとうなことを言うじゃないか。まるで教育者のようだぞ」

「まるで、じゃなくてボクはちゃんとした教育者だけどね……」

エステルは切り分けたステーキをもう一口食べてから言う。レンもさっき注文していた軽食が届いたので食べはじめた。

「私が剣聖になったのは、一介の将官時代のことだ」

その頃から獅子聖庁に所属していた彼女はある任務中、死にかけたことがあったという。

「数人の部下を連れていた私は、部下だけでも生きて帰そうと死力を尽くした」

決死の覚悟が実り、どうにか部下を死なすことなく任務を完遂した。

「命懸けで戦った私は扉を開いた。剣聖の領域の前に立ちはだかる扉をな。私の場合、先へ進むために生死を分かつ際の危機感を要したのだろう。生への渇望が、私の奥底にある何かを呼び覚ましたのだ」

エステルはもっとも、とつづける。

「レンは命懸けを経験したことがあると聞く。なら、要するのは危機感ではないのかもしれん」

「それじゃ、俺に必要なのって……」

「レンに必要なのは他のきっかけだろう。いまのレンは当時の私より実力者であると思う。繰り返しの訓練も大切だが、やれることは何でも試していけ」

「わっ！　エステルにしては珍しくまともなこと言ってる！」

「茶化すな。もとはといえば、クロノアが私にレンを導くよう言ったんだろうに」

剣聖の話が落ち着いたところで、レンは前の席に座る二人の仲のよさが気になりはじめた。

「お二人は仲がいいんですね」

「ボクたちは何度か一緒にお仕事をしたこともあるからね」

道理でと頷いたレンはつづけて二人との会話を楽しんだ。

エステルは何杯目かわからないくらい酒をお代わりしていたが、帰るときにもまったく酔っていなかったし、飲み足りないと口にしていたからとんでもない。

「このくらいで我慢しよう。夫にも飲みすぎは駄目だと言われてるからな」

「……クロノアさん」

「あはは～……気にしない気にしない……」

酒をあれほど呷ったのに我慢できているのかどうか、エステルをよく知るクロノアはレンに深く考えないよう勧めた。

◇　◇　◇

眠気覚ましに朝から湯を浴びたリシアが屋敷の中を歩いていた。

今朝はまだレンを見ていない。

彼に挨拶をする前に湯を浴びれば身だしなみも整えられてちょうどいいと思っていたのだが、湯を浴びて髪を乾かし終えたいまも彼の姿が見えなかった。

「ねぇ、レンがどこにいるかわかる？」

リシアが通りかかったユノに声をかけた。

「レン様でしたら、夜明け前に屋敷を発たれましたよ」

「どうしたのかしら。獅子聖庁にでも行ったの？」

「いえ。何でも、あの時間に行かないと手に入らない果実がある……とのことでして……」

「えっと……果物？」

ユノもあまりよくわかっていないらしく、リシアと共に小首をひねった。

そうしていると、玄関ホールの扉が開かれる音がした。

『レン殿、お帰りなさいませ』

『おや？　それが例の品ですか？』

レンが騎士と話をする声が聞こえてきたと思えば、彼はリシアとユノがいた廊下に姿を見せた。

「あ、リシア様」

レンは手に大きいとはいえない麻袋を手にしていた。麻袋の締まり切っていない口から、紅《あか》い何かが見え隠れする。

髪にまだ微かな湿り気を残したリシアは、軽い足取りで彼の傍へ駆け寄った。

「おかえりなさい。どこに行ってきたの？」

「町の外の森ですよ。この果物のことを思い出しちゃって。どうしても食べてみたくなったので、夜明け前に出発して採ってきたんです」

レンが自慢げに笑みを浮かべて麻袋を披露する。

中にある果実を見て、リシアが驚いた。

「朝焼けの実？」

「そうです。リシア様もご存じかと思いますが、早朝の数十分だけ紅くなる実です。その時間以外に収穫しても美味しくないらしいので」

朝焼けの実は人間の手で栽培する方法がまだ確立されておらず、森でよく争奪戦になる。

得意げに笑うレンを見たリシアは嬉しそうに微笑んだ。

ユノはいつの間にか仕事に戻ったらしく、二人だけで話をつづけた。

「疲れたでしょ？」

「イオに乗っていったのでそうでもないですよ。……魔物と戦うこともあったので、まったくとは言い切れないんですが」

「ふふっ、それじゃ、お風呂でゆっくりしてきて」

リシアがレンと別れる直前で思い出す。

(魔物と戦ったってことは、あの不思議な剣を使ったのかしら)

レンがそうした剣を持っていることは、リシアも知っている。イェルククゥの元を脱してからはじまった逃避行の際、何度も間近で目の当たりにしたからだ。

「リシア様？　俺は朝焼けの実をキッチンに置いてきますが――――」

「う、うん！　いってらっしゃい！」

レンの前で少しぼーっとしていたことに気が付いて、リシアは慌てて返事をした。

一瞬、その様子にレンはどうしたのだろうと思いかけたが、すぐにリシアが普段通りに振る舞いはじめたのを見て彼女の傍を離れる。


廊下に残ったリシアが呟く。

「……ほんと、どういう力なのかしら」

興味の根源にあるのは不思議な力への興味というより、他でもないレンの力だからだろう。

リシアは窓の外を見ながら呟いて、朝日を見上げた。

六章　彼は鈍感

連休最後の前日、リシアが魔導船でエレンディルを発った。

今日も今日とて新技の練習と、獅子聖庁での訓練を終えて夜に帰ったレンが湯を浴び終えて間もなく、レンの部屋の窓の外からリシアの声が聞こえてきた。

レンが玄関ホールへ向かってみると、そこには帰って間もないリシアの姿があった。

彼女はレンを見ると、小走りで彼に駆け寄ってくる。

「ただいま。お土産があるから、後で食べてね」

「ありがとうございます。急なお仕事、お疲れさまでした」

「ううん、平気。それでレンはどうしてた？」

「いつも通り、狩りをしたり剣を振ったりですね」

それを聞いたリシアは「レンらしいわ」と笑った。

「ねねっ」

リシアの弾んだ声。

「明日は久しぶりに町に行かない？　お父様が明日は自由にしていいって言ってたの」

「大丈夫ですよ。そういえば、最近はゆっくりエレンディルを歩けてなかったですね」

「うん！　新しいお店もたくさん出てるみたいだから、一緒に息抜きしに行きましょ！」

満面の笑みを浮かべたリシアが「楽しみ！」と言って彼の前を去る。

彼女と入れ替わりにやってきたレザードがレンに話す。彼の後ろには少し遅れてヴァイスも控えていた。

「帰りの魔導船の中で報告を受け取った。アシュトン家の村の近況についてだ」

レザードはジャケットの懐から一通の手紙を取り出してレンに渡す。

すぐに確認してもよさそうな雰囲気を感じ取ったレンは、レザードの前で封を開けた。

わざわざ画家に頼んだのか、村の様子を描いてくれていた。村の中に商人たちの拠点となる施設ができていた。

街道の整備も進み、村と周辺がより賑わいはじめているという。


翌朝、同じ玄関ホールでレンとリシアが合流したのは、朝の九時を過ぎた頃。

二人の傍に護衛はいない。リシアの隣にレンがいて、守られる側のリシアもいまでは立派な剛剣使い。それも剣客級だ。

「もう行ける？」

私服姿のリシアがレンに尋ねた。

上半身に纏った白いブラウスの清楚さが、彼女の魅力を際立たせていた。

艶やかな髪には、白金《しろがね》の羽《はね》の髪飾りがあしらわれている。歩くたびに、スカートの裾が軽やかに揺れていた。

「逆に早く出発したいくらいです」

「レンったら。お腹《なか》が空《す》いてるんでしょ？」

「バレてましたか」

「当たり前でしょ。それじゃ、もう行きましょうか」

二人が屋敷を発つ前にレザードが近くを通りかかった。

「気を付けて。レン、世話をかけるがリシアを頼む」

レンは素直にお任せくださいとも言えず、苦笑だけを返す。

リシアは、

「むぅ……」

と不満そうにしていたけれど、すぐにレンの手を強引に引っ張って屋敷の外に出ていった。


外に出ると六月も半ばの陽光が眩《まぶ》しかった。

屋敷を出てすぐ、リシアはレンの手を放した。このまま繋いで外に繰り出せたらどれだけ嬉しいかと考えてしまうが、まだそれは難しくて。

私服姿のリシアの腰には、今日も今日とて剣が添えられている。リシアの象徴とも言える名剣、白焉だ。

レンは鉄の魔剣を腰に携えている。鞘《さや》はいつの日か、ヴェルリッヒに作ってもらった特注品だ。

魔剣はレンの体格の成長に合わせてある程度大きさを変えてきたため、最近になってようやく用意できた鞘である。

「……？」

リシアがレンの視線に気が付いた。

「私の剣が気になるの？」

「私服で剣を携えるお姿もリシア様は絵になるなー、と思ってました」

「なーに？　急にお世辞なんて言って」

「いえいえ！　そんなんじゃないですって！」

二人は笑い、門を開けて大通りに出た。

ここの屋敷はクラウゼルにある屋敷と違い、大通り沿いのためよく目立つ。

彼らは学院に通う際にほぼ毎日一緒に歩いているため、二人が一緒にいる様子は、近くで暮らすエレンディルの民にとって見慣れた光景だった。


向かったのは、大通り沿いにあるカフェ。

二人は生垣を背にした白い丸テーブルの席に向かい、メニューを数分ほど眺めてから好みのセットを注文した。

注文した品が届くまでの間に、

「念のためにお尋ねしたいんですが」

「？　なーに？」

「いざとなったら剣を抜かれるんですよね？」

「そのために用意してるんだもの。レンだって同じでしょ？　私服なのに剣を腰に携えてるのは一緒じゃない」

「俺の場合は、リシア様の護衛も兼ねてますし」

とりとめのない話をして、運ばれてきた食事を楽しんだ。

食後に少し休みながら、

「エレンディルの様子も変《こっち》わってきたわね」


「獅子王大祭の影響で、宿の予約もほぼ埋まってるそうですよ」

エレンディルでもいたるところで獅子王大祭の準備が進んでいる。帝都まですぐのエレンディルも宿泊客はもちろん、魔導船でやってきた客たちで賑わっていた。

道行く人の中には、気が早くも国外から来たと思しき人も多くいた。

中には獣のような姿をした人や爬虫類《はちゅうるい》を想起させる者、有翼人などの異人の姿もあった。

そんな光景を横目に、リシアがティーカップを片手に持って言う。

「このあとは本屋に行かない？　レン、気になる本があるって言ってたわよね？」

「でも、リシア様が行きたかったところからで大丈夫ですよ？」

「ふふっ、それならいいの」

リシアが間を置くことなく話す。

「私の行きたいところが全部レンと一緒だったら、どこから行っても同じだわ」

彼女らしさに溢れた言葉にレンが笑った。

「本当にそうだったら、都合がいいかもしれませんね」

「でしょ？」

リシアも笑った。

テーブルの上で肘をついて立てた手を重ね合わせながら、楽しそうに首を傾けた。

「決まりね。少し休憩したら先に本屋から行きましょ」

嬉しそうに声を弾ませて。

店を出た二人は、賑わう街の様子を傍目に休日を楽しんでいた。


歩いているとレンが唐突に言う。

「あれ」

「どうしたの？」

「ちょっと、珍しい同級生の姿を見かけました」

「珍しい同級生？」

レンの視線の先を見たリシアは、その同級生が誰なのか気が付いた。

七大英爵家の一つ、アルティア家のご令嬢がエレンディルの大通りを作業着を着た大人たちと歩いていた。

ネムも二人の姿に気が付いて、小走りで駆け寄ってくる。

「やぁやぁ！　おはよ、二人共！」

レンは先日はじめてネムと言葉を交わしたのだが、リシアは入学以来、何度か話したことがあったから、レンよりずっと親しかった。

「エレンディルでネムと会うのははじめてね」

「だね。ネムはいまから大時計台に行くとこだよ。二人はお買い物かな？」

町外れにある自然公園に囲まれた大時計台は、以前、レンがラディウスと足を運んだところだ。

ネム曰く、昨年の騒動以後何度か様子を見に来ているという。

これまではアルティア家の使用人兼技術者たちが様子を見に来ていたのだが、今回はネムがその仕事を担っているようだ。

話を聞いたレンとリシアが頭を下げて感謝すれば、ネムは「いいのいいの！」と笑った。

「もとはといえばうちのご先祖様が作ったんだしさ。ちゃんと管理しなくっちゃ！」

「……ネムってやっぱりすごかったのね」

「うん？　何が何が？」

「もうあんなに大きな施設兼魔道具を管理できるんだもの」

「あははっ！　ネムは一歳の頃から魔道具をいじくってたしね。ご先祖様以上の発明をするっていう目標もあるし、これからも任せてよ！」

彼女たちの話を聞くレンは、路肩に騎士がいたのを見て少女たちから一歩離れた。

「レザード様に頼まれた伝言があったので、ちょっと行ってきます」

リシアとネムの傍を十数メイルほど離れた。このくらいの距離なら一瞬で駆け付けられる。

ネムはレンが離れてからリシアに顔を寄せた。

「すっごく気になってることがあるんだけど、聞いてもいいかな？」

「何かしら」

あのさ、とネムが。

「デート？」

おおよそ、令嬢の口から出るとは思えない軽い言葉が七大英爵家の一つ、アルティア家の令嬢の口から告げられた。

尋ねられたリシアはいまの言葉を反芻《はんすう》した。


……デート？


目の前のネムが自分に尋ねてきたのなら、デートの相手は間違いなく、さっきまでリシアの傍にいた人物のはず。

ゆっくり十数秒かけて咀嚼《そしゃく》したリシアは明らかな答えに到達し、硬直。

「っ～～!?」

頬から耳たぶ、首筋に至るすべてをほぼ一瞬で上気させ素早くまばたきを繰り返した。

ネムから半歩距離を取り、腕組みをして明後日《あさって》の方を向いたリシアはいまさらながら冷静を装った。

彼女は絹のような髪を手で靡かせ、

「よくわからないことを聞かないでくれる？」

強がってみせた。

力を振り絞った強がりは、アルティア家の令嬢に見破られる。

「あちゃー、じゃあ違ったんだ」

実際、違うのだが……こうもはっきり残念そうに言われると、リシアも思うところが口から出てきてしまう。

さっきまでの冷静さはあっさりと消えた。

「ち、違ったらダメなの!?　それと、あちゃーって何よ！　ネムに何か問題でもあるの!?」

「ないよー？　でも休日に二人で仲良く遊んでるとか、二人の距離感から見てもそんな感じがしちゃっただけ。レン君はイグナート家のご令嬢とも仲がいいでしょー？　だからどういう状況なのかなーって気になっちゃった」

「うぅ～……！」

「ご、ごめんって！　そんな可愛い顔で睨《にら》んでこないでよ！」

リシアは瞳にうっすらと涙を浮かべ、真っ赤な顔でネムを睨んでいた。

羞恥心が限界に至りかけていたリシアは、いつネムの頬を摘まんで引っ張るかわからない。

「お詫《わ》びにネムが恋愛指南をしてあげるから、睨むのはやめてくれたりとか……しない？」

ネムの言葉に落ち着きを取り戻したリシアはとある情報を思い出し、ネムの痛いところを突く。

「恋愛経験がなくて、異性とは友達みたいにしか接したことないって前に言ってたネムが？」

「あっ！　言っちゃったね!?　年頃の女の子に言っちゃいけないことを言っちゃったね!?」

「ええ。さっきまでの自分の言動を顧みなさいよ」

「それはそれだってば。でも聞いてみてよ、もしかしたらリシアちゃんにとっても、有用な情報かもしれないよ！」

ネムは楽しそうな声で、どこから得たのかわからない知識をひけらかす。

魔道具のことであればさぞ有用な知識を与えてくれそうな彼女の口から語られるのは、意外とリシアが理解できる言葉だった。

「いい？　まずは言葉遣いだよ！」

「言葉遣いって……いまの私とレンの？」

「そう！　互いの距離感はすごく大事だけど、二人くらいならもっと砕けていいはずだよ！　だからレン君に敬語をやめてもらうとか、リシアちゃんの呼び方を変えてもらうとかね！」

「……言葉遣いは前に言ったことがあるけど、自分は騎士の倅《せがれ》だから駄目って言われたわ。それに、いまだって名前呼びよ？」

「でもレン君、リシアちゃんのことは様って付けて呼んでるよ？」

「それじゃ……リシアって呼び捨てにしてもらうってこと？」

「そうそう！　ヴェイン君とセーラちゃんみたいにね！」

ネムは力強く親指を立てて肯定の意を示す。

「レンが私をリシアって……」

あのレンが「リシア」と自分を呼ぶ姿を想像するだけで、リシアは両手で自分の頬を覆って身悶《みもだ》えしてしまう。

いくつもの感情がぐるぐるしていたが、すべて嬉しさによるもの。

「でもさ、名前を呼び捨てにしてもらうのと、敬語をやめてもらうのってどっちが難しいかさっぱりだよね～」

「そうよ！　どっちも大変じゃない！」

というか、とリシアが、

「ネム、いまの話をどこで聞いたの？」

「何を隠そう、恋愛小説だよ」

「はぁ……そういうことだろうと思ってた」

「でも、いい情報だったでしょ？」

リシアは否定することができず、照れくさそうに「うん」と頷く。

問題となるのはどちらもレンが頷く可能性が限りなく低いことだが、どうにかして実践できないものかとリシアは頭を悩ませた。

ネムが時計を見てもう行く時間だと言った。

それを聞いたリシアの元へ、タイミングを見計らっていたレンが戻った。

頬を上気させたリシアを見たレンは「？」と首をひねるも、リシアは何も答えない。ネムも何があったのか語らず笑うだけ。

「じゃあね、二人共！　また学院で！」

二人の前を立ち去ってしまい、レンは今度こそ何があったのか知る機会を失した。

「熱があるとか……じゃないですよね？」

「…………」

「リシア様？」

「……鈍感」

そうは言うものの、自らの積極性のなさにより伝わっていない部分もあり……。

リシアはほんの少しだけ不満そうに言ってすぐ、可愛らしくはにかんだ。

七章　異国の姫のように

学院の屋上で放課後に、軽い打撲を癒やしてもらうセーラの姿があった。

彼女の身体に届く白い光の正体は、リシアの神聖魔法だ。

「剣だけじゃなくて、神聖魔法もすごいのね」

セーラの言葉は恨めしそうなわけではなく、自分も頑張らなくてはと意気込むようなそれだ。

よく聞こえなかったのか、リシアがセーラの顔を見た。

「何か言った？」

「何でもない。独り言だから」

リシアは「変なセーラ」とだけ呟いて、神聖魔法の光を消した。

そして思い出すのは、ついさっきまで開催されていた武闘大会の代表選考だ。

生徒が多く足を運んだ今日の催し事は、ほかの競技の代表選考のどれと比べても一番の盛り上がりだった。

『しゃあっ！』

まずはカイトが代表に決まり、

『よし！　これで代表だ！』

つづけてヴェインが決まり、

『こんなところかしら』

最後にセーラが評判通り代表の席を確保した。

彼ら三人以外にも一人、二年次にいる英爵家の令嬢も代表に決まっていたのだが、彼女は代表に決まってすぐ家の仕事で学院を去っていた。

本戦でのセーラの奮闘を祈ったリシアは彼女の傍を離れる。

ヴェインたちが屋上にやってきたのを見てからだった。

「私はもう行くわね。代表に決まって嬉しいからって、気を抜いて怪我したらダメよ」

「わかってるってば！」

銀と紫水晶《アメジスト》を混ぜたような色の髪を靡かせて、リシアがセーラに背を向ける。

その背に向けてセーラが、

「――ねぇ、リシアが代表選考に出てたら、どうなってたと思う？」

リシアは親友の声を聞いて足を止めた。

夕焼けの端が夜に侵食されだしたその景色を一頻《ひとしき》り眺めてから、どこかいたずらっ子のように微笑みながら振り向いて、

「バカね。ここで仮の話をしても仕方ないでしょ」

そう言い残して立ち去ったリシアを、セーラは今度こそ何も言わず見送った。

◇　◇　◇　◇

実行委員の部屋へ帰る途中、レンが隣を歩くラディウスに話しかける。

「あの四人ならきっと本戦でも勝ってくれるよ」

「ああ、特にカイト・レオナールは攻守ともに凄まじいな」

レオナール家は聖剣技などの流派と違い、巨大な盾を使う戦い方を代々受け継ぐ家系だ。剣の冴えを他の者たちと比べることは難しいが、戦技を用いた際の攻撃力や防御力は特筆すべきもの。

代表選考がやや落ち着いても、レンたちの仕事はまだ終わっていない。

「こっちもそろそろ詰めの作業だし、頑張ろっか」

「その件だが、現状残っている書類仕事は私とミレイが城に持ち帰ろうと思う。レンたちは、明日以降の仕事に備えて英気を養ってくれ」

「それならみんなでやった方がよくない？　何もラディウスたちだけ頑張らなくても」

「代わりに頼みがあるということだ。急ですまない」

ラディウスが急に頼みごとをしてくるときは、おおよそ重要な話があるときだ。

レンが今回もそうだと思っていると、ラディウスはレンの肩に手を置いて顔を寄せてくる。

「ユリシスも呼んで、アーネアで夕食を共にしようじゃないか」

「――――アーネヴェルデ商会自慢の宿で食事？」

「どうだ？」

わざわざ改まった場所で言うべき話、ということが明らかだった。

アーネアの最上階にあるレストランを貸し切って行われた会談には、レン、ラディウス、ユリシスの三人が顔を揃えていた。

運ばれてきたのはこのアーネアの料理人が作る美食だ。数ある美食を楽しんだ経験のあるユリシスも舌鼓を打つほどの料理で、三人は腹を満たした。

やがて、ラディウスは「見せたいものがある」と言い、二人に数枚綴《つづ》りの書類を渡した。

「まずは謝らせてくれ」

獅子聖庁が誇る長官エステルに密命を託し、マーテル大陸で何をさせたのか。

彼女がどんな情報を持ち帰ったのかといったすべてを、二人に語るまで時間が掛かりすぎてしまったことをラディウスは詫びた。

「本来であればもっと早く共有すべき話だった。しかし事が事なことと、エステルへの密命が関わっていたとあって、私の方でも準備が必要だった」

「どうやら、密かに何か命じておられたようで」

「わかっていたか」

「当然ですとも！　このユリシス、ラディウス殿下のことはよく理解しておりますからね！」

ユリシスが仰々しく、そして愉《たの》しそうに言った。

彼はすぐにレンに顔を向け、「君もわかっていただろう？」と笑う。

「何かあるのかもとは思ってましたが、そのくらいですよ」

前置きはこの辺りにして、二人は書類に目を通す。

書かれていたのは、エステルが以前ラディウスに報告した魔王教の教主のことと、その男の下に二人の大幹部がいるという情報だ。

まず、教主について。

「魔大陸一の魔境セラキア地方を魔王より預かっていた、吸血鬼の真祖たる男だ」

名をメダリオと言った。家名はない。

伝承に残る情報はいくつもあるが、その容姿は定かではない。

七英雄と戦った記録こそないが、世界中で猛威を振るった事実が各国の歴史に残っていた。

「そのような男が魔王の側近にいた記録はありますが、その男が生きていたことは間違いないと？」

「ああ。今後はそうした情報も踏まえて行動する必要がある」

「魔王教徒と事を構えて捕まえても、レニダス元司教みたいな最期になるのかな」

「あの男のように衰弱して命を落とす可能性は高い。しかし、何もしないわけにはいかん」

大時計台を襲ったレニダス元司教は、あの夏を越すことができなかった。

捕らえてからも徹底して死なないよう栄養を与え、劣悪とは言えない環境で管理していたというのに、穴の開いた風船がしぼむかのように息絶えたのだ。

例の魔王教の刻印が、レニダスの力を奪うかの如く状況だったという。

「話を戻そう。教主の名はメダリオと思われる。それが間違いだとしたら――――」

「教主がメダリオを自称しているとか？」

「そうなるが、魔王の復活を企《たくら》む連中の長が魔王の側近を騙《かた》るとも思えん」

「ですねぇ……ただでさえ死んだ記録がない側近です。騙ることは愚を極めることでしょう」

「警戒するに越したことはないということだ。敵の黒幕が吸血鬼の真祖メダリオだと断定して動いた方が、我らにとっても損はない」

そこでレンが疑問を口にする。

七英雄の伝説時代の知識を持つレンも、メダリオの名ははじめて聞いたからだ。

「メダリオの情報って、本に残ってる？」

「あるが、そう多くないぞ」

ユリシスがレンを見て、

「どうして情報が少ないと思う？　ちゃんと理由があるんだよ」

「七英雄とも戦ってない、以外にもですよね？」

「そうとも。決定的な理由があるのさ」

「たとえば――――姿を見た者は基本的に命を落としたから、とかですか？」

「そう、メダリオはとてつもなく強かったらしくてね。奴が率いた魔王軍が数多の国を滅ぼしたせいで、記録らしい記録が残されていないんだ」

「二人には他の貴族たちに伝える前に情報を共有させてもらった。今後は魔王教の教主メダリオと、その部下である大幹部二人を忘れないでおいてくれ」

レンは資料を持ち帰っていいと言われたので、それを懐にしまい込んだ。

同席できなかったレザードにはレンから伝えることに決まる。

「本当は今日も呼びたかったのだが、近頃のレザードは私よりずっと忙しそうにしてるからな。私の都合で呼びつけるわけにいかなかった」

「子爵になってから、度々声を掛けていただいてるみたい」

「それなら私の領地エウペハイムの商人たちも、いま話題のクラウゼル子爵との縁が欲しいらしくてね。度々、話題に上っているよ」

それはそれとして、

「それでラディウス、今日の話はこれで終わり？」

「私からは以上だが、ユリシスは何かあるか？」

「では、この場を借りてレン・アシュトンに」

三人の間に漂う雰囲気もやや柔らかく、普段通りに戻っていた。

レンはユリシスから届いた春先の連絡を思い返していた。

「というのも、獅子王大祭期間中のことさ」

「例の、俺の時間が欲しいって仰っていたことですね」

「そうさ。獅子王大祭の期間中、国外からも賓客が訪れることは知ってるかい？」

他国の貴族や王族も足を運ぶことがあるとのことだが。

「今年は天空大陸をはじめ、数多くの国からお客さんがやってくるのさ。七英雄の末裔たちが参戦するとあって、今年は過去にない賑わいが予想されている」

剛腕がレンの時間を欲したのは、それが関係していた。

「当家も一枚嚙《か》んでいる事業に、国外の商会からさらに投資できないかって相談を受けている。その事業ってのが、クラウゼル子爵が中心のものでね」

「それなら俺ではなく、先にレザード様にお声掛けした方がよかったような……」

「普段ならそれも間違いないいんだが、訳ありでね。詳細はクラウゼル子爵にも話したい。今度エレンディルに行くから、そのときにでもどうかな」

詳しく話すのは、そのときにでも。

数日後の放課後である。

レンはリシアとフィオナの二人を連れてエレンディルの通りを歩いていた。

今日はユリシスがエレンディルを訪れるので、フィオナも同席するよう言われていた。

クラウゼル家の屋敷に到着すると、ユノが三人を出迎えた。

ユノの傍を飛んでいたククルが久しぶりにフィオナを見て『クゥ！』と得意げに鳴いてみせる。

「こんばんは、ククルちゃん」

フィオナがククルを撫でているのを隣で楽しそうに見るリシア。

「イグナート侯爵はもうすぐいらっしゃるそうです」

ユノに告げられ屋敷の中へ入ると、

「お二人は別のお部屋へご案内いたします」

ユノがリシアとフィオナを別の部屋へ案内する。

全員同席しての話は後程なのだろうか？　三人は特に疑問を抱くことなくその場で別れてレンだけが客間へ向かった。

客間で待っていると、少ししたところでレザードがユリシスを連れてやってきた。レザードはユリシスを出迎えてきたようだ。

「クラウゼル子爵もレン・アシュトンも、急な連絡ですまないね」

早速、レザードが口を開き、

「当家の仕事に関係しているとのことでしたか？」

「そして、レン・アシュトンも関係していてね」

ユリシスがレンを見ながら言うには、

「ある商会の会長が、君と会って話してみたいそうだ。さらなる投資も、それから検討したいらしい」

「……はい？」

「話はクラウゼル子爵が主導となっている事業に戻る。実はその商会が事業に関係していてね。会長の部下はクラウゼルに足を運んだことがあるわけさ」

「何となく予想できました。クラウゼルで俺のことを聞いたんですね」

「会長は部下から君の活躍を聞いて興味を抱いたと言っていた。だけど、それだけじゃないよ」

ユリシスはレンが入学する前、冬場に頼んだ商人の護衛依頼のことに触れる。

受験生だった頃のレンの元に、ある仕事が舞い込んだのだ。

「クラウゼル領に向かうということで、魔導船も経由して俺が途中までお送りした際のことでしたっけ」

「そのことさ。君が護衛したのは会長の部下……確かレオメル支部長だったかな」

「会長さんが俺の話を聞いたことはわかりましたが、俺のどこに興味を？」

「それはもう、ギヴェン子爵の騒動の際にあった逃避行がきっかけさ」

あのときはリシアとレンがクラウゼルに帰った姿を多くの民が見て、事情を知った。

その英雄譚を聞いた会長は、胸を打たれる思いだったそうだ。

「彼、騎士上がりの珍しい商人なのさ。君の活躍を聞いて是非会いたいって言っていてね」

もっとも、相手の会長はバルドル山脈でアスヴァルが復活したことは知らない。

アスヴァルの復活は知る者が相当限られているから、外部に漏れだす可能性は限りなく低かった。

でも、フィオナがレンに助けられて下山した事実を知る者はゼロじゃない。これぱかりは、隠しようのない事実なのだから。

「クラウゼル子爵も時間が合えば同席してもらおうと思っているのだが、どうかな？」

「是非、同席させていただきたく」

「助かるよ。今日まで出し惜しむように黙っていてすまなかったね。こちらでも調整があったんだ」

相手は天空大陸で著名な商会の一つで、魔物の素材をはじめとした商材が自慢だった。

他国の大商会と縁を持てるのはクラウゼル家にとってもいいことのはず。

「それと、贈り物が届いていてね」

「贈り物？」とレンが言った。

「例の会長さんから、まずはお近づきの印にってね。商会で取り扱っている品からいくつか送ってくれたのさ」

「投資を決めかねてるご様子なのにですか？」

「正しくは、さらなる投資さ」

クラウゼル家とイグナート家の関係性も考えての贈り物なのだろう。

レンにリシア、フィオナへの贈り物もあった。

レンが参加する必要のある話し合いは間もなく終わるも、ユリシスとレザードは引きつづき仕事の話をしなければならなくて、一度茶を飲む時間を挟もうということになった。

「それにしてもクラウゼル子爵は忙しそうだ。例の臨時便も大変そうじゃないか」

「はは、そろそろ落ち着くと思うのですが」

レザードはいまの話をレンにしていなかったことを思い出し、テーブルに置いていた紙の束を一つレンに渡した。

「レンも後でゆっくり見てみなさい。リシアたちに話しても構わない」

「わかりました」と答えたレンはこの場を後にした。

廊下に出たレンはリシアとフィオナがどうしているのだろうと考えながら屋敷の中を歩いていたのだが、途中で「こちらへどうぞ」とユノに声を掛けられ、よくわからないままついていく。

屋敷にはさっきレンがいたのとは別の客間があり、リシアとフィオナはそこに案内されていた。

ユノがノックしてすぐに返事が届くと、レンだけ客間の中に足を踏み入れた。

小さめの客間の中はいつもと様子が違う。床にいくつかの木箱が蓋を開けて置いてあり、窓のすぐ近くには姿見が持ち込まれていた。


――――外へ通じる大きなテラス窓が開かれ、そこで夕暮れの空を背に立つ二人の少女。

彼女たちは入室してすぐに驚いたレンの顔を見て、くすりと微笑。

レンのすぐ傍までやってきて、

「どう？　似合うかしら？」

「似合ってるでしょうか？」

見たことのない服装の二人である。

どこの国の衣装なのだろう。

レンが思ったのは砂漠の国の雰囲気だ。

情熱的に見える色のドレスに、華やかな宝飾品を嫌みなく身に着けた姿が、さながら異国の美しくも可憐な姫。

この空間だけ、まるで別の国の城のよう。

黙っているレンを見て、少女たちが慌てて聞く。

「レン？」

「ど、どうして黙っちゃうんですか!?」

「その――――っ！」

あまりにも可愛らしくて、言葉が見つからなかったから。

しかし、ここで黙っているのは男としてどうなのか。

言葉に詰まり、けれどそんなレンが何を考えているのか二人の美姫がすぐに察して、嬉しそうに笑う。

「す、すごく似合ってます！」

月並みな言葉。

彼が焦りながらも一生懸命伝えようとしていたことが嬉しくて、リシアとフィオナは少し頬を赤らめながら礼を口にする。

リシアがとんっ、と軽い足取りで歩く。

フィオナが少し照れくさそうに身をよじった。

「これ、マーテル大陸南部の民族衣装なんですって」

「贈ってくださった商会がこういうドレスも作ってるみたいです。せっかくだから、着てみちゃいました」

二人がソファに座ると、反対側にレンが座った。

正面の二人の服装はレンが普段まったく目にすることのないものだから新鮮だったし、楽しそうにしている二人の笑みがキラキラしている。

「贈り物があるって聞いてましたけど、それだったんですね」

「ええ。箱を開けて見たときはびっくりしました」

レンは天空大陸の商会が贈った品にどうしてマーテル大陸の名が出てきたのか気になっていたが、その商会がこうしたドレスも作っているとフィオナに説明されて納得した。

異国情緒を漂わせた可愛らしい二人とレンは、しばらく衣装のことを含めて雑談。

「はじめは着替えてるだけなのに緊張しちゃったの」

「ふふっ、私もでした。いつもより肌が見えてしまいますもんね」

二人が楽しそうに微笑みを浮かべて言葉を交わす。

普段は袖を通さないような衣装を着ていることもそうだが、さっきのレンが見せた素直な反応も心に残っていた。

一段落したところで、ユリシスと話したことを伝えた。

実行委員を引き受ける際、獅子王大祭本番にユリシスに頼まれ席を外すかもしれないと告げていたから、リシアもフィオナもすぐにわかった。

「後で当日の予定を決めないといけませんね」

「私も、お父様から聞いておかなくちゃ」

黒の巫女と白の聖女が、テーブルに置いてあったティーカップを口元に運ぶ。彼女たちの所作一つとってみても、いまの衣装もあって砂漠の国の姫君そのものだ。

では、レンはどうだろう。

彼への贈り物は衣装ではなかったので制服のままだったが、やはり二人のための騎士？　彼女たちの気持ちはまだ届いていない。

いつか変化が訪れるのかもしれないけれど、いまはまだこのくらいの温度感。


可愛らしい衣装に身を包んだ二人の興味はレンが持ってきた紙に向けられた。

「お父様から？」

リシアが声に出した際にフィオナも気にしているように見えたから、レンが「一緒に見てみますか」と提案した。

テーブルの向かい側から前かがみになって覗き込む二人へ、紙を横にして見やすくしたレンが書かれていた文字を声に出して読む。

「獅子王大祭期間中は国内外から多くの客人がやってくる。中には敬虔《けいけん》なエルフェン教徒が数えきれないほどおり、国外から足を運ぶ客人は、この機会にエルフェン教の神殿などに参拝しに行くため――――」

帝都大神殿も賑わい、エレンディルも同様に人で溢れる。

獅子王が戦地に赴く際には必ず祈りを捧《ささ》げに寄ったこの町にも、古い神殿がいくつかあった。獅子王大祭期間中は巡礼者でも賑わうだろう。

「魔導船の臨時便が出るみたいですね」

「レザード様も言ってましたけど、どこに行くんだろ……」

独り言のように話したレンがつづきを読んだ。

臨時便については二枚目の紙に書かれており、併記された地図には魔導船が飛ぶ経路が赤い線で示されている。

距離や所要時間など、細かな数字も書かれていた。

「えっと……エレンディルから三十分くらい……」

「古い聖域の近く……あっ、これってもしかして……!」

リシアとフィオナが声に出したのを聞いて、レンもわかった。

地図にあった赤い点、臨時便の目的地。


……ここって確か。


名を、ローゼス・カイタス。

遥か昔、誰が創ったのかもわからない過去から存在する場所。

山の大部分を抉ったような地形をしており、その広場に巨大な神像が並んでいる。古き時代は日々、数多のエルフェン教徒が訪れた。

魔王に襲われた影響で、いまは出入り口が封印されているそうだが。

(七英雄の伝説でも行けない場所だったっけ)

地図の中にそれらしきアイコンはあった。

しかし、プレイヤーが行くことはできず、ローゼス・カイタスについては帝都大神殿などで話を聞けるだけだった。

◇◇◇◇

大通りを抜けて城下町の中心部に向かえば、帝都が誇る帝立図書館がある。

最上階まで吹き抜けになっている各階は、壁沿いに数えきれない本棚が並んでいた。

フロアが何層にも重なった荘厳な内装。帝立図書館は歴史ある帝都の中でも特に古い建造物で、国内外からどの時期もひっきりなしに観光客が足を運ぶ。

館内には重要な蔵書もあり、一般人が足を踏み入れることができる場所は限られる。

中でも地下に存在する禁書庫は別格だ。

帝都でも稀有《けう》と言わざるを得ない高度な警備体制で、数多の魔道具や剛剣を用いる騎士に守られたその場所は、何人たりとも侵入を許したことのない聖域でもあった。

閉館になったいまは、帝立図書館の中には職員や騎士しかいなかった。暗い図書館の奥にある館長室にいた若い男性の館長も、帰り支度をはじめていた。

しかし、彼がその支度を中断せざるを得ない状況が訪れる。

「館長！」

館長室の扉をノックすることなく開けたのは、帝立図書館を警備する騎士だ。

経験豊富で腕利きの騎士がこれほど慌ててやってきたことが気になって、館長は眉をひそめて騎士に問う。

「落ち着きなさい。どうしたのですか」

「は――――はっ！　たったいま、お客様がいらっしゃいまして……ッ！」

「お客様？　こんな時間に約束はありませんよ」

「存じ上げております！　ただそのお方は、通常業務が終了したいまからでないと、ゆっくり確認できないからと――――！」

騎士の言うことが飲み込めず、館長はため息交じりに首を傾げた。

「もう一度、落ち着いて」

再び騎士を窘めて落ち着かせようとするも、騎士はそれでも落ち着かず、乱れた呼吸と額に汗を浮かべている。緊張で目を見開いていた。

やはり普通じゃない。館長は硬い表情で騎士を見た。

そうしていると、ようやく落ち着きはじめた騎士が生唾を飲み込んだ。彼の喉はからからに渇いているのか、言葉をうまく口にできないようだった。

「誰がいらっしゃったのか、ちゃんと説明を」

騎士が答えるより先に、館長室へ向かってくる足音が耳に届いた。

どうやら来客がこちらにやってきているらしい。騎士の様子から来客の身分が高いことは容易に想像できたのだが、いったいどれほどの人物なのか。

薄暗闇に見えたシルエットに目を細めた館長。

「け、剣王────!?」

館長の双眸《そうぼう》に映し出されるのは、一人の佳人の姿だ。


剣王序列第五位、白龍姫・ルトレーシェ。

レオメル最強の存在。


穢れなき白銀を想起させる銀髪。どんな宝石にも勝る美しい瞳。そして清楚で聖《きよ》く、神秘的な美貌を湛えた女性だった。

白を基調とした服装に身を包んだルトレーシェを目の当たりにすると、高貴な姫君のようにも見えてきてならない。

彼女は絹に似て艶めく髪を揺らしながらやってきて。

「急な訪問で申し訳ありません」

容姿に劣らぬ、上質な楽器が奏でる音色のような声だった。

「本を探させていただきたいのです」

館長の喉は騎士と同じでからからに渇いていたが、ルトレーシェを前に失礼は許されない。

あるいは生存本能に従うかのように口を開き、

「……どのような本を探しておいでなのですか？」

「申し訳ありません。それがわからないので、探す場所だけ開放していただきたいのです」

「え？」

謎かけのような言葉ではないはずだ。

ルトレーシェは明らかに何らかの目的があり、また、その目的を達成するための本がこの帝立図書館にあると確信して足を運んでいるのだろう。

当惑した館長はいま一度、緊張したまま問いかける。

「貴重な蔵書がある場所――ですか？」

「はい。陛下には許可をいただいておりますので、こちらを」

館長室にやってきたルトレーシェの顔が部屋の明かりに照らされた。

彼女が取り出した羊皮紙には、禁書庫を除いて、彼女が望むように本を探させるようにという旨が皇帝の直筆で記されていた。

館長が眼鏡型の魔道具で確かめればインクも専用のそれであるとわかる。間違いなく本物だ。

「か、かしこまりました！　それで、どちらの蔵書からご覧になりましょうか！」

「いくつか気になる箇所があるので、案内していただきたいのです」

ルトレーシェは館長室を出て歩きはじめた。

彼女の後ろ姿を見ていた館長は、傍で呆然《ぼうぜん》と佇《たたず》む騎士を見る。騎士にはここで待つように言うと、自分一人でルトレーシェの案内に向かう。

慌てて駆けだした館長は何も言わずルトレーシェの後につづいた。


いくつかの階段を下りて下の階へ向かった。

長い回廊を進んでいくうちに、二人はこの帝立図書館の最奥に近づきつつあった。

ここまで来ると、貴重な本が保管された部屋が並んでいる。これ以上は、地下にある禁書庫しかなかった。

ここも入室に特別な許可が必要な場所なのだが、ルトレーシェにはその特別な許可があった。

「陛下の許しが記されたこれがあれば、私だけでも入室が可能になるのですよね？」

「はっ！　その印字は特別なインクを用いておりますので、数日は鍵としての効力を発揮いたします！」

「ではしばらく探させていただきます。急な来訪にもかかわらずご対応いただき、ありがとうございました」

ぺこり、とそんな音が聞こえてきそうな礼だった。

思いがけず剣王に頭を下げられた館長はくらりと倒れ込みそうになるのに耐え、慌てて「頭を上げてください！」と頼み込む。

ルトレーシェは館長の声を聞いて頭を上げ、「では」と言って鍵を開けて部屋の中へ。

「な……何が起こっているのですか……？」

館長はしばらくの間、呆然としていた。


貴重な本が並ぶ部屋に足を踏み入れたルトレーシェ。

窓から差し込む僅かな月明かりで目的の本を探しはじめた彼女は、それから数時間にわたっていくつかの部屋を巡った。


いつしか夜が明けていた。

窓枠に背を預けながら本を読んでいたルトレーシェが、ふぅ、とため息を漏らしながら本を閉じた。

窓から差し込む朝日で、ようやく時間の経過に気付かされる。

「徹底的に消し去っているようですね」

呟き、朝日を背負ったまま。

「ギヴェンという男は法務大臣補佐を務めていた。その男がアシュトンに興味を抱くのなら、帝立図書館で何かを知ったのだと思いましたが……」

唇に指先を当てて考え込む。

窓辺で物思いに耽る彼女の姿はまるで深窓の令嬢。

「やはり禁書庫でしょうか」

皇帝が彼女に許したのはこうした貴重な本が保管された部屋のみで、禁書庫はまた別だった。

求めていた情報は最後まで見つからなかったが、ルトレーシェは自分が探す本や情報は禁書庫に眠っていると確信した。

彼女が何を目的にこの行動をとるのか定かではなかったが。

窓ガラスに指先を当てた彼女は、

「――――お母様。私はどうしたらいいのですか」

淋《さみ》しげに口にしてから黙りこくってしまい、じっと窓の外を見つづけた。

朝日が少しずつ、眩しさを増していく。

八章　聖女さまは呼び捨てがいい

七月に近づくにつれて終わりを迎えようとしている、各競技の代表選考。

迫る獅子王大祭本番に向けて、生徒たちが以前にも増してそわそわしはじめる。

授業中も私語が目立ってしまうのは、この名門においても同様だ。

年頃の少年少女たちが集まれば貴族が多かろうと致し方のないことで、教授たちも仕方なさそうにある程度は見逃していた。


……楽しそうだなー。


昼休み、レンもその様子を傍目に廊下を歩く。

どこを見ても獅子王大祭のことを話す生徒たちばかりだ。

競技に参加しない生徒たちも当日はどの競技を見るか、はたまた出店を見て回ろうと約束を交わしていた。


ふと、脳裏をよぎる光景。

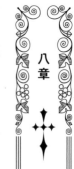

その光景は、レンがいま見る学院の廊下と重なった。

『ヴェインは頑張ってよ。俺は負けちゃったからさ』

『……けど、次は一緒に出よう。今回の予選だってレンは最後まで残れたんだし、次は絶対に代表になれるからさ』

『ありがと。また頑張ろうかな』

昼休みに、廊下を歩きながら言葉を交わすレン・アシュトンとヴェイン。

七英雄の伝説で親友と言えるほど友誼を深めた二人は度々言葉を交わすことがあった。

『おーい、ヴェイン！』

『あれ、カイト先輩』

『探したんだぜ。ったく、一緒に飯でもって思ってたのに――――お？　そっちにいるのは確か、代表選考でも戦った……アシュトンだったか？』

カイトは豪快に言うと、レン・アシュトンと肩を組んだ。

急に肩を組まれたレン・アシュトンはいまのレンと違い、気弱とまではいかなくとも、大人しい印象があった。

『お前すごく強かったぜ！　また会いたいって思ってたんだ！　どうだ？　よかったら二人とも一緒に飯でもよ！』

『レン、どうかな？』

『俺もいいよ。レオナール様、よければ是非』

『んなぁーっはっはっは！　堅苦しいぜ！　先輩でいいって！』

『で、ではレオナール先輩と！』

『そうしてくれ！　そんじゃ行こうぜ、二人とも！』

思い出す光景がレン・アシュトンのそれではなく、レンの現実に戻る。

レンはヴェインとも友人関係を築いているが、七英雄の伝説ほど仲は深まっていない。レンは獅子王大祭の代表選考に参加しておらず、多くの面で違いがあった。


レンの肩を、誰かが唐突に後ろから叩いた。

「レン」

声を掛けたのは、ちょうどレンが考えていたヴェインだった。

「どうしたの？」

「偶然見かけたから声を掛けてみた。昼ご飯がまだだったら一緒にどうかな」

二人は歩を進めながら獅子王大祭のことを話しはじめた。周りの生徒たちの賑わいも楽しみながら、当日の話に花を咲かせた。

「おーい！」

二人が歩く先から声が届いた。

彼らが振り向くと、そこには二年次のカイト・レオナールがいた。

「探したんだぜ。ったく、せっかく二人と飯でもって思ったのによ！」

「俺とヴェインもちょうど学食に行くところだったので、三人で行きますか？」

「おう！　そんじゃ行こうぜ、二人とも！」

違うようで同じような光景が現れることもある。

レンはそれが面白くて、密かに笑みを浮かべた。


学食に着いてから、カイトはレンとヴェイン二人分は優に超す量を腹に入れた。豪快に食べる姿は見ていて気持ちがいい。

しかし、そんなカイトが唐突に食後、ぴたっと動きを止めた。

どうしたのかと思った二人の前で、彼は椅子に座ったまま脱力して高い天井を見上げた。

学食にしては豪奢《ごうしゃ》すぎる広いその空間の中で、情けない姿を晒したのだ。

「どうしたんですか？」

ヴェインが尋ねると、

「午後の授業のこと忘れてた。課題をやり忘れてたんだったぜ」

「あ、ああ……大変ですね」

「薬草学とかわからねぇよ……何がこのくらいの量必要で、どうして減ると駄目なのか～とか……意味がわからない数式だらけで頭の中が蒸発しちまうぜ……」

苦笑するヴェインの隣で、レンは二年次の薬草学の授業のことを思い返す。

確かにこの学院の授業は高度だが、カイトの場合は元から勉強が苦手だったこともあるだろう。

「レオナール先輩」

「んおー？　どうしたアシュトン、俺の情けない姿を見て笑いたくなったか？」

「いえ、昼休みはまだ三十分くらいあるので、できるところまでやるのはどうです？」

そこでカイトが開き直る。

「ははっ！　自慢じゃねぇけどよ、レンは俺の成績の悪さを嘗めてやがんな？」

「いえ、それは重々承知の——————じゃなくて、大丈夫ですよ」

「お？　言いかけたことはとりあえずおいとくとして、何が大丈夫だって？」

「俺が手伝いますよ」

「……マジか？」

カイトがテーブルの上で静かに身体を乗り出した。

レンに顔を近づけ、目を見開いてまばたきを繰り返しながら、

「……マジか!?」

大口を開けてもう一度言った。

近くでその声を聞いたレンは冷静に「なので急ぎましょう」と告げ、席を立つ。

食器などを返しに行こうとしたのだが、

「図書館の前で集合な！　二人の分も俺が片付けておくからよ！」

カイトは三人分の食器を返事も聞かずにまとめて駆けだしてしまう。

レンとヴェインはそれを見ながら肩をすくめた。

「ごめん、俺はセーラと約束があるから行けないんだ。というか、行ったところで薬草学は俺もよくわからないから、手を貸せないいんだけどさ」

レンは気にしなくていいとヴェインに言い、図書館へ向かった。

歩きはじめてすぐに、レンの隣をカイトが「すぐ行くぜ！」と風のように駆けていった。

途中ですれ違った教授に「廊下を走らない！」と怒られていたのは、どうしようもないとしか言いようがなかったが。


昼休みが終わる直前、無事に課題を終えたカイトは図書館を後にした。

別れ際に「ありがとな」とこの場に合わせた小声で礼を口にして。

「意外とどうにかなるもんだな」

レンは自分の知識で二年次の薬草学の課題をこなせたことに驚き、少し喜んだ。

午後からは実行委員の仕事をする予定なのだが、数十分とはいえ座りつづけて身体が強張っていたので、図書館を出て学院の庭園へ向かう。

軽く散歩をしたかったのだが、庭園の一角にあるテラス席にラディウスが座っていたのを見て、声に出す。

「ラディウス」

「ん？　ああ、レンか」

ラディウスは何か考え込んでいるように見えた。

「考え事？」

「ああ。少し気になることがあってな」

その、気になることについてラディウスは説明する気がなさそうだった。

一瞬、レンを見て「……ふむ」と何か言いかけたものの、それ以上は口を閉じてしまう。

「私はミレイと合流してからそっちに向かう。悪いが二人には、少し待っててくれと伝えてくれるか？」

「ん、りょーかい」

レンがラディウスの傍を離れ、実行委員の部屋へ向かうため背を向けた。

ラディウスはといえば引きつづき何か考えながらそこにいたが、数分後に歩きはじめた。


庭園の一角、生垣に囲まれた場所へ向かいはじめてすぐ、

「私ですニャ」

生垣の陰から聞こえた声に対し、ラディウスは「待っていた」と返しミレイと合流した。

ミレイは、自分が調べた情報が記された紙を彼に手渡した。

◇◇◇◇

図書館奥の小部屋には、早くもリシアとフィオナがいた。

レンが彼女たちと話をしていると、部屋の扉が開いてラディウスとミレイが姿を見せた。ラディウスがミレイに頼み、皆が仕事で使うテーブルに分厚い紙の束を置く。

「ミレイさん、これって確か……」

「今日みんなで仕上げるはずだった仕事じゃ……」

リシアにつづいてフィオナが疑問を述べれば、ミレイはちらっとラディウスを見た。

「皆が言ったように、これは今日するはずだった仕事だ」

今度はリシアとフィオナの二人がレンに視線を送り、尋ねるよう頼む。

「見たところ、もう終わってるような気がするけど」

「私が城で終わらせてきた。とりあえず、こちらに注目してくれ」

ラディウスはこの部屋にある黒板に向かい、そこに今後のスケジュールを書いていく。メモを見るわけでもなかったから、どうやらすべて頭に入っているようだ。

「もうすぐ獅子王大祭がはじまる。我々実行委員の仕事は今後このようになっているのだが、ご覧の通り、当日まで面倒な仕事が詰め込まれている。それはさておき――」

スケジュールにバツ印が記されていく。

それらの印はラディウスが考えた絶対に忙しくなる日だ。今日以降、獅子王大祭の本番まで余裕がないことが窺えた。

しかし、今日は違うらしく丸い印が書き加えられた。

三人がラディウスのすることに目を奪われていると、彼は本日の日程に『商会巡り』と書き記した。

確かにそうした仕事が前々から予定されていたが。

「我らの代表のため、食事や飲み物、他にも備品を学院が用意する。無論、学院側でも確認は入るが、実行委員側でも確認する」

「二重で確認すれば安全ってわけニャ！」

「気になるんだけど、どうしてその仕事を今日にしたの？」

唐突に予定が変わったのだから相応の理由があると思って問いかける。

ラディウスはレンに顔を向けると、それまでと同じように迷いのない様子で口を開いた。

「ゆっくり仕事ができる日が今日くらいしかなかった。今日でなければ我々も城下町の様子を楽しむことができなくてな」

「ああ、そういうことか」

ラディウスをよく知るレンが一番に気が付き、まだ首をひねっていたリシアとフィオナに告げる。

「俺たち実行委員が羽を伸ばせるように、って考えてくれたみたいです」

「今日まで仕事漬けだったのだ。少しくらい息抜きしても許されるだろう。どうせ獅子王大祭期間中もいくつか仕事がある」

「今日も仕事をしてからなら、一足先に楽しんでも罰はあたらないって感じか」

ラディウスがレンに同意してつづける。

「獅子王大祭向けの出店は今日の午後から解禁とあって、帝国士官学院の生徒に限らず、他の学び舎の学生も向かうだろう」

ラディウスはミレイを連れて歩きはじめ、

「それとレン、道案内なら二人に頼んでくれ。こっちはこっちで仕事をしてくる。そこにある書類に諸々まとめてあるから、確認するように」

「あの――――ええー……」

さらっと言葉を言い残して立ち去ったラディウスを、レンは情けない声と共に見送った。


ラディウスは外に出てからミレイと二人になったところで、短くため息を漏らした。

「我々も仕事だ。実行委員の仕事に限らず、例の仕事の方をしなければ。――――この私に隠れて何をしているのか、見逃すつもりはない」

「承知しておりますニャ」

二人は人知れずそのようなやり取りを交わし、学院を後にした。


外に出た彼らが何を話しているかなど知る由もなく、レンはリシアとフィオナに目を向けた。

「どうしましょうか？」

ラディウスが言い残した言葉によると、商会巡りの順路は一任されているようだ。

レンの声を聞き、二人の令嬢が相談をはじめた。

「ここから行くのはどうでしょう。次にこうして行けば――――それでその次はここに――――」

「フィオナ様、こっちの方が大通りのお店も見て回れますよ」

「あっ、ほんとですね！」

二人が仕事を蔑《ないがし》ろにしていたわけではない。

彼女たちは商会を巡ることを最優先にしており、リシアが提案したのはそれも加味した最良の案だった。

二人がレンに問いかける。

「レン君はこれでいいですか？」

「レン、これでいい？」

結局、レンが口を挟むより先に二人が経路を提案してくれた。

紙にはレンが聞いたことのない商会や施設の名前も記載があったため、彼は最初から二人に任せるつもりだった。


数十分もしないうちに城下町に繰り出して商会を巡りながら、当たり前のように出店へ寄った。

喉が渇いたし小腹も空いた。二人を連れていくつかの出店を回ってから、空いていたベンチに腰を下ろす。

リシアとフィオナは手にした甘味を口に運び、幸せそうに声を漏らす。彼女たちの表情も同じように喜色に富んでいた。

「これ、甘くて美味しい……！」

「こっちもすっごく美味しいです！」

レンは二人が楽しそうにしている様子を傍目に収めながら、城下町を眺めた。

城下町は以前から変わらず日々賑わっているのだが、今日は一段と人が多く、どこかの学び舎の生徒が授業をサボって町に繰り出している光景が早速目に入ってくる。

「大通りも一気に祭りの前っぽくなりましたね」

レンも屋台で買った食べ物を手に言った。

隣に座るリシアと彼女の隣に座るフィオナが同調してみせる。

「ええ。気が早いかもしれないけど、ちょっと達成感があるかも」

「私もです。もうすぐ本番だって思うと、今日まで頑張ってきたかいがありますよね」

彼女たちが言うように気が早いかもしれない。

レンもそうだった。こうして羽を伸ばせるようになるとより顕著に思えてくるし、隣で楽しそうにしている二人を見ていても感化される。

「────よかった」

いまの彼女たちを見ていると、実行委員を引き受けてよかったと改めて思う。

彼女たちにいまのレンの呟きは届いていなかったが、彼が向ける視線には気が付いた。

「もう、じっと私たちを見てどうしたの？」

「お二人が楽しそうに見えて、つい」

「ふふっ、レン君は違うんですか？」

午後の陽光を横顔に浴びて、小首を傾げるようにしながらレンを見た。

二人分の視線を受けたレンはベンチから立ち上がり、すぐに二人に振り向いた。

「もちろん楽しんでますよ。だからこの後も、もう少し寄り道してから帰りたいなって思ってたところです」

リシアとフィオナはそんなレンの言葉にくすりと笑って、

「────私も！」

とほぼ同時に声を弾ませた。


────そんな午後の時間はあっという間に過ぎ去って、三人は夕方になる少し前に学院へ戻る。

ラディウスの計らいに感謝していたところで、レンが席に着いてすぐ。ふと見つけた書類にクロノアの署名が必要なものがあった。

「ちょっとクロノアさんのとこに行ってきます」

「ええ、わかったわ」

「私たちはこっちで少し仕事をしてますね」

二人と別れたレンは学院長室へ向かう途中で、学院の光景を見た。

もう代表選考はほとんどの競技で行われていないが、その代わりに、多くの競技で代表となった生徒たちが練習に勤しむ姿が見受けられる。見学する者も少なくなく、以前と変わらず放課後も賑やかな声が多く聞こえてくる。

レンは生徒たちの賑わいを横切るように歩きつづけた。

数分もしたところで学院長室の前に立った彼が扉をノックすれば、すぐに『どうぞー！』と明るい声で返事が届く。

「失礼します」

と一言挨拶をして入室すれば、クロノアはソファに座って休憩中。

西日に照らされた彼女がレンを見て朗笑する。

「レン君いらっしゃい。今日はどうしたの？」

「クロノアさんの署名が必要なものがあったんですが、いま大丈夫ですか？」

「もっちろん！　レン君のためならいつだって頑張っちゃうよ！」

書類をクロノアに差し出すと、彼女は「ふむふむ」と言いながら書類を片付けていく。

手持ち無沙汰だったレンに届く、彼女の声。

「ボクは獅子王大祭中あまり現場にいられないから、困ったときは他の先生たちに聞いてね」

唐突に思える言葉だったが、実行委員の仕事がつづくレンに早く伝えたかったのだろう。クロノアは一度手を止めレンを見て、申し訳なさそうな声で言ってから仕事に戻った。

確かクロノアは以前も、獅子王大祭期間中は忙しいと言っていた。

「お手伝いできる仕事なら、俺たち実行委員もいますよ」

「他国の王族とか貴族と会う仕事だけど、手伝ってくれる？」

レンがそっと目をそらした。

そらした先にクロノアが動き、目を合わせてくる。

「あははっ！　冗談だよ！　だいじょーぶだいじょーぶ！　ちゃーんとボクたち大人も頑張らないと、今日まで一生懸命努めてくれたレン君たちに申し訳ないもん！　心配しないで、レン君たちはお祭りを楽しんでね！」

「すみません。でも俺にできることがあったら言ってください！」

それを聞いてクロノアが席を立つ。

レンの前にやってきた彼女の横顔を、茜色の陽光が照らしていた。

神秘的と称することも容易い彼女の美貌を前に、レンはじっと眼前で目を合わせられたことに息を呑んだ。

「にゅふふ～」

クロノアは唐突に手を伸ばしてレンの頭を撫でた。

「い、いきなり何ですか!?」

「何となくだよ。レン君が真面目な顔してて可愛かったから、ついね」

「つい、って……」

「たははっ！　でもレン君、めっ、だよ！」

人差し指を伸ばしたクロノアがレンの鼻の先を突《つつ》いた。彼女はレンが驚くのを気にしないまま声に出す。

「大人を気遣いすぎ！　ボクの仕事は気にしないで。大人の力を侮ったらダメだよ？」

「いえ、そういうのじゃなくて、本当に手伝えるならって思っただけです」

「わぁ……ほんっとーに可愛いなーレン君は……。はじめて会ったときと違って、背はもうボクの方が低くなっちゃったけど、やっぱり帝都に連れ帰った方がいいのかも……」

レンは「もう帝都の近くに住んでますけどね」と言う。

くすくすと笑うクロノアはレンが持ってきた書類へサインし終えたところで、話題を変える。

「レン君、レン君」

「はいはい、何でしょうか」

「いきなりだけど、あれから剛剣技の調子はどう？」

そう言われてもあまりよくない。絶賛、壁にぶち当たっていると言っても過言ではない気持ちだったので、レンは返事に迷った。

自分だけの戦技もあまり芳しい成果がないから、特にそう。

クロノアは答えに迷うレンの瞳の奥底を覗き込むように眺めた。

奥底……レンの瞳の底ではなく、何かもっと奥に隠された、レンの本質を穏やかに見つめるような優しい視線だった。

「ふむふむ。あの不思議な力の方は成長してるみたいだね」

「ッ――――!?」

思えばクロノアはクラウゼルでも同じことを言っていた。

レンはやや慌てた様子で問いかける。

「クロノアさん、不思議な力っていうのは？」

「はえ？　レン君が隠してる力のことだよ？」

クロノアは平然とした様子で返した。

「大丈夫。誰にも言ってないから」

「……あの！」

「どうして気が付いてたのか気になるんだよね。答えは簡単で、ボクがこういうことに気が付きやすいだけだよ。詳細まではわからないけどね」

「……本当は相手の心を読めるとかじゃないですよね？」

「あはは、ないない」

相手は世界最高の魔法使いの一人とされているクロノア・ハイランドだ。

レンの理解が及ばないことができても不思議じゃない。

「どんな力なのか、リシアちゃんとフィオナちゃんには教えてあるの？」

「いえ、我ながら妙な力なので伝えづらくて……。大時計台で戦ったときに使うことはありましたが、正体はまだ誰にも教えてません」

「ふぅん……やっぱりそうだったんだ」

金糸を想起させる髪をふわりと揺らした佳人はあまり考えず、

「だったらもう、教えちゃえば？」

あっさりと言い、レンをきょとんとさせてしまう。

「これまではレン君なりに思うところがあって、秘密にしてたんだよね？」

「それは……はい」

生まれてすぐはあのレン・アシュトンが使う力だからと思い、誰にも明かさず秘匿しつづけた。

クラウゼルで暮らすようになってからは、スキルを明け透けにすることが弱点をさらけ出すことにも繋がるということを理由にしていた。

これは嘘じゃないし、実際にそうした一面があるからこそ皆の理解を得られたところもある。

「レン君がいろんなことを考えて秘密にしてきたことも正解だよ。だけど、ちょっと考えてみることも今後のためになると思うな」

「……どういうことですか？」

「自分の弱点をさらけ出してもいい相手なら、話しても平気だと思わない？」

これもあっさり、さらっと告げられた。

クロノアの言葉は不思議とレンの心に沁み入った。レンも以前のレンじゃないとあって、気持ちと考えの変化が彼に静かに耳を傾けさせる。

「大切な人たちに秘密があるままこの先ずっと生きるのって、きっとレン君が思う以上に大変だと思うんだ」

夕暮れの陽光に照らされたクロノアの横顔。

神秘的な彼女の姿と、その声。

「実行委員の仕事と獅子王大祭が終わって落ち着いたら、少し考えてみるのはどう？」

「……そうしてみます」

「でも、迷ったらまたボクのとこにおいで。ボクがいつでも話し相手になるからね」

レンの返事を聞いたクロノアは優しく微笑んだ。

すると彼女は杖を取り出し、レンの頭上に向けてくるくると振った。

彼の心がすっと落ち着くような、心地よさに包み込まれていく。

◇◇◇◇

同じ日の夜、庭園に白い光があった。

「どうかしら」

手元で白い光を放つリシアから、白い光こと神聖魔法の効果について尋ねられたのはレンだ。

二人は庭園のテラス席に向かい合って座っていた。

「春よりすごくなってる気がします」

二人がはじめて会った頃の神聖魔法とは明らかに違う。イェルクゥと戦った頃の神聖魔法も相当なものだったが、いまでは当時と比較にならない。

「そう言ってもらえるとうれしいけど……でも私、納得いかないことがあるの」

リシアがじっとレンを見ながら。

「レンから見て、私の神聖魔法がすごくなってるのって嘘じゃないのよね？」

「当たり前じゃないですか。別にお世辞を言ってるわけじゃないですよ」

「なら、なおのことかしら」

するとリシアはやや唇を尖らせた。

普段、学院では決して見せない年相応で自然な表情は、レンの前でよく披露される自然体のそれだった。

「私が自分に神聖魔法を使っても、まだレンには勝ててないの」

「……最近はそういう立ち合いもしてなかったですね」

「ええ、剛剣技の鍛錬にばっかり気を取られていたし。それと、実行委員の仕事があるから、無茶してもダメだったから」

神聖魔法と纏いを併用すれば、リシアの実力はさらに跳ね上がる。剣速や身のこなしなど、多くの面で普段以上の力を発揮できるのは彼女の強みだった。

彼女が不満なのは、それでも昔からレンに勝てていないこと。

はじめて神聖魔法を使って立ち合ったのは、アシュトン家の屋敷でのことだった。

次はクラウゼルの屋敷で、エレンディルに来てからも何度もその機会があったにもかかわらず、結果はすべて同じ。

そうした過去を思い出したリシアが、

「…………むぅ」

レンの前に座ったまま、もう一度唇を尖らせた。

恨めしそうにレンを見ているというよりは、自分を情けなく思う気持ちが表情に表れているように見える。

それでも可愛らしいのは、やはりリシアだからだろうか。

「久しぶりにしてみますか？」

「ううん。我慢する。もうすぐ獅子王大祭があるし、無理をして怪我をしたら大変でしょ？」

リシアは軽やかに笑いながら言った。

気が付けば、二人が庭園に来てからそれなりの時間が経っていた。

先に立ち上がったレンがリシアの傍へ行って彼女に手を差し伸べると、彼女は嬉しそうに頬を緩ませて手を伸ばした。

「今度やるときは負けないんだからね」

「俺もですよ」

二人はこれで夜の訓練を終えて屋敷の中へ戻った。

自室で寝るまでの時間の中で、それぞれ勉強をしたり身体を休めたりして過ごすため。

湯を浴び、自室で軽く息を吐く。

二人が互いの自室でそうしていると、ユノが呼びに来た。執務室にいるレザードが二人を呼びつけたのだ。

一足先に執務室へ足を運んだレンにつづき、リシアがやってきた。

二人を迎えたレザードは、獅子王大祭中の客対応に関する情報を二人に共有した。他にも、エレンディルが普段とどう変わるのかも交える。

レザードがつづけた。

「それと、ローゼス・カイタスの近くへ向かう臨時便の準備もようやく終わった」

リシアとフィオナが民族衣装を着てレンに披露した日にも出た話だ。

「ローゼス・カイタスはいまでこそ大部分が山ごと封印されているが、山のふもとは例外だ。登ろうとすれば途中から封印で足止めされるし、その奥を見ようとしても、霧で霞《かす》んでわからない。だが、近くまで行くことはできる」

ローゼス・カイタスの近くに魔導船乗り場はなく、近隣の開けた地形に簡易的な魔導船乗り場が設けられる。

「エレンディルから向かう街道はあるが、かなり古い。石畳も多くが割れてしまっているほどでな。なので整備し直す際、せっかくだからエレンディルとローゼス・カイタスの中間に経由地を設けるのはどうか、という案が出ている」

「経由地というと、町みたいなものを造るんですか？」

レンが聞いた。

「いや、さすがにそこまでの規模ではない」

騎士の詰め所をはじめとして、街道の安全管理にも役立つ中継地になるようだ。宿なども併設されるため、それなりの話である。

レンは頭の中で、里帰りしたときに見た村がもう少し発展したくらいを想像していた。

「そうした話が浮上していることもあり、巡礼者とは別に、連日、かなりの数の文官や貴族が足を運ぶことになる。獅子王大祭期間中は普段帝都にいない貴族や商人もやってくるから、都合がよくてな」

臨時の魔導船が出るのはむしろこの理由の方が強かった。

また、安全面でも。

陸から向かえばかなりの距離の街道を進まなくてはならないし、多少魔物が現れることも想像できたのだが、レザードは「問題ない」と言い切った。

「ローゼス・カイタスはレオメルがエルフェン教と連携して管理している地とあって、周囲の森にも魔物一匹いない。ローゼス・カイタスを囲む封印はとてつもない力があり、何百年経っても変わっていないそうだ」

ローゼス・カイタスには聖なる力が満ちていたから、なおさらだそう。

レンはさすがの封印だと感嘆した。


自室に戻る途中でレンとリシアがローゼス・カイタスのことを考えて。

「どういうところなのかしら。レンは行ってみたい？」

「行ってみたいですけど、いずれにせよ獅子王大祭が終わってからですかね」

いずれ機会があればくらいにしか、二人は考えていなかった。

「そのときは一緒に行ってみませんか？」

「ええ。楽しみ」

リシアは声を弾ませて頷いた。

やがて二人はリシアの部屋の前で別れると、改めてゆっくりとした時間を過ごす。雲一つなくて星がよく見える美しい夜が、もうしばらくつづいた。

◇◇◇◇

「魔王軍が帝都に迫った当時、レオメルとエルフェン教が力を合わせて撃退したのよね。それ以来、戦地になったローゼス・カイタスは封印されてるって」

翌日、午前の授業の休憩中にリシアに聞かれたセーラが話した。

彼女は共に廊下を歩くリシアにつづけた。

「エルフェン教の神秘も混じってて、いまでは同じ封印を施すことは不可能なんだって。あたしも前にローゼス・カイタスの近くに行ったことはあるけど、外から見てもわかるくらいすごい封印だって思ったし」

それほどの封印を用いた理由は、魔王が部下に授けた力を風化させるため。

エルフェン教の力を以てしてもそれを浄化し切ることができなかったことから、長い年月をかけて浄化する方法が選ばれた。

当時、七英雄がその場にいれば話は別だったかもしれないが、彼らは魔王と戦うためにレオメルを離れていた。

「急にローゼス・カイタスの話をしてどうしたの？　大神殿から声でも掛かった？」

「ううん。昨日、お父様との話題に出たってだけ」

リシアは昨晩レンと一緒に執務室で聞いたことを口にした。セーラもそれらの話を耳に入れていたらしく、話を聞いてすぐに頷いて返した。

「……確か、魔導船の便が特別に増えるんだったかしら」

「そ。私はローゼス・カイタスに行ったことないけど、セーラなら見たことあるかもって思って」

「せっかくだし、リシアも行ってみたら？」

「無理。もう予定が詰まってるし、この忙しい時期に行く必要もないもの」

「あー……実行委員の仕事とクラウゼル家の仕事で大変でしょうしね」

クラウゼル家は以前と違い、上位貴族に強く出られることがあまりない。

もしあっても、多少言い返せるくらいには力を付けていた。いまでは、あまり爵位を気にせず仕事をできるくらいには。

廊下を歩いていた二人は反対側を一人で歩くレンの姿に気が付いた。リシアがじっと彼を見つめる様子を、隣からセーラが眺めている。

リシアが突然、唇を動かし、

「あの――――」

いつもと違い歯切れが悪そうな言い方だった。

心なしかその姿も、いつもと違って自信がなさそうに見えた。

「セーラって、ずっと前から名前だけで呼ばれてるの？」

「名前？　それってどういう――――」

リシアがレンをじっと目で追っていたことから、すぐに察しがついた。

「あー、なるほどねー……」

他でもないリシアに尋ねられたとあって、セーラは自分がどうだったのか昔のことを思い返す。

細かな事情は尋ねず、普段のリシアとレンの様子を考えながら語りはじめる。

「ヴェインもはじめは私をリオハルド様って呼んでたし、使い慣れてない敬語だったわよ」

「それって、いつからいまみたいになったの!?」

「あたしがヴェインに助けてもらった話は覚えてる？　あの後から」

確か以前、エレンディルで再会したときにセーラから聞いたことがある。当時のことを思い返したリシアは話を聞き、意外と早かったのだと驚かされた。

「急にやめてくれたとか？」

「急にってよりは、あたしがやめてって言ったから」

衝撃を覚えたリシアは目を点にしてまばたきを繰り返す。

その目を向けられたセーラがすぐに笑った。いつもは凜《りん》としているリシアの姿がすごく可愛らしくて、頬が緩むのを止められない。

リシアは聞いたばかりの返事に疑問を呈する。

「ほんとにそれだけ？」

「そうよ」

「……うそ」

「ほんとだってば」

セーラは自分が大雑把に説明した自覚があったけれど、実際にそうだったのだから他に説明のしようがなかった。

ただリシアが真面目に相談してきていることもわかっている。

「人と人の関係なんてそれぞれよ。あたしがどうしたかはあまり関係ないんじゃない？　リシアはリシア、それでいいと思う」

慰めたわけではなく、本心として。自分の例が正しいとは言わず、リシアとレンの関係性は二人だけのそれであると口にした。

リシアの気持ちはセーラもわかるけれど、と前置きがあっての言葉だ。

「そう……かしら」

「もう一度レンに頼んでみるのはどう？　とりあえず、獅子王大祭が終わった頃にでもゆっくり話してみるとか」

「……うん。そうしてみ――」

ハッとしたリシアがセーラを見て、

「べ、別にレンのことだなんて言ってないじゃない！」

「じゃあ、別の人なの？」

「……それはあり得ないけど……」

別に隠さなくてもいいのにと思ったセーラだが、これはこれでリシアが可愛らしかったからありかと思った。

素直に頷いたリシアの頭をセーラが撫でた。

「ってか、ローゼス・カイタスも急だったけど、呼び方のこともいきなりね。何かあったの？」

あれは前の連休中、レンと一緒にエレンディルに繰り出したときのことだ。

そこでネム・アルティアと出会い、話したことをリシアはセーラに語った。

彼女たちが何を話したのか聞いたセーラは額に手を当て、「ネムったら、相変わらずね」とため息を漏らした。

すると、

「んん!?　ネムのこと呼んだ!?」

いつから近くにいたのか、気が付けばネムが二人の傍にやってくる。

背後から声を掛けられたセーラは慌てて振り向いたが、リシアは違う。一応、ネムが近くにいる気配は察していた。

「いつの間に来てたのよ！　ネムっ！」

「セーラ、少し前からよ」

「ぴんぽんぴんぽんっ！　リシアちゃん大正解！　それでそれで、ネムがどうかした？」

「ネムが作る魔道具はすごい、ってセーラと話してただけよ」

「ふっふーん！　そっかそっかぁー！　ネムのことを褒めてくれてたんだね！　嬉しいなーっ！」

ネムは素直に喜んでそのまま二人の傍から離れる。両手を後ろ手に組み、軽い足取りでどこかへ行ってしまった。

ただ単に、二人の姿を見かけたから声を掛けただけらしい。


ネムを見送ったところで、セーラがリシアの顔を見る。

「さっきも言ったけど、獅子王大祭が終わったらレンに話してみるのはどう？」

別に名前の呼び方くらいいつ話してもいい気がしたが、いまは獅子王大祭前でレンもリシアも忙しい。

リシアもすぐにとはいかないだろうし。

リシアは「うん。そうする」と簡潔に答えてからセーラに礼を言った。

◇◇◇◇

レンとリシア、フィオナの三人が学院長室にいた。

昼休みに実行委員の面々にご馳走でも、というクロノアの計らいなのだが、残念なことにラディウスは公務があって学院を休んでいた。

彼に付き従うミレイも今日は学院に来ていない。

四人で昼食を楽しみはじめてから、およそ三十分後。

皆で食後の会話を楽しんでいたとき。

リシアがセーラと話していたことを口にする。もちろん、レンが自分に様を付けて呼ぶことについてではない。

それはまた今度、頃合いを見計らって。

「ローゼス・カイタスの封印ってどのくらいの強度があるのですか？」

リシアからローゼス・カイタスの話を聞くと、クロノアは「そういうことか」と合点《がてん》がいったようだった。

レンとフィオナも教えてほしそうだったので、クロノアはローブの懐から杖を取り出した。

彼女がその杖をテーブルの上で振ると、いくつかの水の球が生まれてすぐに一つになる。もう一度杖を振れば水は形を変え、テーブルの上で山のような形を模した。

さながら、水の模型といった様相を呈していた。

「ちょっと見ててね」

水で作られた模型の山の部分は抉れ、大きく開けた場所ができあがった。数多の像と思しきものが並べられると、そこへ通じる山道が皆の視界に映し出される。

ローゼス・カイタスがある山が、クロノアの魔法で立体的に表現された。

「大きな神像が並んでいる場所が昔、巡礼者が目指した聖域だよ。三人も知ってる通り、魔王軍の襲撃でほとんどの像が壊れちゃったんだ」

ローゼス・カイタスを模した水の塊、並ぶ像がいくつも崩れはじめた。

当時、レオメル軍とエルフェン教が協力して魔王軍と戦うも、帝都近くまで進行していた魔王軍は精強だった。

世界最大の軍事国家レオメルは苦戦を強いられて、派遣した軍は壊滅状態に陥ってしまう。

対する魔王軍も数を大きく減らした死闘は、ローゼス・カイタスごと封印することで終結した。

「こんな風にね」

クロノアが杖を振ると、水の模型を覆う水の壁が生じた。

水の壁は表面が細かく波打ち、ローゼス・カイタスの大部分を隠す。

噂に聞く、濃い霧のように。

「封印はエルフェン教が主導となって行われたんだ。時の女神の力が宿った聖遺物を用意してね」

聖遺物を用いてローゼス・カイタスを封印するためには時間を要した。

現地で魔法陣を敷く際には、エルフェン教の者はもちろん、彼らを守るレオメルの者も多く命を奪われた。

だがその甲斐あって、ローゼス・カイタスを囲む封印が完成する。

魔王軍の多くはその内部に封印されたという。

「それって、封印が解けたら魔王軍が復活するのですか？」

「私も気になりました。中に封印されているだけなら、何かの拍子に封印が解けたら危ないような気がします」

フィオナとリシアが尋ねた。

いまの話だけではその疑問を抱いても無理はないのだが、クロノアはすぐに首を横に振った。

二人の疑問はもっともなのだが、

「エルフェン教曰くそれはあり得ないんだってさ。封印は『時の檻』って呼ばれてるんだけど、効力がすごすぎるから中で魔王軍が生きることは無理みたい」

封印はその名を表すかのように中と外で時間すら隔絶されている。

封印の内部は時が止まった不思議な空間が広がっており、聖なる魔力で満たされていた。

時の女神の力が宿った聖遺物を使っているとあって、しっかりと神の力が発揮されている。

故にクロノアが言ったように効力が凄まじい。内部は時が止まっているにもかかわらず、聖なる魔力のみが働いて封印の内部を浄化しつづけている。

間違いなく、魔王軍は装備はおろか骨すら残されていない。

すべて例外なく、聖なる力に浄化されているだろう――――と。

「ボクも時の檻《おり》が気になったから、銀聖宮にいた頃に調べようとしたんだけどね」

「去年まで聖地に行ってましたもんね」

レンが思い出して言えば、クロノアが若干不満そうな声で、

「そう！　けどあんなに頑張って仕事したのに、書庫の本を一冊も読ませてくれなかったんだよ～!?」

「希少な本だからとかですか？」

「それもあると思うけど……どちらかというと、ボクがエルフェン教の関係者じゃないことの方が理由としては大きかったんじゃないかな。ある程度予想できてたから、ボクも仕方ないかーって感じだったけどね」

クロノアは一切の恨み言を口にすることなく、聖地やエルフェン教の事情を理解していた。聖遺物をはじめ、貴重な本も多いだろうから管理は厳重だろう。


……やっぱり大変な仕事だったんだ。


レンはいま、実行委員の部屋を掃除した際にクロノアが見せた表情のことを考えていた。あのときに彼女が見せた苦労を思い、彼女を見た。

彼女はそんなレンの視線に気が付いて、少し困惑した様子で言う。

「急にそんな優しい目でボクを見ちゃってどうしたの？」

「いえ、クロノアさんは毎日大変そうだと思いまして」

「そうだよぉ～っ！　だからこうしてみんなと話せる時間が、ボクにとってどれだけ大切か……！」

苦労人のクロノアへ茶のお代わりを淹れてあげると、彼女は嬉しそうにはにかむ。

彼女が杖を振ると、ローゼス・カイタスを模していた水はその端から霧になって、あっという間に消え去った。

九章　同じ夢を見て

それは獅子王大祭がはじまる前日だ。

実行委員にとっては息抜きをするための、代表になれた選手たちにとっては英気を養うための休日に――。

「少しだけなら、使えるようになってきたかも」

『クゥ！』

また、森にやってきて新技の訓練をしていたレン。

鞄に入って同行したククルが、レンの周りをふわふわしながら返事をした。

レンはこの日も炎の魔剣を使った訓練を終えてから、襲いかかってきた魔物たちが横たわる傍で腕輪を見た。

新技の訓練がてら魔物の相手をしていたからそれなりに熟練度がたまっている。

鉄の魔剣もレベルアップまでそう遠くない。鉄の魔剣は大樹の魔剣と違い、最初からレベルアップに必要な熟練度が多かった。

もうすぐレベルが上がると思うと、自然に頬が緩んだ。

……そろそろ鉄の魔剣も進化してくれたりしないかな。

進化したらどういう名前になるのだろう。想像するだけでも気分が高揚してくる。

だが、今日はここまで。

町を出てから結構な時間が経っているし、獅子王大祭の前に怪我をしてもまずい。レンはククルを連れてイオの傍に戻った。


日が昇ってから、もうすでに二時間近く経っている。

レンは狩った魔物を縄で縛り上げて担ぐと、そのままイオに乗った。イオはその程度の重さはものともせず、いつも通り歩きはじめた。

森を抜け、街道を進む。

エレンディルに帰り、ギルドに寄ってから屋敷への帰路に就こうとしていたとき。

「やぁ、レン」

エステルに声を掛けられた。

朝の賑わいの中にある大通りにて。

「おはようございます。また仕事終わりですか？」

エレンディルはかなり広いのに、何故かよく会うなとレンは思った。

「いや、今日は非番だから外の空気でも吸おうと思ってな。帝都は混んでいるから、少しでも人が少ないエレンディルに来たわけだ」

しかしエレンディルもいつもと違って大いに混み合っている。

それでも、帝都に比べたらかなりましだろうが。

「レンはどうした？　見たところ町を出て剣を振ってきたところか？」

「はい。そんな感じで――――」

『クゥ～！』

「――――すみません。うちの子です」

鞄の口から顔を出したククルをエステルが見た。

「うちの子？　……ほー、霊獣《ラタトスク》とは珍しい」

「ちょっといろいろあって、家族になったんです」

詳細を誤魔化していると、エステルの興味が鞄から顔を覗かせたククルに向いた。

レンがこれ幸いと思っていたら、鞄から顔を覗かせたククルがエステルの指先の匂いを嗅ぎ、顔をこすりはじめる。

『クゥ？』

「ははっ、愛《う》いやつめ」

エステルが指先でククルの頭を撫ではじめる。何の警戒もしないあたり、どうやらククルは人を見る目がありそうだ。

「非番って話でしたけど、普段はどういうお仕事をしてるんですか？」

「獅子聖庁に舞い込む仕事を確認したり、騎士の管理をしている。長官という役職の割には、現場仕事が多いな」

「だから普段はお忙しそうなんですね」

エステルは「帰国したというに、仕事ばかりで夫との時間もとれん」とため息交じりに言った。

長官でも息抜きは必要だろう。こうして外を歩きたくなる理由も理解できる。

(旦那さんは帝都にいないのかな)

夫婦仲がいいことは彼女の態度から察しが付く。

それなのに休みの日に一人で街歩きをしているあたり、レンの予想は的外れではないのかもしれない。

それかエステルの夫も忙しく、休日が合わなかったのかもしれないが。

「ふわぁ」

エステルが欠伸を漏らした。

「非番といっても、午後から獅子聖庁に行かねばならんのだがな。ところでレン、あれから剣の調子はどうだ？」

「まぁまぁです」

「……どうやら、何か心境の変化があったらしいな」

「どうしてわかったんです？」

「先日と違い、晴れやかな表情に見える。迷わず答えたのもそうだ」

レンは苦笑して、頬を掻く。

実際、炎の魔剣のこともあって以前より調子がいい。

そんなレンの様子を見て満足したのか、エステルは腕時計を見てから、帝都へ帰るため空中庭園へ向かって歩を進めはじめた。

彼女はレンに背を向けて、

「私はもう行く。励めよ若者」

「はい。帝都までお気を付けて」

「はっはっは！　誰に物を言っているのだ！」

エステルは背中越しに言って、片手を上げて軽く振った。

数歩進んだところで、なおも足を止めぬまま、

「剛剣の本質は獅子王が戦場《いくさば》で謳《うた》ったように、『星殺ぎ、黒を仰ぐ』だ。剣聖になりたければ、努々《ゆめゆめ》忘れることなきよう努めるといい」

レンはいまの言葉を反芻しながら、じっと彼女の後ろ姿を見送った。


立ち去っていくエステルは、賑わうエレンディルの大通りを一人で歩きながら、

「不思議な少年だ。会うたびに別人のように強くなっている」

楽しそうに呟いた。

◇　◇　◇　◇

新たな週のはじめ、大講堂に集まった生徒を見渡しながらクロノアが、

『この学院の生徒として節度ある楽しみ方をすること！　今回のお祭りのために頑張ってきた人たちへの感謝を忘れないようにね！』

全校生徒に告げてすぐ、杖を振った。

大講堂の外へ通じる扉が一斉に開かれて、数多くの生徒たちが意気揚々と立ち上がる。

『いってらっしゃい！　みんな頑張ってね』

歓声に似た声が大講堂中に響き渡った。

今日からはじまる獅子王大祭では、帝都のいたるところに設けられた会場が賑わうだろう。特に武闘大会が行われる帝都大闘技場では、巨大な会場を観客が埋め尽くすはずだ。

二年次の生徒たちが座る席でカイト・レオナールが。レンとリシアの近くで、セーラ・リオハルドとヴェインの二人が。

武闘大会に出場する生徒たちは特に多くの注目を集めながら、この大講堂を後にした。

彼らはこの学院の代表として胸を張って各会場へ向かっていく。

今日ばかりは、この大講堂に残って話をしようとする生徒は皆無だった。

というのが、朝一のことだ。

場所は変わり、帝都の中でも学び舎が並ぶ区画のすぐ傍。

そこにある広場は普段、学生向けの屋台が並ぶ場所だったのだが、獅子王大祭期間中は違っていた。

獅子王大祭の運営が用意した各学び舎の本部が置かれている。

「ここが我らの本部になる」

ラディウスが言った。

ここは簡易的な建物とはいえそれなりに丈夫で、中に入ると外の声がほとんど聞こえなくなるくらいには防音性能も高かった。作業に使うための家具やちょっとしたキッチンもあることから、利便性の高さが見て取れる。

一見すれば、小さな民家のような造りだ。

全員が席に腰を下ろしたところで、ラディウスがつづける。

「といっても、準備期間以上の仕事量はない。それなりにゆとりがあるはずだ」

今日からはこの本部での仕事含め、これまで以上に裏方に徹するのみ。

「競技に参加する生徒が質問に来ることがあるかもしれんし、学院側から何らかの共有事項があって連絡が来ることもある。が、各会場にはすでに必要な物資を準備してあるから、我らが現地でする仕事は少ない」

だが、ゼロではないため数える程度には仕事がある。

そのための本部で、実行委員が常駐する。

「私はこの後少し席を外す。レンには武闘大会の会場で仕事を頼もうと思っていた。私とレン以外の三名には、ここで仕事をしてほしい」

この本部が並ぶ区画の警備は万全だという。

ラディウスがいることもあり、辺りには獅子聖庁の騎士たちもいるそうだ。

どうせ隠れてイグナート家の者もいるだろうから、心配は不要。

「俺が途中まで護衛しようか？」

「気にするな。今回は考えがあって、エステルを連れていくことにした。この広場の近くで待っているはずだ」

「ああ、なら平気か」

「レンは確かユリシスたちと話す予定があったな。ならあっちで仕事をしていた方が楽なはずだ」

「ごめん。気を遣ってもらっちゃって」

「構わん。普段は私の立場上、皆に気を遣わせているからな。というわけで、レンは帝都大闘技場へ向かってもらいたい。することは現地にメモを用意してある」

ラディウスはそう言うと、さっさと本部を出ていってしまう。

レンは彼を見送ってからミレイを見た。彼女はレンが何が言いたいのかすぐに察して口にする。

「こっちのことなら任せるのニャ。帝都大闘技場での仕事はレン殿一人で問題ないはずニャから、それも心配いらないのニャ」

「りょーかいです。では、本部はお任せします」

「んむ。任されたのニャ」

二人の令嬢がレンを見て微笑む。

「いってらっしゃい。気を付けてね」

「私たちはこっちにいますから、困ったことがあったらいつでも呼んでくださいねっ！」

レンは二人と軽く言葉を交わした後に、不要な荷物を本部の棚に置いた。

もう一度「いってきます」と口にして外に出る。広場を歩いていると、僅かに汗が浮かんできたことに気が付き、

「もう夏だなー」

つい先日まで春だった気がするのに、もう夏なのかと笑いが零《こぼ》れた。

闘技場へ向かう足取りは、いつも以上に軽い。


帝都大闘技場。

外周に柱廊が広がる、石造りの巨大な建築物だ。

もうすぐ記念すべき初戦が行われるとあって、観客たちも興奮している。夏の暑さに負けじと観客席は熱気に包まれていた。

レンは帝都大闘技場の一階にある、戦いの舞台へ通じる連絡通路にいた。

傍には各学び舎の実行委員や教職員が使えるよう、準備室が設けられている。

いまそこを出たばかりのレンは、各学び舎の代表たちの様子を眺めていた。

彼はベンチに座った一人の男子生徒に意識を向ける。

勇気に満ち溢れた少年ヴェインとはいえ、これほど巨大な催し事で名門の代表を務めることに緊張していた。出番が開幕戦とあって特になのだろう。

いつもは傍にいるはずのセーラもすぐに出番がやってくる。彼女も準備をしているのか、ここにその姿はなかった。

「……やれることをやるだけだ。村を出てずっと頑張ってきた成果を見せるんだ」

ヴェインの呟きが聞こえてきた。

レンはそんなヴェインを見てから一度準備室の中へ戻り、置いてあった木箱を開ける。木箱といっても中に魔道具があるため、容器に入った飲み物は冷えていた。

これを配るのは本来、レンの仕事じゃない。剣術の授業を担当する教官の仕事なのだが、そのうちの一本を手に取ったレンは改めて準備室を出る。

ヴェインに近づき、彼の隣に腰を下ろした。

「少し飲んでから行った方がいいよ」

「レン？　どうしてここに？」

「実行委員の仕事の一環としてかな」

ヴェインは受け取った飲み物を一口飲む。

すぐに大口を開けて、今度は一気に飲み干した。

「すっごく冷たい」

緊張で喉がカラカラに渇いていたヴェインは、少しだけ緊張がほぐれたようだ。

レンが「よかった」と呟けばヴェインが口を開いてレンに尋ねる。

「……聞きたいんだけど」

「ん？　どうしたのさ」

「他の学校の生徒たちって、どのくらい強いのかな」

レンは一瞬目を点にしてしまうも、ヴェインが本気で聞いているとわかったから態度を改める。

「どこも学校の代表を選んで送り出してるんだから、弱いはずないって」

帝国士官学院の特待クラスがどこよりも目立つことは事実としても、大国レオメルの帝都にある学び舎はどこも高い教育が受けられる。

文武両道を理念に置く学び舎はいくらでもあるから、一言で言えばどこの学び舎の代表も強いけど、とレンがつづける。

「周りを見てみたら、少しは緊張がほぐれるかもよ」

辺りを見回したヴェインはレンが言いたかったことがわかった。

周りの生徒たちはヴェインにチラチラと目を向け、彼らもまた緊張した様子を見せていた。

「……緊張してるのは俺だけじゃないんだな」

特にヴェインの場合、他の代表たちから注目を集めやすい理由があった。

帝国士官学院の代表であるヴェインには、帝都の学び舎に通う学生たちも注目せざるを得ない。

「少し、落ち着いたよ」

「うん。それならよかった」

レンは時計を見てから立ち上がる。

すると、レンがヴェインに背を向けた際のことだった。

「――――代表の中に、レンより強い人はいると思うか？」

レンは足を止めた。

ヴェインに振り向かず、数秒間、沈黙した。

絶えず周りの喧騒が聞こえていたはずなのに、二人だけはその喧騒から逃れたかのような静けさを感じた。

「…………」

その様子はまるで先日のよう。

セーラに同じようなことを問いかけられたリシアが足を止め、同じく答えに時間を要したときに酷似していた。

レンは背中越しに口を開き、

「そんなの、戦ってみないとわからない」

じっと背を見つめるヴェインへと、つづく言葉を振り向いて告げる。

「けど、俺は誰が相手でも負けるつもりはないよ。守りたい存在ができた頃から、ずっとね」

微笑んで。

その言葉にヴェインは確信した。

レンはきっと、あの夏と比較にならない強さを身に付けている。この獅子王大祭に参加していいような実力にないということを、ヴェインは本能で悟った。


レンは今度こそヴェインの傍を後にした。

間もなく、開幕戦に向けてヴェインが係員に呼び出される声が聞こえた。

彼が自分の両頬を強く叩いて会場へ向かえば、すぐに大歓声が響く。


「よぉ」

準備室へ戻ろうとしていたレンに、汗だくのカイトが声を掛けてきた。

本番前にしては、また随分と汗をかいたものだと。

「ありがとな。ヴェインのやつ、かなり緊張してただろ」

話しかけられたレンには触れておきたいことがあった。

先ほどヴェインが会場に向かったのは、この武闘大会の開幕戦のためだ。ここにいるカイトはまだ誰とも戦っていないはずなのに、もうすでに汗だくだった。

レンはその理由を察していたので、ここで聞いておきたかった。

「身体を温めてたんでしょうけど、さすがにやりすぎじゃないですか？」

「仕方ねーだろ！　全身が滾ってしょうがないんだって！」

「大丈夫ならいいんですけど……」

そう言ったレンが準備室に戻った十数分後、会場の方から聞こえてきた審判の声。

大歓声に混じって聞こえたのは開幕戦で勝利を収めたヴェインの名と、彼を讃える割れんばかりの歓声だった。

◇　◇　◇　◇

レンには天空大陸からの客人と会う予定がある。

ユリシスを通じて連絡が届いた件で、レンはその客人とこの帝都大闘技場で会うことになっていた。

軽い仕事をしているうちに時間が経って、昼食時。

レンは軽めの食事を済ませ、予定の十数分前に準備室を出る。

いくつもの階段を上った先に、来賓席へ向かう通路が見えてきた。

ユリシスはその通路に来てくれたら簡単に入れるようにしておくと言っていたが、レンはそれほど簡単に進めると思っていなかった。

来賓席は国内外の貴族も足を運ぶ場所のため、徹底された警備態勢が敷かれている。

現に近づいてきたレンを見て、

「ここより先は来賓席だ。見たところ帝国士官学院の生徒のようだが、誰かと約束が？」

声を掛けてきたのはレオメルの正騎士で、以前、クラウゼルにやってきてリシアに剣の指南をした者たちと同じ姿だった。

「ユリシス・イグナート様に呼ばれて参りました」

「む……イグナート侯爵に？」

この通路に立つ何人もの騎士の中に、獅子聖庁から派遣された騎士が数人いた。彼らはレンを見て「レン殿」と名前を呼びながら近づいてくる。

正騎士は驚いた様子で半歩下がった。

(こういうことか)

レンはユリシスが言っていたことの意味を理解した。

先ほどの正騎士が、漆黒の騎士へ言う。

「そちらのお知り合いであったか」

「彼の身分は獅子聖庁が保証する」レンと顔なじみの騎士が言った。

返事を聞いた正騎士が「かしこまりました」と頷く。それからすぐ、レンは獅子聖庁の騎士に連れられて先へと進んだ。

「正騎士の方の様子から察するに、騎士の中でも、獅子聖庁の皆さんの方が立場が上なんですね」

「そうなのです。我々の場合、将校級の試験にも合格しなければなりませんので」

レンが進む来賓席への道は、正騎士をはじめ、各来賓が連れてきた護衛も並ぶ場所だ。

来賓席といっても、基本的には壁で遮られた席で、来賓たちが同席しない限りそれぞれの席で闘技大会を楽しむことになる。来賓席へ向かう扉も分かれていた。

進んだ先にあった扉の前に、エドガーが立っていた。

レンは獅子聖庁の騎士とそこで別れる。

エドガーはレンが来るとすぐに扉を開け、中に入るよう促す。

扉の奥には、高級宿の一室を想起させる調度品が並び、ゆったりとした椅子が据えられていた。

前方を遮るものが何もない、帝都大闘技場を一望できる最高の場所だ。

そこに、三人の男がいた。

剛腕ユリシス・イグナートにレザード、そしてレンが知らない浅黒い肌の美丈夫だ。

「お待たせしました」

「待たせたなんてとんでもない。いつもの君らしく、少し早いくらいさ」

レンはユリシスに手招かれ、三人が囲んだテーブルへ向かった。

半円状のテーブルが帝都大闘技場に向けて置かれている。レンはユリシスの近くに足を運んだ。

この席を設けることを求めていた、天空大陸からの客人の傍へ行くためにも。

「イグナート侯爵、彼が噂のレン・アシュトンであるか？」

浅黒い肌の美丈夫が口を開いて言った。

何と凛々《りり》しい男だろう。

色鮮やかな服に身を包んだ彼は大きく露出した片腕の筋肉が引き締まっている。レンが事前に聞いていた通り、騎士上がりの商人とあってその名残を窺わせた。

男は他にも金細工のアクセサリーや宝石の数々で着飾っているが、不思議と嫌みがない。男から漂う気品故だろうか。

……この人が、天空大陸から来た客人。


たとえるならば、砂漠の王族だった。

流し目から漂う情熱で数多の女性を虜《とりこ》にしたことが容易に想像できるほどの、色香を孕《はら》んだ男性である。


そんな男が、レンを見て瞳を輝かせている。

ユリシスが紹介するのを、待ちきれないと言わんばかりに。

「ええ。彼がレン・アシュトンです」

それを聞き、浅黒い肌の美丈夫が席を立つ。

立ち上がった彼はユリシスよりも背が高かった。

「小官はリヒター・レオンハルトだ。国では伯爵を任されている」

騎士時代の名残か、珍しい一人称の男だった。

「レオメルに来るのはおよそ二十年ぶりだ」

「に、二十年ぶりですか？」

「小官はこう見えて、年齢が六十を超えていてな」

リヒターは笑みを浮かべて言った。

レンの双眸には、リヒターがどう見ても六十を超えた男には見えない。いいとこ二十代後半か、三十代前半くらいだった。

驚いているレンを見て、リヒターは白い歯を見せて笑った。

「小官が若く見えたのなら、それはシェルガド人だからだ」

リヒターは「シェルガド人のことは知っているか？」とつづけて問うた。

「古くから天空大陸に住まわれていた人々のことだったかと。寿命も地上の一般的な人より長く、倍以上あると記憶しております」

リヒターはレンがシェルガド人を知っていたとわかって、気をよくしたのか頬を緩めた。

彼はレンと握手を交わすために手を伸ばす。

「小官は天空大陸に唯一存在する大国、シェルガド皇国より参った。肌の色は小官が混血だからと理解してくれたまえ」

レンとリヒターは握手を交わしてから、互いの席に腰を下ろした。

レンが座るのはレザードの隣で一番隅の席だ。彼が椅子に腰を下ろすと、レザードが「忙しいところすまないな」と告げた。

「小官は君の話を楽しみにしていた。どうだ、クラウゼルでのことから聞かせてくれないか？」

レザードとユリシスの二人はレンの目配せにすぐに頷き、レンに任せた。

帝都大闘技場で繰り広げられる武闘大会を見ながら、その歓声を聞きながら、リヒターはレンの話にも耳を傾けた。

語るべきは本当にはじめの戦いから。何があってリシアとの逃避行に至ったのかを。

リヒターは話を聞くたびに目を輝かせた。

「レオンハルト様はこういう話がお好きなんですね」

「愛していると言ってもいい。天空大陸には英雄譚を好む者が多くいてな」

先ほど混血と言ったリヒターの母はマーテル大陸南部の生まれで、彼曰くその国はとても情熱的な人が多いという。肌の色もその影響なのだとか。

だがそれは別にして、そもそもシェルガド皇国の民が英雄譚を好む傾向にあるそうだ。

「理由は我が国を救った英雄の存在だ」

話すリヒターが上機嫌だったため、レンが「よければお聞かせください」と彼を立てるように言うと、彼は気をよくして語る。

「遥か昔、天空大陸には不死鳥と呼ばれる、守り神のような存在がいた」

不死鳥は寿命が来ると灰になり、幼鳥の姿で蘇《よみがえ》る。

それを幾度も繰り返すうちに、永遠に生きると思われていた不死鳥は叡智《えいち》と理性を失ってしまった。

天空大陸に住まう人々が不死鳥に襲われ、数えきれない人が息絶えてしまった。

「そんな不死鳥に永久《とわ》の眠りをもたらした英雄がいる」

英雄はどこからともなく現れて、天空大陸に住まうシェルガド人に不死鳥がどこにいるか尋ねた。

不死鳥が住まう天空大陸の中心へ向かった英雄は激戦を繰り広げた。

不死鳥の無尽蔵と思われた再生力は英雄と戦うにつれて弱まり、遂に巨大な不死鳥の喉笛が英雄の剣に貫かれる。

「英雄は天空大陸の人々に寄り添った。犠牲となった者たちに祈りを捧げ、天空大陸の復興に尽力した。その振る舞いに深く感謝した当時の皇帝は、英雄に『礼をしたい』と言ったそうだ」

英雄には天空大陸における富も名声も、すべて得る資格があった。

だが、英雄はそのどちらも望むことなく、天空大陸の人々を驚かせたという。

「英雄が望んだのは、不死鳥の喉から流れる血だった。それを小瓶一本分貰えればそれでいい、彼はそう答えた」

「不死鳥の血……？」

「すごい力があったらしい。不死鳥が持っていた生命力を得られるとか言われていたが、実際はどうだか。いずれにせよ、凄まじい宝物だろう」

いまでは確かめる術《すべ》がなく、確かなことは一つもなかった。

「英雄は少しの間天空大陸で過ごすと、いつの日か人知れず去ったとされている。最後まで名乗ることなく、ただ静かにな」

不死鳥の亡骸は当時の皇帝により丁重に葬られ、その地に新たな都ができた。

歴代の皇帝は天空大陸を救った英雄に倣い、強くあることが求められた。現皇帝もその例に漏れず、剣王序列第四位に君臨する強者である。

（うちのご先祖様も強かったっぽいけど、天空大陸の英雄もすごそう）

レンはそう声に出さず呟くと、リヒターに促されて自分の話を再開した。

話を聞き終えたリヒターは満足そうだった。

「いい話だ。クラウゼル家とアシュトン家とは、今後とも友でありたいものだ」

細かなことはいずれということにされたが、話は順調に進む。

「帰国する前にいくつか取りまとめさせてもらいたい。急《せ》かすようで悪いが、小官は過去の経験から、後悔のない判断をすることを心がけているのでな」

切なげな苦笑いを浮かべたリヒターとユリシスの視線が重なった。

「イグナート侯爵は覚えておいでだったか」

「天空大陸を統べるシェルガド皇国にて勃発した、大公家の跡目争いは有名ですから」

「……耳が痛い話だ。我がレオンハルト家もその騒動に関係していた。穏便に済ませるよう大公家に告げたのだが、結果はあのざまだ」

「おや？　もしや、あの影響で騎士をお辞めに？」

リヒターはぽつり、またぽつりと言葉を漏らす。

内心ではレンが多くのことを語ってくれたことへの礼として、またユリシスへもこの場を設けてくれたことへの礼として。

「騎士として国に仕えていたというのに、その義務を果たせずに国を騒がせてしまった。小官はあれ以来、自分が騎士でいることが許せなくなった」

自責の念に駆られた様子のリヒターがレンを見る。

「……レオンハルト様は――――」

急な話の展開がわからず、レンはどう答えていいか迷った。

しかし、リヒターがそれを「すまなかった」と謝罪した。

「もう十年以上前のことだが、我が国の大公家で、多くの貴族を巻き込んだ跡目争いが勃発した」

大公家には二人の兄弟がいた。

兄が抱く思想は危険である、弟はそう窘めていた。

兄はシェルガドが積極的に紛争地などに介入し、ところによって自分たちの利権を確保すべきという、帝国主義だった。

弟はそれをいまの時代に合っていないと言い、兄と対立した。

「跡目争いはどう決着したのですか？」

「決着など存在しない。結局、二人とも亡くなった。遠縁が跡を継ぐか話し合われるも、大公家ごと取り潰しになったのだ」

はじめに弟が兄に従う下級貴族に狙われて命を落とし、命を落とした彼の妻と一人娘は密かにどこかへ身をくらました。それを知り、リヒターを含む第三者は彼女たちを保護するために探したが、見つけられなかった。

一方、兄は弟を慕っていた貴族の暴走で暗殺された。

跡目争いは大公家という権力と影響力に富んだ家での騒動だったため、当時、天空大陸中が大騒ぎになったことは言うまでもない。

血で血を洗う騒動は、誰も幸せにならない最後を迎えた。

「……それから小官が自らの無力さを自覚した日々を過ごしていると、義父が私の元を訪ねた。義父はマーテル大陸で商人をしていてな」

先日の贈り物の中には民族衣装があった。

天空大陸の商会がどうしてという疑問がレンにはあったけれど、いま解消された。

「騎士ではない別の立場から祖国に尽くすのはどうか、と提案を頂戴した」

騎士としての自分に誇りを抱いていたこともあり、はじめは騎士をやめて商人をすることに思うところもあった。

けれど、騎士として成すべきことをしなかった自分はもう騎士ではない。

文官になることも一時は考えたが、義父の支えが強かったという。

幸いにも、リヒターには商人としての才があった。

騎士時代に培った人間関係も生かし、天空大陸のみならず、各国に名を轟かす商会を作り出すことができた。

「当時は、いまは亡き前イグナート侯爵にも世話になった」

「ですねぇ……身をくらました女性は元々、我が国の帝城勤めの給仕でしたから。万が一にも互いの国で小さくも緊張が生じれば面倒――――失礼、厄介でしたろうし」

あまり重い話をつづけてもと思って、ユリシスが一度咳払い。

せっかくの獅子王大祭だ。武闘大会の様子も楽しもう、とそちらに皆の意識を向けさせる。

「あちらを。レオナール家の少年が戦いますよ」

それを聞いて、レンも会場の方に意識を向けた。

いままさに審判の合図ではじまったカイトと他の学校の生徒の戦いは、旺盛に吼《ほ》えたカイトが終始圧倒した。

相手の選手は何もできなかったと言っていいほど、力の差を見せつけていた。

観戦を楽しんでいる者たちへ、英爵家の人間がその力を立てつづけに披露する。

つづけて現れたのはセーラ・リオハルドだ。

彼女は幼い頃から磨きつづけた流麗な剣を以て相手を翻弄し、カイトと同じく危なげない戦いぶりで勝利を収めた。

観客の中には英爵家の者が見せた若き強さに心躍り、見惚《みと》れた者も少なくなかった。

やがて実行委員の仕事に戻らなければならない時間が訪れ、レンは最後にもう一度挨拶してからこの場を離れる。

腕時計を見た彼が、これからの仕事内容を思い返す。

「────確かこの後は……」

獅子王大祭は、まだはじまったばかり。

◇◇◇◇

その後も実行委員の仕事で忙しなく過ごしたレンが、フィオナと夕方の帝都を歩いていた。

リシアは別の仕事で同席しておらず、いまはフィオナを女子寮に送る途中である。

「すみません。送りまでお世話になっちゃって」

レンは彼女を連れて大通りを歩きながら、駅に向かう途中で「気にしないでください」と言って笑った。

薄暮に残された夕焼けの赤に横顔を照らされながら、

「ふふっ」

フィオナが嬉しそうに。

レンと共に歩ける時間は、彼女にとって予想外に嬉しい時間だった。

獅子王大祭期間中に、彼と二人で祭りを見ながら帰れるなんて夢にも思わなかった。しかもこの後は、フィオナが寮に帰るまで祭りを楽しめる。


……この時間がずっとつづいてくれたらいいのに。

帰りの道中にせっかくだからと出店を見つつ、強く考えてしまう。

歩く途中、一際人で混み合う通りがあった。無意識のうちにレンの服の裾を摘まんでしまっていたことにフィオナがハッとした。

「ご、ごめんなさいっ！」

「いえいえ。はぐれると大変ですし」

フィオナはすぐに謝ってから、バルドル山脈でのことを想起する。

吊り橋を抜けるその直前、あのときもレンのコートの裾を摘まんでいたことを思い返し、何となく嬉しくなった。

だけど、思いを寄せる相手との関係性は当時と比べてもあまり進んでいない。

すぐ傍で暮らせるようになったことは喜ばしいが、逆に言えばそれくらいだった。

もうすぐ学び舎が立ち並ぶ区画というところで。

「そこの綺麗なお姉ちゃん」

出店の店主がフィオナを見て声を掛けてきた。

フィオナは自分のことだと考えることなくレンとの話に没頭していたのだが、

「ほらそこの！　帝国士官学院生の彼氏と歩いてるお姉ちゃん！」

フィオナの周りにはレン以外に学院の生徒がいない。

しかし彼氏とはいったい。

そう思いながら、まさか自分のことを勘違いしているのかと思ったフィオナが、先ほどから声を上げている店主に顔を向けた。

すると、店主と目が合った。

「私――――？」

「そうともさ！　どうだい？　うちの甘いのでも」

気っ風のいい女店主の店だった。

店頭では、鉄板で焼くクレープ生地のようなものにシロップやクリームをのせた菓子が売られている。漂う香りは食欲をそそったけれど、レンとフィオナの二人はもう満腹だった。

「もうお腹いっぱいで。あと、俺は別に彼氏じゃないですよ」

「ほーん、随分と仲がよさそうだったけど違うのかい」

申し訳なさそうに笑った店主は「また来てよ！」と威勢よく言った。

店主の女性は、レンの隣でフィオナが密かにショックを受けていたのを見て、

「……頑張んなよ」

唇の動きだけで告げた。

帰り道、フィオナは先ほどの店主の言葉を思い返していた。

「少しくらい戸惑ってくださってもよかったのに……」

「え？　何か仰いました？」

「う、ううん！　何でもありませんっ！」

彼氏……レンをフィオナが付き合っている異性だと勘違いされた。それが勘違いでなければどれだけ幸せなことか、フィオナには想像できなかった。

それはそれとして、レンが彼氏という言葉をすぐに否定したことが気になる。気になるといっても不満なわけではないし、レンの人となりからそうするだろうこともわかる。

ただ単に、フィオナのちょっとした乙女心の問題だった。

レンと少しでも距離を詰めるため、フィオナはいままでしたことのない攻めた問いを口にする。

「レン君って、どういう女性が好みなんですか？」

「――――はい？」

唖然としたレンは思わず足を止め、フィオナを見て目を点にしていた。彼のそんな反応が可愛らしくて、フィオナがくすりと笑った。

「ええと、想像していなかった質問でした」

先ほどの店主がレンを彼氏と間違えたからこその質問だろうと思った彼は、そういえば考えたことがなかったなと頭を悩ませる。

気を取り直して歩きはじめた二人。

レンが隣で悩む姿を、フィオナはじっと興味深そうに見上げていた。

「優しい人……とか……」

あまりにも月並みな返事すぎた。

一瞬、きょとんとしたフィオナは「大切ですよね」と微笑んだ。

だがもう少し、具体的な返事が欲しいと思っていたら、

「他に思い付くのは――――あっ」

「っ……思い付いたんですか？」

「はい。我ながらどうかと思いますし、好みとは少し違うと思うんですが」

いつも大人びているレンが、年相応に苦笑しながら頰を掻く。

頭に浮かんだ言葉は好みという意味では違っていたけれど、

「俺がしょっちゅう剣を振ってるので、それを許してくださる方、とか」

一瞬思考が止まってしまったフィオナはレンの顔を見上げながら、数秒過ぎたところでまた頰を緩めた。


学生寮に到着した二人が、別れ際に言葉を交わす。

「レン君はこの後、魔導船に乗って会合でしたよね」

「ですね。レザード様の仕事関係の人が結構いらっしゃるみたいです」

ユリシスにも声を掛けていたが、彼は多忙で出席できなかった。

この後すぐ、レンはエレンディルに帰って身だしなみを整えなければならない。

フィオナが言ったように魔導船に乗っての会合があった。

別の仕事をしているリシアはもうレザードとエレンディルに向かっているはず。

「じゃあ、俺はそろそろ行きますね」

レンが立ち去る直前、フィオナは無意識の勇気を出す。

待って、とレンに言う。

フィオナは振り向いたレンの目の前に立ち、彼を見上げた。

「レン君、ネクタイが曲がってますよ」

まだ制服姿だったレンのネクタイが少しだけ曲がっていたことに気が付いて、彼に手を伸ばして軽く整えたフィオナ。

すぐに自分が大胆なことをしたことに気が付くも、大きく鼓動する自分の胸に気が付かないふりをして微笑む。

ふとした瞬間。

急に傍に来たフィオナに驚いたレンの顔。

「これで大丈夫でしょうか？　その、誰かのネクタイを整えるのってはじめてで……」

「だ、大丈夫だと思います！　ありがとうございました！」

ぎこちないやり取りがフィオナの肌に濃い朱を落とす。

最終的にフィオナは、

「っ――――レン君、送ってくれてありがとうございました！　き、気を付けて帰ってくださいねっ！」

逃げるようにレンの前を立ち去って、寮の扉を開けて中に飛び込んだ。

数人、彼女の様子に驚く生徒たちがいた。彼女にそれを気にする余裕はなく、いま閉じたばかりの扉を背に胸に手を当てた。

すぐに早足で女子寮の自室を目指し、そこにも飛び込む。

洗面台にある大きな鏡の前に立った彼女が口ずさむ。

「……ま、真っ赤ですね」

大胆なことをしていた自分に気が付いた途中から、胸の鼓動はもちろん、肌が上気しないよう懸命に取り繕っていた。

自室に戻ったら取り繕う必要はなく、もうどうなったって構わない。

鏡に映る自分の真っ赤な頬と、やや潤んだ双眸。

フィオナは両手を合わせて口元と鼻を隠すように手を当てると、

「私、何しちゃってるんですか……っ!?」

先ほどのことをより鮮明に思い浮かべて声を発した。

鏡の前で羞恥心に悶える時間は、しばらくの間つづいた。

◇◇◇◇

夜、当初から予定されていた貴族との会合が魔導船の中で、立食形式で開かれていた。

長い挨拶回りが終わり、レンがリシアと飲み物を片手に休憩していたとき、

「見て見てっ！」

リシアが大きな窓の外に広がる夜景を指差した。

夜景といっても、この高さからだと空の端がまだ茜色に染まっている。地上に臨時で造られた魔導船乗り場の灯《あか》りも関係して、頑張ればその様子を視認できた。

レンはリシアの隣に立って、彼女が指差した方角にある山を見た。

「あれがローゼス・カイタスですか」

「うん！　あの霧がクロノア様が仰っていた、時の檻だと思う！」

夜だというのに、時の檻と思しき霧はそれなりに視認することができた。

「霧が発光してるようにも見えますね」

「神聖魔法に似た性質があるんじゃないかしら？　私の神聖魔法もキラキラしてるから、同じように少し光って見えるのかも」

レンは「確かに」と首肯する。

時の女神の力が宿る封印なのだから、それくらいあって不思議じゃない。

（本当に大きいな。あの封印）

ローゼス・カイタスは古き時代、封印される以前は数多くの巡礼者で賑わった聖域だ。

巡礼者は険しい山にある石の階段を上り、その頂上にある開けた場所の神像を参拝する。当時のエルフェン教徒たちは、こうして神への祈りを捧げていたのだとか。

ローゼス・カイタスはいまでこそ立ち入りが禁じられた場所ではあるが、

「当時は石の階段を、多くの人が歩いていたんでしょうね」

「うん。たくさんの松明《たいまつ》に火が灯《とも》されていて、聖者が鳴らす鈴の音が響いていたんですって」

聖域と呼ばれていただけあって、それは大層荘厳だったことだろう。

容易にその光景を想像できたレンは、ローゼス・カイタスをじっと眺めつづけた。

そうしているうちにも、魔導船は空をゆっくりと泳ぐ。

窓の外を眺める二人に、一人の男が声を掛けようとしていた。

「お二人共」

二人が会場の方に振り向くと、そこにはレンが昼間に見たままの服装に身を包んだリヒターがいた。彼はレザードに招待されてこの魔導船に足を運んでいた。レンが退室した後で決まったことなのだと、レンとリシアは聞いていた。

「当家の集いはお楽しみいただけていますか？」

リシアが問えば、リヒターが楽しげに答える。

「それはもう。とてもいい夜を過ごさせてもらっている。ところで二人は……ふむ、例の聖域を見ていたのかね」

二人の傍、レンの隣にやってきたリヒターがグラスを片手に窓の外を見る。

「時の檻と呼ばれている通り、まさしく人知を超越した力の結晶だ。中に魔王軍が生き残っている可能性は皆無だろう。だからこそ、あの場所にあって許されている」

リヒターがグラスを呷り、レザードが用意したワインを一口、また一口と嚥下《えんか》した。

「本当に見事なものだ。あれほどの封印を生み出すのだから、エルフェン教が持つ神秘は小官としても理解が及ばん」

「私たちはあの封印を見るのははじめてなのですが、レオンハルト様はいかがでしょう?」

「小官もこれが二度目……いや、三度目か」

はじめてレオメルに来たとき、そして二度目は彼が今回レオメルに来る途中に。

三度目はいまだった。

「またレオメルに来るときは、是非、君たちと共に近くへ行ってみたいものだ」

彼はそう言うと、二人の傍を離れていく。どうやら他の貴族たちと挨拶する途中で声を掛けただけのようだ。

二人はもう挨拶を済ませているから、それなりに自由だった。

レザードの傍に控えて仕事を手伝ってもいいのだが、レザードがそれは大丈夫と言っていたのでいまに至る。

魔導船がエレンディルに戻ったときに客人たちを送る仕事が残されているくらいだった。

「あの封印の中って、どうなってるんでしょうね」

「見てみたいの？」

「時間が止まって、聖なる力が満ちている空間と聞けば気になりませんか？」

「気にならないと言ったら嘘になるけど、中に入っちゃったら大変よ。私たちも一緒に浄化されちゃうかも」

「……さすがに興味より命の方が重要なので、やめにしておきましょう」

「ふふっ、それがいいわ」

二人はまたしばらく窓の傍で話をしながら、普段は見られないローゼス・カイタスの封印を眺めたり、獅子王大祭初日のことを話しながら過ごす。

やがて、皆を乗せた魔導船が、エレンディルへの帰路に就きはじめたことが知らされた。

数分も経てば魔導船が下降をはじめ、空中庭園に停泊した。一人、また一人と魔導船を降りていく貴族たち。

その全員を見送ってから、レザードがようやく息を吐く。

「これで今日の仕事は終わりだ」

レザードがレンとリシアに手伝ってくれたことへの感謝を告げる。

話はパーティ中の過ごし方へ変わっていった。

「お父様、私たちずっとローゼス・カイタスの話をしてたんです」

「ああ、あれは本当に凄まじい封印だ。私は何度か見たことがあったが、リシアとレンははじめてだったか」

レザードは魔導船に乗り度々エレンディルを離れることがあったため、その際に空から封印を見ていたという。

ローゼス・カイタスは魔導船に乗ってしまいさえすればそう遠くなかったものの、場所自体は辺《へん》鄙《ぴ》なところにある。

古い街道はあるが、事実、ローゼス・カイタスの近くへ行く以外にはあまり使われていない街道である。

そこは周囲に谷や山、湖などが点在する自然豊かな場所にあった。

魔導船の経路的にも、滅多に通らない場所だ。

「大祭の六日目はさらに賑わうだろう」

「ローゼス・カイタスの周辺がですか？」

リシアがレザードの言葉にまばたきを繰り返しながら尋ねた。

「ああ。臨時便もあるから、聖地から派遣されてきたエルフェン教の聖歌隊が行くそうだ。戦地で亡くなったすべての魂へ、主神エルフェンの救済があらんことを――――そう願うためにな」

「聖歌隊の歌……私も少し気になります」

「せっかくだ。二人で聞きに行ってみるといい」

リシアはレンと顔を見合わせた。

聖歌隊がローゼス・カイタスの近くへ行くのは獅子王大祭六日目の午前中。

その頃には、実行委員の仕事も今日以上に落ち着いている。当日余裕があって、さらに機会があれば行ってみるのも悪くなさそう。


魔導船の外で警備をしていたヴァイスと合流して、空中庭園の地上階へ向かおうとした。

レンは先ほどまで乗っていた魔導船が停泊した場所の上層、普段は開いていないドックの扉を見上げた。

「ヴェルリッヒさん、こんな時間にも修理をしてるんですね」

あのドックには、ヴェルリッヒがずっと前に建造した魔導船レムリアがある。

昔いた皇族の扱いが悪くて半壊していたものを、アスヴァルの角を加工して以前以上の逸品に仕上げる計画だ。

レンがドックの入り口を見上げていると、そこからヴェルリッヒが顔を出す。どうやらレンがいることに気が付いたようだ。

ヴェルリッヒは高さを恐れることなくレンを見下ろした。

「おうおう！　こっちの仕事は順調だぜ！」

「ありがとうございます！　でも、危ないから身体を乗り出さないでください！」

「あーん？　別にこのくらいどうってことねぇが……仕方ねぇなー！」

ヴェルリッヒはそう言うと、もう一度笑ってドックの中へ戻っていく。

「相変わらず元気そうね、ヴェルリッヒ殿」

今度こそ、屋敷への帰路に。

ヴァイスも含めて四人、ここにいた皆が今度こそ空中庭園の中へ歩を進め、地上階へ向かう。

とてもいい日だったと思いながら、レンはうんと背筋を伸ばす。きっと今晩は倒れるように眠れるはずだ。

湯を浴びるまでこの体力が持つかだけ心配なところだ。

「レン、お風呂で眠ったらダメよ？」

「……どうして俺が考えていたことを？」

「いつも言ってるけど、レンのことだからわかるに決まってるでしょ」

リシアの美しく澄んだ声。

彼女は「寝ちゃわないようにね」と可愛らしく言った。

◇　◇　◇

見たことのない、真っ暗で静かな空間。

どこかで、

りぃん、りぃん――――

鈴の音が鳴っていること以外は何もわからなくて、レンは自分が立っているのか、座っているのかもわからなかった。

動くこともできず、ただその空間に存在しているだけだった。

不意に、深紅の光が二つ前方に見えた。

暗く静かな空間の先で、深紅の光は輝きを増していった。


……え？


まるで吸い寄せられているように、深紅の光に近づいていく。

だが、唐突にそれ以上進めなくなり、深紅の光は不気味に点滅を繰り返す。暗く静かな世界が、まばゆい光に包まれていく。


光は窓の外から差し込む朝日によるもの。

目を覚ましたレンは首をひねった。

昨日の疲れでよく寝られた一方、

「んー………」

はっきりしない声が出てきてしまう。

何か夢を見た気がするのだが、その夢を思い出せない。

夢の内容を忘れるなんて日常茶飯事だったのに、今日はどうしてか心にしこりが残ったような思いだった。

「何だろ、これ」

よくわからないまま時計を見ると、時間はいつも起きるより少し早かった。

身支度を整えて部屋を出て少し歩けば、リシアを見かけた。リシアも何か合点がいかない様子というか……考え事をしているように見える。

朝の挨拶がてら、レンは彼女に近づいて声を掛ける。

「リシア様、どうかしたんですか？」

「いいえ、何でもないの。別に大したことじゃないから」

その言い方が気になったレンは、笑いを交えて冗談を言う。

本当に大した意味のない、笑い話として。

「まさか俺みたいに妙な夢を見た気がするとかじゃないですよね」

「え？　レンもなの？」

冗談のはずだったのに、少し事情が変わった。

思わず「え？」と目を点にしたレンと、驚いたリシアの距離が詰まる。無意識のうちに、普段より半歩近くでお互いの顔を見た。

「どういう夢か思い出せますか？」

「ううん」

リシアが間髪入れず首を横に振った。

「わからないの。なのに気になっちゃってるから、自分が変だなーって……」

「俺も何か夢を見た気はするんですが、まったく思い出せないんです。なのにその夢がずっと気になってる……みたいな」

「……私たち、実は同じベッドで寝てたとかじゃないわよね？」

「間違いなくあり得ないですし、仮に一緒に寝てたからって同じ夢は見ないと思いますよ」

「……そうね」

だからこそ変なこともあるものだ、くらいにしか思えない。

そもそも夢なんてこんなものだろうし、普通に考えればここから深掘りすることの方がどうかしていた。

レンとリシアは互いを見ながら苦笑した。

十章　獅子王大祭

獅子王大祭二日目からは初日に比べて仕事が少なく、本部で落ちつける時間が長かった。

各会場から届く報告を見るに、帝国士官学院の生徒は各競技で順調に勝ち進んでいる。

特に武闘大会は代表生徒全員が勝ち進んだ。四日目にもなれば相当の猛者しか残っていないにもかかわらずだった。


ラディウスは馬車の中でそれらの情報を整理しながら、実行委員の本部へ向かう最中だった。

大国の皇族が乗るに相応《ふさわ》しい、豪奢な内装の馬車だった。ラディウスの隣にはミレイが、対面にはエステルが座っている。

開け放たれた馬車の窓から夏の暑さを孕んだ風が舞い込む。

それでもラディウスは魔道具に頼らず、涼しい顔を浮かべて書類を眺めていた。


本部がある広場の前にたどり着いても、それは変わらない。

「私は外で待ってますニャ」

いつもならミレイが馬車を降りてラディウスがつづいたはずなのに、今日のラディウスはそうするわけでもなく、ミレイだけ馬車を後にした。

彼の対面に座るエステルは「おや？」と口に出す。

いま、この場の空気が変わろうとしていた。

「どうされたのですか？　殿下は別のご用事でも？」

「ああ。ここでな」

「ここで――――馬車の中でございますか」

ラディウスが頷き、彼はそれまで目を通していた書類を隣に置いた。

すると彼は窓を閉じ、指を鳴らして魔道具を動かす。馬車の中に熱がこもることを嫌い、内部に設置した魔道具から涼しい風を生んだ。

もう一つ、二人の耳をきんと刺す音が鳴り響く。

エステルはそれが何の音か知っていた。

「音を封じ込められたようですが」

「慌てるな。いまから話す」

かつて、レンとリシアがイェルククゥに連れ去られたときも似た魔道具が使われた。

設置された空間の中で生じる音を管理するもので、今回は一切の音が外に漏れ出さないように使われた。

エステルは神妙な面持ちを浮かべ、ラディウスを見た。

「何をしている」

ラディウスの声が馬車の中に響いた。

唐突な問いかけにもかかわらず、エステルは冷静に言葉を返す。

「何をしている、とは？」

「もうわかっていよう。この私がこうまでお膳立てしてやったのだ。もはや、私に多くを悟られていることを理解しているはずだ」

口を噤《つぐ》んだエステルを前にラディウスが語る。

一切の迷いがない、凛とした声音で。

「連休中は忙しかったようだな。だがそれも当然だ。久方ぶりに帝都全域で開かれる獅子王大祭にあたって、獅子聖庁でも警備の折衝つづきだったろう」

「いえ、そのようなことは」

「エステルが忙しかったことはよく理解している。どこまでもな」

慌てて否定したエステルは眼前の少年から漂う覇気を見た。

ただ目を合わせているだけなのに、彼を見ているとすべてを口にしてしまいそうになる。

たとえそれが、皇帝の密命に関係していても。

「言い方を変えよう」

ラディウスがなおもエステルを見ながら、

「連休中、エレンディルで何をしていた？」

何をしていたのか、そう尋ねられたエステルが腕組み。

エステルは眉一つ動かすことなく、ラディウスの言葉に首をひねってみせた。微塵《みじん》も違和感を抱かせない、そんな普段通りの仕草である。

決して慌てた様子はなく、平然と。

「エレンディルに派遣する騎士のためにございます。私は年単位でレオメルを離れておりましたから、この目で直《じか》に様子を確認する必要がありました」

「万全を期するためだったと言うのだな」

「はっ」

実際エステルは堂々と町中を歩いていた。

何かを隠すならギルドで朝から酒を呷るような真似はしなかっただろう。その姿を見られたからといって、後ろめたいことはない。

「結構だ。しかし話はつづけさせてもらう」

いつの間にこんな覇気を宿し、こんな目をするようになったのだろうか。

エステルはラディウスを幼い頃から知るが、これほどの圧を放つ少年になっていたとは思ってもみなかった。

「レンのおかげなのだろうか」

それはラディウスに届かないほど小さく、吐息のような声だった。

彼女が呟いた後に、ラディウスの声が馬車の中に滔々《とうとう》と響く。

「エステルがしばしエレンディルにいたことは私も知っている。それ自体はエステルも隠していなかったのだからな。しかし、エレンディルを発って街道へ向かったのは何故だ？　人々の目をかいくぐり、隠密《おんみつ》のように振る舞っていた理由も聞かせてくれ」

エステルは誰にも動きを悟られぬようにしていた、ラディウスは暗にそう告げた。

ラディウスも、エレンディルの町中でエステルがいようと何も気にしない。彼女が密かに不審な動きをしていたことが焦点となっていた。

けれどそれを、

「人違いではないかと」

「人違い？」

「はっ。仮に私が身を潜めて動こうとしていたら、いくらラディウス殿下でも――――」

エステルは短い言葉で終わらせようとした。

ただ、忘れてはならないことがある。

後でエステルに不審な動きがあると知ったところで、連休中に彼女が何をしていたかはわからない。

何故なら、過去には戻れないから。

彼女が行動を起こす前に察知して動いていなければ、ラディウスも気が付けなかっただろう。

即《すなわ》ち、ラディウスはかなり早い段階から動いていたということになる。

それにもう一つ、ラディウスの傍にいるケットシーとの混血の少女。ミレイ・アークハイセの存在を、エステルは一瞬だけ失念していた。

「私でも、何だ？」

「いえ。何でもありません」

ミレイは文官だ。隠密ではない。

多少の真似事ならできるだろうが、エステルを欺けるほどではない。

けれどミレイの実力は、こと調べ事においてはラディウスを凌駕する。まるで未来予知かのように、エステルですら驚く力を発揮する。

そこへラディウスの力が加われば……

「該当する日の朝、レンもまたエレンディルを発った。どうやらエステルも近くに向かっていたようだが、知っていたか？」

「恐れながら、私がレンの傍にいた事実はございません」

「不思議なことを言うじゃないか。器用にも、意図的に記憶を失ったか？」

「こうも容易く記憶を失うことなどありませぬ。最初からそのようなことがなかったということにございます」

「これはすまなかった。だが、エステルも知っていよう？　議会によくいる愚かしく老獪《ろうかい》な貴族がしばしば、都合よく記憶を忘れることを。エステルが奴らと同じだとは思いたくないが」

ラディウスは明言せずとも、多くを知っていると言いたげだ。

「しかしこれは、エレンディルでの件に限った話ではない。いくら陰に潜んで振る舞おうと、この私が勘付かないと思ったか？」

「ラディウス殿下、私は――――」

「言い逃れの言葉は不要だ。私が知りたいのはただ一つ。エステルが何故、レンの周りで動いていたのかだけだ」

この返事いかんによって、ラディウスの対応は大きく変わるだろう。

「エレンディルは広い。偶然で何度もレンに会うだろうか」

間違えるなよ、これが最後の質問だ。

まるでそう言っているように見えるラディウスを眼前に、

「……ふぅ」

エステルが観念した様子でため息をつく。

同時にラディウスが放っていた圧も鳴りを潜めた。

「どうやら失念していたことがあったようです」

「ああ、そうだろうと思ったぞ」

「……ところで、私が思い出せないままだったら、どうされておりましたか？」

「今後私から仕事を頼むことはなかっただろう。私の近くに来ることも許すつもりはなかった」

「それ以上の罰はありませんな。……さて」

エステルがラディウスの前で思い出す。

「私が何をしていたか、その答えは私の口からは何も申し上げられない……そう答えるよう、仰せつかっております」

「仰せつかって、だと？」

「はっ。相違ありません」

それはつまり、そういうこと。

言葉通りに受け取ると、エステルに何かを命じた者は、いつかラディウスに看破されることを想定していたことになる。

「では仮に、私が別の誰かにエステルの動きを尋ねるのはどう思う？」

「私からは何も。どう処理するかは、すべて貴方様のお心次第です」

「――――そうか」

幸いにもラディウスは笑っていた。

彼の不敵な笑みを前に、エステルは胸を撫で下ろす。

「時間を取らせてすまなかった。いつも通り、エステルはこの辺りで警備に当たってくれ」

「はっ！」

ラディウスは馬車を降りた。

つづけて降りたエステルは少ししてから咳払い。わざとらしい仕草で改まった。

石畳の上を歩きながら、二人はいつものように言葉を交わす。

「敢えてもう一度申し上げますが、私は先ほど、真実を述べていましたよ」

「ほう、どれが真実だったのか聞かせてくれ」

「私がレンと会っていないことが、です」

「連休中の、森の件か？」

「はっ。予定ではレンの近くに行くつもりでしたが、無理だったのです。不思議とレンに気が付かれてしまいそうな気がして、断念したのですから」

だから、本当になかった。

エステルが口にしたように、同じ場所にいるようなことはなかったのだ。

「くくっ、レンの勘を警戒したのか？」

「はっ。あれは命を懸けた経験のある者によくある勘ですが、レンはそうした者の中でも特に鋭いのです」

「はっはっはっ！　ああ！　レンはぶっとんでいるからな！」

馬車の外を少し歩いた先にはミレイが待っていた。

彼女は外の暑さにもかかわらず、額に汗を浮かべることなくいつもと同じ姿でそこにいた。

ここでエステルは一歩離れたところで控える。

「行きますかニャ？」

「そうしよう。今日も皆で頑張らなくてはな」

「はいですニャっ！」

命じられたエステルが目で追うラディウスとミレイ。

二人はこれまでと同じように、広場に設けられた本部へ歩いていきながら、

「エステルが吐いた。何も言えないと答えるよう、命じられていたとな」

「うっわぁー……陛下の手のひらの上で転がされていた感がすごいですニャ～……」

「ああ。正直気に入らん」

「どうしますかニャ？　早速、謁見の予定を組みますかニャ？」

「頼めるか。なるべく早く陛下を――――いいや、父上を問い詰める」

そう、第三皇子は言い切った。

◇　◇　◇　◇

獅子王大祭五日目の朝だった。

（武闘大会って、今日は準々決勝までだっけ）

朝、自室で目を覚ましたレンが思い返した。

今日には準決勝へ進む四人が決まる。

帝国士官学院の代表は全員勝ち進んでいるため、準決勝は学院の四人が占める可能性が高い。七英雄の伝説でどうだったかはさておき、レンはそのことを考えた。

今日も実行委員の仕事に励むために身支度を整え、部屋を出る。

レザードはもう屋敷を発っているため、食堂にはレンに遅れてリシアがやってくるだけだった。

彼女が軽い足取りでレンの近くの席へ。

「おはよ。今日も頑張らないとね」

リシアの言葉にレンは「ですね」と答えた。

朝食を終えた二人が、

「体力ならばっちりです。あれ以来、変な夢を見てないからちゃんと眠れてますし」

「私も。……それにしても何の夢だったのかしら、あれ」

「あの日って朝から夜までずっと一緒にいたので、同じ光景を見てたから似たような夢を見たのかもしれませんよ」

「うーん……そうかも？」

準備を終え鞄を持って屋敷を出ると、まばゆい朝日が二人を迎えた。

日差しを手で遮ったリシアが眩しそうに目を細める。

「今日も暑くなりそうね」

相も変わらず、リシアの笑みは朝日に負けじと眩しかった。


この日の午後に、実行委員が全員いる本部で、

「これなら明日はゆっくりできるかも」

レンが予定表を眺めて。

六日目に実行委員の仕事がないというわけではないが、これまでと違いささやかなもので、午前中から外に出て祭りを楽しむこともできそう。

実行委員の面々で少し遊びに行くことだって不可能ではない。

レンはそう思ったのだが、

「あはは……私は午前中に家の仕事の手伝いがあって……」

「ゆっくりしたいけど、私と殿下は公務なのニャ〜」

フィオナとミレイが言った。

これでは全員で祭りを楽しむというのも難しい。

短く嘆息したレンの耳に本部の扉をノックする音が届くと、彼は扉を開けに行った。

外にはセーラとヴェイン、それにネムの三人がいた。彼女たちの姿に気が付いたリシアもレンの傍に向かい、二人で本部を出た。

「聞いて！　今日も勝てたの！」

レンとリシアが話を聞く前に、セーラが喜びに満ちた声を上げた。

喜びのあまり抱きついてきたセーラの勢いで、リシアの身体が半歩後退した。セーラを受け止めたリシアも嬉しそうに笑っている。

「リシアちゃん、準々決勝は四つともうちの代表が勝ったんだよ」

「それじゃ、明日の準決勝からはうちの生徒だけってこと？」

「そうそう！　びっくりだよねー。毎回うちの代表がかなり勝ち進んでるけど、準決勝から独占になるのは久しぶりだってさ」

「だからね、リシア！　忙しいと思うけど、準決勝と決勝を見に来れたりしない？」

リシアは傍に立つレンを見て、どう？　と声に出すことなく目配せした。

「大丈夫だと思います」

学院側も獅子王大祭の運営も連携して仕事にあたるため、学生のための時間は多い。

獅子王大祭が六日目になると全体の競技がほぼすべて終わり、午後からは武闘大会の準決勝と決勝に向けて多くの来場客が闘技場に足を運ぶ。

七日目は純粋な祭りとして楽しめる時間の方が長かった。

「ほんと!?　やった！」

「あっ――――もう、セーラ。急に抱きつかないの」

再びセーラに抱きつかれたリシアが微笑みを浮かべていた。

隣でヴェインがレンに話しかける。

「この間は本当に助かったよ」

武闘大会がはじまった初日、ヴェインはレンのおかげで緊張がほぐせた。

「あのさレン、よかったら明日の朝に時間をとれないか？　せっかくだし、みんなでお祈りに行こうってセーラが言っててさ」

「お祈りって、準決勝で勝てるように？」

「ああ」とヴェインが頷くと、セーラが会話に交ざる。

「あたしもヴェインもこれまで以上に緊張しちゃってて。あたしは相手がカイトだから特にね」

ヴェインの相手もカイトと同じ二年次にいる英爵家の人間で、前にカイトが言っていた弓の名手だ。

「緊張しちゃうのはわかるけど、セーラがお祈りに行くのって珍しいかも」

「そう？　あたしって結構、神殿に行ってるけど。でも明日のことはそれだけじゃなくて、せっかくの獅子王大祭なのにみんなで遊べてなかったからよ」

わざわざ言うのは照れくさいから、勢いで誤魔化そうとセーラが試みる。

「だから、一緒にローゼス・カイタスへ行けたらなって！」

祈りを捧げると聞き、レンとリシアは帝都大神殿へ行くものだと思っていた。

「ローゼス・カイタスって封印されてますよ？」

「そうだけど、お祈りするための場所は何個かあるから大丈夫みたい」

七英雄の伝説にこんなイベントはなかったが、現実が七英雄の伝説通りに進まないことはレンも慣れている。

「どうしてローゼス・カイタスなの？　お祈りなら帝都大神殿の方が近いのに」

「リシアが前に封印を見たいって言ってたから。臨時便が出てるんだしいい機会でしょ？　それに、明日は聖歌隊もいるんだって」

獅子王大祭初日の夜、レザードもそんなことを言っていた。

リシアはレンと顔を見合わせて苦笑する。

気になっている封印はもう、夜に魔導船の窓から見てしまった。

それでもせっかくの気遣いを無下にするのはどうかと思うし、セーラが楽しそうにしているから断るのも忍びない。

また、二人とも聖歌隊には興味があった。

「私とレンも聖歌隊の歌を聞きたいと思ってたから、ちょうどよかったかも」

「じゃあ決まり！　明日、空中庭園で集合ね！」

微笑むセーラの横でレンとリシアの二人が目配せを交わしたのを、ネムは見逃さなかった。

「二人は優しいね〜」

それを聞いたセーラが問う。

「ネム？　急にどうしたの？」

「ううん、こっちの話。ネムはセーラちゃんと違って意外と目ざといから、二人が隠してることまでばっちり確認していたのです」

「？　どういうこと？」

「ネムのことだから、適当なことを言ってるだけよ」

「あー！　リシアちゃんってば、まるでネムがいつも適当みたいなこと言ってる！　ネムが適当なのはたまにだよ！　たまに！」

鼻息荒く不満をあらわにしたネムを見た全員が笑った。

歌を聞きに行くのにフィオナたちも誘うのはどうかという話も出たが、彼女たちには外せない予定がある。

三人がいなくなってから本部に戻ったレンとリシアを見て、ラディウスが問いかける。

「何かあったのか？」

「武闘大会、明日はうちの生徒たちだけで準決勝と決勝だってさ」

「それは朗報だ。いい機会だから三人で見てくるといい」

午前中は用事があるフィオナも、午後からなら同行できる。

「そうしようかな」と言ったレンは、リシアとフィオナと合流する場所を話し合う。

楽しそうに話す三人を横目で見たラディウスが微笑を浮かべ、本部の中の雰囲気を茶化していた。

十一章　剣魔

朝の早い時間帯にもかかわらず、ローゼス・カイタスの周辺は多くの人で賑わっていた。

古びた街道は崩れた石レンガの地面が数多く見られる。場所によっては苔《こけ》むしていた。街道の周辺は青々とした芝生が広がった美しい景色で、多くの商人が店を開いていた。

先ほど魔導船を降りたレンが、周囲の様子を見渡した。


……こんな感じなんだ。


魔導船乗り場は簡易的なものとしか聞いておらず、先日、空から見下ろした際は夜だったからあまりよくわからなかった。

いまレンが見ているのはいくつかの簡易的な鉄塔が並んだ魔導船乗り場だ。

移動式の階段を下りたところで、

「レン、見て見て」

リシアがローゼス・カイタスがある山を指差した。

先日と違い鮮明に見える霧――――時の檻を眺めてから二人は辺りに目を向けた。

ローゼス・カイタスは聞いていた通り、山の大部分が封印に覆われている。

山と平地の間に峡谷があって、普段は閉鎖されている橋で行き来できるようになっていた。橋を抜けた先には山道へ通じる石階段があり、その先はすでに封印の中だ。

「こないだと違って、よく見えますね」

「代わりに人がたくさん。思ってたより賑やかでびっくりした」

周りは国内外のエルフェン教徒と、数多くの観光客がいる。

気を抜くと、あっさり人混みにさらわれてしまいそう。

「すごい人だし、はぐれないようにしないとな」

「気を付けなくちゃね。それと、いまのうちに朝ご飯にしないと」

「賛成っ！　ネムもお腹が空いちゃって空いちゃって〜」

朝早くから来ていたから、エレンディルに住むレンとリシア以外の三人は朝食を抜いていた。

「ネム調べによると、ここにある出店もすごく評判らしいよ」

美味《うま》い肉を焼く名店や、菓子や茶が自慢の出店もあるそう。

「ヴェイン君はネムが手を繋いであげよっか？　にしし、はぐれちゃうと大変だしさ」

「い、いいって！　大丈夫だから！」

「もー照れなくていいのに〜……それとも、ネムじゃ不満なのかな〜？」

「それも違くて……レ、レン！　笑ってないで助けてくれって！」

「ごめん。話題の出店を探すので忙しい」

ついでに、嫉妬しているセーラから目をそらすように辺りの出店を見た。

ネムにからかわれ、セーラに不満そうな目を向けられたヴェインが戸惑う様子を視界の端に置いて、レンはリシアと言葉を交わす。

「お腹いっぱいだったけど、いい香りのせいで私も食べたくなってきちゃった」

「俺もです。少しだけ食べちゃいましょうか」

「ええ。何にしようかしら。普段はエレンディルとか帝都で見ないお店がいいかも」

一行はいくつかの出店を巡って腹を満たす。

常に賑やかに、人混みではぐれてしまわぬよう五人は固まって歩いた。

この辺りがより一層賑わいはじめたのは、もう数十分が過ぎてからだった。

聖歌隊に所属するエルフェン教徒たちが白いローブに身を包んで登場し、エルフェン教の騎士に囲まれながら街道を歩き出す。

その光景を見る周りのエルフェン教徒の中には、手を合わせる者も少なくない。

聖歌隊は観客を率いるように、山へ向かう峡谷に架かった橋を目指す。

レンたちも他の観客に倣って歩を進めた。

魔導船乗り場の近くから、橋の近くまでは徒歩で三十分ほどの時間を要する。

橋の近くに到着した聖歌隊の面々に客を近づけないよう、橋を守るようにエルフェン教の騎士が並んでいた。

聖歌隊の面々は、橋を渡った先にある封印のすぐ手前で足を止めた。

他の聖歌隊の者と違い、一人だけ大きな杖を持っている者がいる。その者は杖を両手に持ったまま真横に構え、天に捧げるかの如く掲げた。

杖の先の巨大な宝石が輝くと、周りの者たちが一斉に歌いはじめる。

レンは無心で歌に耳を傾けながら、遠く離れた石階段で歌う聖歌隊の様子に目を奪われていた。

どうしてなのかレンもわからなかったけれど、ついぼーっとしてしまうような感覚だった。

（…………）

どこまでも、どこまでも響き渡る歌に気を取られる。

歌に使われている言語がわからず、歌詞が理解できなくても。

「訳した方がいい？」

リシアがレンに顔を寄せ、耳打ち。

周りで歌を聞く者の邪魔にならないよう気を遣った。

「わかるんですか？」

「あれは聖紋《せいもん》術式に使われる言語だから、私も少しくらいならわかるの」

「助かりますけど、訳してもらってたらリシア様が楽しめませんし」

「そんなことないわ。それに……私もレンと一緒に楽しみたいから」

普段とは違う顔の距離。

頬と頬が密着しそうな距離間で、歌詞を共通語に訳していくリシア。

「――――偉大なる主神。創造神の子――――さぁ、御許《みもと》へ。主の許へ」

リシアは断片的に歌詞を訳しつづけた。

いつしか最初の歌が終わりを迎えた。

レンの周りには涙するエルフェン教徒の数も少なくなかったし、一緒にここへ来た三名も感動しているのか無言だった。

つづけて二度、三度と鎮魂のための歌が響き渡った。

それからすぐに、

「――――え？」

唐突にレンの視界が僅かにボヤけ、耳鳴りがした。

思わず両耳を押さえてしまう。それなのにもっと不思議なことが起こる。耳を押さえていたはずのレンがとある音を鮮明に聞いた。


りぃん、りぃん――――


どこかで響き渡る鈴の音を聞いたレンの視界が、蜃気楼《しんきろう》のように揺らぐ。

いまの現象はすぐに終わったが、何がどうなっているのか理解が追い付かなかった。

周りを見渡すも、レンのように何か気にしているような者は見えない。

だが、たった一人だけ。

レンの隣にいたリシアだけが同じ感覚に浸っていた。

「レン……いまの」

何度目かの歌が終わったことで、それまで静かだったセーラがリシアに声を掛ける。

「リシア？　レンもじっと黙ってどうしたの？　歌に感動してた？」

「ううん。急に大きな鈴の音が聞こえたから、びっくりしちゃって」

「鈴の音？　そんな音聞こえたかしら。ヴェインはどう？」

「いや、聞こえなかったと思う」

次にレンが、

「じゃあヴェイン、いまの蜃気楼みたいなのは？」

「別にそんなのもなかったと思う。ってか、急にどうしたんだ？　二人共、もしかして体調でも悪いとか？」

「……そんなんじゃないよ。ごめん、気のせいだったのかも」

「そうね。私とレンが気にしすぎてたのかも」

二人はそう言って誤魔化した。

聖歌隊の面々はいまの歌を最後に石階段を下りていく。来たときと同じようにエルフェン教の騎士に囲まれたまま、静かに街道を歩きはじめた。

レンとリシアは顔を見合わせて、先ほどの現象について考える。あれは自分たちにだけ起こった現象だと思い、緊張感が高まっていく。

「……帰りの人で混み合う前に、私たちは魔導船に戻らない？」

リシアが本心を隠して提案。

「そうね！　それがいいかも！」

それらしい言い訳を口にすればセーラがすぐに頷き、ネムとヴェインもつづいた。

「だねだね〜！　遅れると満員で乗れなくなるかもしれないし！」

「それはまずいって！　午後に準決勝があるから急がないと！」

五人は魔導船乗り場に戻るため歩を進める。

人混みの間を、縫うように。


辺りに雨が降りはじめたのは、このときからだ。

山の近くで天候が急に変わることはよくあるから、それ自体に違和感はなかった。小雨《こさめ》で濡《ぬ》れることもあまり気にならない。

だが、雨がやんだ後には少しずつ靄《もや》が生じ、徐々に深い白に変わっていく。靄は霧に、すぐに濃霧へと変貌した。


新たな異変は、ここから。

二人がほぼ同時にまばたきをすれば、周りから人の気配も消えていた。傍にいたはずのセーラたちも、他の客も――――誰一人として気配がない。

レンとリシアは足を止め、互いを守るように身体を寄せ合った。

「絶対に俺の傍を離れないでください」

「うん。わかってる」

いま、レンが放っている圧は傍にいるリシアも感じたことがなかったそれ。

イェルククゥと戦ったときのレンも相当だったが、当時と別格の強さを持つレンだからこその圧だった。

レンはリシアを庇《かば》うように立ち、無言で鉄の魔剣を召喚した。

こうして彼女の前で堂々と魔剣を召喚するのは本当に久しぶりだ。リシアは突如現れた魔剣に驚くことなく、自分も腰に携えた『白焉』を抜いて構える。

何かが急に襲い掛かってきてもいいように、二人は精神を研ぎ澄ませた。

しかし、何もなかった。

十秒が経っても一分が過ぎても、二人はこの静かな空間の中に立ち尽くしていた。

周りの濃霧は、風に揺れている様子すらない。

「……ねぇ、どうする？」

「……どうしましょうか」

あまりにも不可思議な状況下で、彼らは僅かに構えを解いた。

新たに数分経ってもやはり状況は変わらない。

「一度、試してみます」

レンは鉄の魔剣を振ってみた。

星殺ぎを行使したのだが、魔法を消せた感覚がない。消し去れなかったと思しき反応もなく、この状況が何らかの魔法の中ではないことがわかった。

不可思議としか言いようがなかった。

鉄の魔剣を地面に突き立てたレンは次に、大樹の魔剣を召喚する。迷うことなく自然魔法を行使して、二人の傍に一本の木を生やした。

太い幹の、背が高い木だった。

「レンが出したの!?　前に見たときと全然違うじゃないっ！」

「それはええと……進化と言いますか、何と言いますか」

「進化……？」

進化と言い表したところで言葉は足りていない。レンはとりあえず先にするべきことがあると考え、生み出した背の高い木に足を掛けた。

この空間でリシアと別々で行動するのは避けたい。

では答えは一つだけ、

「これから木に登って辺りの様子を見ようと思います」

「私はここで待っていればいい？」

「いいえ。何かあったらと思うとそれは避けたいので、一緒に登りましょう」

一緒に登るというと、互いに別の場所からよじ登るようなものだろうか。それでもリシアは構わないと言うつもりだったのだが、レンがリシアに手を伸ばした。

「いいですか？」

「いいですかって、どうするの？」

「リシア様を抱き上げて、駆け上がります」

「――――うん。……うん？」

リシアは呆然と、半ば無意識に答えた。

返事を聞いたレンにいわゆるお姫様抱っこをされたリシアは目を点にして、レンの顔を見上げていた。

非常時に照れるなどできなかったし、唐突すぎてそんな感情を抱く余裕もなかった。

「え？」

しかし、彼女の胸は僅かに早鐘を打った。

「じゃあ、行きますよ」

まさか本当にと思っていると、レンが大地を蹴って飛び上がり、すぐに大樹を一蹴りして枝に着地。

すぐに枝を蹴って駆け上がったレンは、あっという間に木を登り切ってしまう。

抱かれたままのリシアはというと、

「レ、レレ……レン!?　お、重くない!?」

「別に重くないですし、こんなときにそんなことは気にしないでください」

「そうかもしれないけど……っ！　急に正論を言わないでよっ！」

あまりの事態に気が動転していたリシアだったが、レンの邪魔にならないように身じろいだりすることはなかった。

レンは追加で二蹴りほどしてから枝の上で足を止める。

足を止めたときの軽い反動で、リシアの髪がふわりと揺れた。

「見事に何も見えませんね」

かなりの高さなのに何も見えない。

深い霧が視界を遮っていた。

すぐに地面に降り立った彼は、リシアの身体をゆっくり下ろす。およそ一分ぶりに自分の足で立ったリシアは、「……何も見えなかったわね」と小さく笑った。

「とりあえず、歩いてみない？」

遭難していたのなら下手に動かない方がいいとしても、これがただの遭難かどうかは、百人いれば全員が否定するだろう。

いきなり周りの人が消え、自分たちだけ妙な空間にいることを遭難と表現するとは思えない。

ただじっとしていることもいいとは思えず、二人は再び足を動かした。

「行きましょうか」

レンはそう言って大樹の魔剣を消し、先ほどの木も消してしまう。

隣でそれを見たリシアが、前に自分が抱いた疑問を思い返す。

「……不思議な力」

レンがどこからともなく取り出す剣によるものとはわかっているが、リシアはいままでレンを気遣い詳細を尋ねていなかった。

そして、レンはいま迷っていた。

リシアの呟きが彼の耳に届いていたから、考えてしまう。


……ここで伝えた方がいいのかも。


レンは今日まで獅子王大祭が終わってから魔剣のことを話そうと思っていたから、今日話すことになっても構わなかった。

しかし、この状況で混乱を招きかねない話をするのはどうなのだろう、とも思った。

それでもリシアと連携が取りやすいことの方が重要だろう、と魔剣召喚術のことを口にしようとしたところで、

「レンっ！」

リシアが立ち止まった。

急に霧が晴れてきて、少しだけ周りを見渡せるようになった。

レンとリシアは、そこで目の当たりにする。

「な——これは……ッ」

「……どうなっているの」

聖歌隊が立っていたはずの橋の奥、山道へつづく石階段と封印の前。

二人はいま、封印されていたその先に立っている。色濃い霧の封印……時の檻が自分たちを囲んでいるのを見て言葉を失った。


時の檻の中にいるとしか思えなかった。

レンはすぐ傍にある石階段を見て疑問を深め、リシアは時の檻を成す霧の壁をじっと眺める。だが外の様子は深い霧で視認できないから、彼ら二人には知る由もなかった。

時の檻に触れようとしても、見えない壁に押し返されてしまう。


……この前見た夢もそうだ。

ローゼス・カイタス近くの空を魔導船で飛んだ翌朝、思い出すことができない妙な夢を見た。

それからレンとリシアにしか聞こえない鈴の音と、蜃気楼のような視界の揺れ。

……俺とリシア様だけ、この状況に陥ってる？

ならこれはただ唐突な出来事ではなく、何らかの理由があって二人だけがこうして時の檻の中にいる。理由はわからないが、すべてが偶然ではないはず。

それかもしくは。

「俺が変なことを言ったから、神様が怒ったんでしょうか」

「変なことって？」

「この前、魔導船の会合で話したことです」

「それって……封印の中がどうなってるんだろうって話のこと？」

レンが首肯すればリシアが笑う。

「あんなことで神様が怒るはずないじゃない。怒られたのなら、同じ話をしていた私もよ」

冗談はさておき、どうするべきかが問題だった。

二人は周りを警戒するため身を寄せ合いながら、辺りを窺った。少し見えるようになった光景は相も変わらず、時の檻の奥にあったはずの場所である。

なぜこうなってしまったのかは想像できなかったものの、一つ確定的なことがある。

「どうにかして、外に出ないといけないわね」

だが、その手段が思い付かないというか……魔王軍を閉じ込め浄化する強固な封印を、内側から一組の少年少女が力づくで壊せるだろうか。

二人は口に出さなかったものの、それは不可能なことを理解している。

それでも、レンは冷静に考える。

たとえば、とてつもない破壊力だ。炎剣アスヴァルのような力があれば、もしかするとそれが可能になるかもしれない。

あれは炎の魔剣が姿と名を変え、アスヴァルに二度目の眠りをもたらした強力な魔剣だ。

しかし、あの魔剣を召喚できないから話にならない。

両手を後ろ手に組んだリシアがふと、考え込むレンを振り向いた。

「何か思い付いたの？」

思っていたことをどう口にするべきか迷ったレンは、居心地悪そうにそっぽを向いた。

するとリシアが回り込み、レンの顔を見上げる。

「何を考えてたのか言ってみて」

「いえ、あのですね……」

「言いなさい。言わないと――」

「言わないと……何ですか？」

さもなければどうするというのか、口にしたリシア自身思い付かなかった。

レンの頬に手を添え、まばたきを繰り返して思考に耽る。その仕草はどこか情けなく、自分でも何をしているのだろうと思ってしまう。

「それで、何を考えていたの？」

「いま、思い付かなかったからって話を戻しましたよね」

今度はリシアがそっぽを向いた。

レンは両手を伸ばしかけたが、さすがに同じことを令嬢にするのはまずいと思い手を止めた。

「封印を破る方法がないかと考えてたんですよ」

「無理よ。神様の力が宿ってる封印なんだから、いくらレンだって――――」

しかしレンは冗談を言っているように見えない。

二人はまっすぐ互いの目を見ながら、それだけで会話ができそうなほど通じ合っていた。それでも言葉にすること以上の確認はない。

リシアはやがて、レンの頬に添えていた両手を僅かに下ろした。


「あの力なら、どうかしら」


リシアは自分の目で見ていないし、レンだって意識を失う直前に少し目の当たりにしたくらいだったけれど、忘れもしない。

レンがリシアの胸元に手を置いて、彼女の魔石から力を得て顕現した魔剣がある。遠く離れた帝都に限らず、空を飛ぶ天空大陸からも観測できた光を放った魔剣だ。

もしかしたら、あれなら封印を破れるかも。

「いえ。あれは試したくありません」

レンはリシアが言いたそうにしていたことを察して首を横に振った。

「どうして!? すごい力だったんでしょ!? レンがどうやってあの力を使ったのかわからないけど、あれなら外に出られるかもしれないじゃない!」

魔剣のことを告げるのが嫌なのではなく、リシアの魔石が関係するから言いよどむ。

仮にあの力をもう一度使えたとして、次はどうなるかわからない。

普通の人間の身体に魔石はないが、力ある聖女の身体には宿っている。

この世界における常識にあてはめれば、魔石に負担をかけることは何一ついいことがないはず。

「教えて」

自分が外に出たいからというよりはレンのため、リシアは食い下がった。

遂にはレンが、リシアの目を見ながら理由を述べる。

「あれはリシア様が危険です」

「どう危険なの? すごい光だったっていう力に、私が巻き込まれて消滅してしまうかもしれないってこと?」

レンが首を横に振り、両手を上げてリシアの手に重ねた。

彼女の手をゆっくり下ろさせると、偶然にも彼女は自らの両手を胸元へ運び、祈るように重ねた。

奇《く》しくも、彼女の魔石が宿る近くだった。

「全部話します」

そう言いながら彼は、大樹の魔剣や鉄の魔剣、それに炎の魔剣などの自分が召喚できる魔剣を何もないところから立てつづけに生み出す。

リシアは見守り、耳を傾けつづけた。

「俺は、特別な力を宿した剣を召喚できるんです」

実際に魔剣をいくつも目の当たりにしたリシアは何も言わず、静かに相槌を打った。

レンはさっきリシアが驚いた自然魔法の理由も告げる。魔剣の進化も隠すことなく。

説明自体は難しくない。リシアは珍しい力だとは思っても、逆に言えばそのくらいの受け取り方だった。

「だからだったのね」

リシアはイェルククゥとの戦いの後、レンと共にクラウゼルへ帰ってから話したことを思い返していた。

あのとき、レンが唐突にリシアに魔石があるかと聞いてきた理由も、すべて腑《ふ》に落ちた。

「私に魔石があるか聞いたときのことを覚えてる？　私あのとき、すっごく驚いたんだからね」

「すみませんでした。俺も光の魔剣のことがよくわからなかったんです」

「もう……いいわよ。それで光の魔剣？　のこともいまはわかるの？」

「いえ、まったく。あれから召喚できてないので、他の魔剣と違って謎しかありません」

リシアの魔石の力が使われたことはわかっている。

無理をすればリシアの身体に差し障りがあることだって、言わなくともわかりきっていた。

「俺が危険だって言った理由、わかってくれましたか？」

「うん。わかってる」

レンの力のことを聞けた驚きや喜びに浸るより先に、彼が口を噤んでいた理由に対して。

ふっ、と優しく微笑んだリシア。

「レンが隠してた力のこと、それで全部？」

「はい。もう全部話せました」

話せたことで、レンは心が軽くなったような思いだった。

クロノアが言っていたように、ずっと秘密でいることは想像以上に大変だったはず。いまでは彼女の助言に感謝するばかりだ。

リシアが新たに微笑む。

レンの秘密を聞けて心に新たな熱が生じた。

「教えてくれてありがと」

より信頼関係が深まった、そんな感覚だった。

リシアが微笑みを浮かべたまま、

「やっと教えてくれたと思ったら、レンってば切なそうな顔をしてるんだもの。そんな顔で話さなくてもいいのに」

「光の魔剣のことは逆に、リシア様が軽く考えすぎなんですよ」

「レンはその逆ね。重く考えすぎ。もっと私を信用して一緒に考えたっていいじゃない」

頬に喜色を浮かべたリシアの声は、負けじと弾んで嬉しそう。

いまにも歌いだせそうなくらいだった。

「私のことを心配してくれるのはすごくうれしいけど……私はもっと対等な関係になりたいと思ってるのに」

「対等？」

「ええ。子爵令嬢と騎士の子供とか、そういうのは気にしたくないの」

その意識を変えることが難しいのはいまさらだった。

しかし、リシアの頭にある考えが思い浮かぶ。

秘密を明かしてくれたことへの喜びが心を急かすように、秘密の共有が彼女の心に変化をもたらした。

大きく息を吸ったリシアが、意を決した様子で口を開く。

「だからお願い。私のことはリシアって呼んで」


レンが首をひねる。

いまのリシアが見せる雰囲気は、レンに名前で呼ぶことを許可した当時に似ていた。

「これまでもリシア様って呼んでたじゃないですか」

「だから、そうじゃないんだってば」

「ええと……」

「リ・シ・ア。いい加減、私のことは呼び捨てにしてって言ったの」

言いたいことは理解できたが、唐突だ。

レンは苦笑しながら疑問を口にする。

「……急すぎるのと、いい加減って何がです？」

「一緒に過ごしてきた期間のこと。それに急なのは……そうね。いま、すっごく嬉しいからかも。イェルククゥのときは助けられただけだと思ってたけど、私の力も少しは役立ってたんでしょ？私、それが嬉しくてたまらないの」

それでもレンの活躍が大部分だった、リシアはそう思いながら「我慢できなくて言っちゃった」と告げた。

「名前で呼んでくれたら、私の魔石を吸うことは勘弁してあげる。とりあえずはね」

「交換条件にするのはずるくないですか⁉」

もちろん本気で交換条件にしたかったわけではなく、レンにじゃれつくような言葉にすぎない。

レンはしばらく迷い、やがて大きく息を吐いた。

こうした仕草をしてみせたレンが何を考えているのか、リシアは知っていた。彼はいま、心の整理を終えて頷くところなのだ。

「主君のご令嬢を呼び捨てることへの迷いはさておき、急に呼び方を変えると緊張しそうなので、最終的な判断は封印を出てからでいいですか？」

「…………むぅ」

たっぷり不満そうに唇を尖らせたリシアだったが、

「わかった。そのくらいなら喜んで妥協する」

一応、言質を取った。

リシアが素直に頷いたのはその影響で。

「約束通り、私の魔石の力を試してみるのは最終手段にする」

「え!? やめてくださったんじゃないんですか!?」

「ううん？ 私、とりあえずって言ったわ」

「うわぁ……聞き逃した俺も俺ですが、ずるいですね……」

リシアがくすくすと笑いながら歩きはじめた。

じっとしていても何も変わらないから、歩きながらこの後のことを考えたかった。

周りの様子を確認しながら救助を待つが、一時間経っても二時間経っても時の檻の様子は変わらなかった。

「クロノア様が仰っていたわよね。封印を作り出すための魔法陣と、魔道具が存在するって」

「何か異変がないか、様子を見に行くんですね」

「ここにいても何も変わらないのなら、できることをしないと。……水と食料もないんだしね」

リシアが明言しなかった先は、救助に時間が掛かりすぎたら自分たちが死ぬということ。

「行きましょ」

ローゼス・カイタスの中央へ通じる石階段を人が歩いたのは、もう遥か遠い日のことだ。

誰もが予想していなかっただろう状況下で、レンとリシアの二人だけが、迷うことなく足を動かしはじめた。

目指すはローゼス・カイタスの中心、石階段を上った先の巨大な神像が並ぶ場所。


しばらく石階段を進むと、見通しがよりよくなっていた。

濃霧が二人の行く手を遮るとまではいかなかった。早朝、森に入ったときのそれと比べても視界が開けていたと言えるくらい。

つづら折りになっている道は長く、一人で歩いていると心細くなりそう。

けれど、二人でいればそんな気持ちにはならなかった。


話をしながら二人が歩く石階段の端、木々の下に小さな祠《ほこら》があった。

その痛々しい姿に、二人は足を止め祠の手前で膝を折る。

「戦いの痕ね」

「落ちてるのは、当時の名残でしょうか」

石造りの祠はほとんどが崩れていた。

血痕こそ残されていないが、レンは祭壇の下に落ちた古びた剣を見つけた。その近くには聖職者の物と思しき杖があった。

こんなことをしても気休めにしかならないが、祠の前で膝を折った二人は指を組み、目を伏せる。

祈りを捧げてから、再び石階段を歩きはじめた。

そういえば、とリシアが、

「私たちが歩いてる階段もボロボロね」

魔王軍も、魔王軍と戦った皆も既に遺体は浄化されて残されていない。

だが戦争の傷跡は、二人の心に筆舌に尽くしがたい感情を生じさせた。


やがて、山を抉るようにして設けられたローゼス・カイタスの中心が見えてきた。

また十数分歩いた二人は最後の一段を上り終える。眼前の広場はそれまでより視界がはっきりしていた。

山肌に沿って扇状に並んだ多くの巨大な神像はそのすべてが半壊、あるいは全壊している。

広場の端の石畳には、神像の頭部が抉れ込むように落ちて砕けている。中でも一際巨大な神像があった。きっと、主神エルフェンを模したものだ。

神像の足元には武器や防具に加え、大きな灰色の布が落ちている。

どれも瓦礫《がれき》や埃を被《かぶ》っていた。

「…………」

悲惨さを前に黙りこくってしまったリシア。

隣にいたレンが一歩先へ進むも、石畳に広がるまばゆく巨大な魔法陣、複雑な文様を見て立ち止まった。

ところどころ文様の光が欠けたように消えている、明らかな違和感が気になった。

「レンも気が付いた？」

「はい。でも、何か変ですね」

魔法陣の中心に何かが浮いていた。リシアとレンが目を凝らして眺めると、浮いているのは白銀のネックレスだとわかった。

あれが封印の中心、時の女神の力が宿った品だろう。

やはり、魔法陣の一部に違和感があったのは無視できない。

「あれ、壊れてるとかなんでしょうか」

「どうかしら……壊れてるって表現が正しいかわからないけど……ちょっと変だと思う」

「……ですよね」

「……せっかくだから、一緒に見に行ってみる？」

魔法陣に足を踏み入れていいのかわからなかったけれど、リシアとレンの二人が魔法陣の前に立つと、中央へ向かう道が現れた。

魔法陣の下に隠れていた石畳が、一つずつ隆起して道になる。

二人は先へ進むべきか、もう一度逡巡《しゅんじゅん》した。しかし黙っていても状況が変わらないこともあり、意を決して石畳の道に足を踏み出した。

道から足を踏み外さないよう、レンがリシアに手を貸して。

慎重に歩いた二人が魔法陣の中心に立ったのは、数十秒後。

リシアが目の前のネックレスを見て呟く。

「いざとなったときはこれを壊せば――――っていうのは冗談だからね？」

白の聖女として随分な言い草だったが、いきなり封印の中に巻き込まれた身としては致し方なかった。

「俺たちの力で壊せるかどうかですけど、最終手段ですね」

「ふふっ、でも壊さないで魔法陣から避けるとかでいいのかも。きっとすごい魔道具……じゃなくて聖遺物のはずだから、壊すのは気が引けるわ」

「ですがそれ、封印を破る時点で割と同じじゃないですか？」

「そうかもしれないけど……気持ちの問題よ」

リシアが唇を尖らせ「……バカ」と言ってレンを見上げてから間もなくだった。

二人が見るネックレスが唐突にまばゆい閃光を放ったと思えば、そこから溢れ出た光の粒子が一か所に収まった。

ネックレスは石畳の上に落ちて、魔法陣の光が勢いを失いはじめる。

光は僅かに二人の足元で煌めいていた。

「レン！」

リシアは驚きつつも、レンに満面の笑みを向けた。

「もしかして私たち、これで外に――――っ」

どこかで、かたり、と瓦礫が動く音がした。

いち早くその異変に気が付いたレンが身構える。リシアの笑みに応える前に、反射的に彼女を抱き寄せてネックレスの傍を離れていく。


刹那、天空から舞い降りた深紅の巨剣。

白銀のネックレスは、粉々に砕け散っていた。

魔法陣の外へ駆けながら、

「ッ――――本当、今日はどうなってるんだよ！」

レンがリシアを連れて魔法陣の外へ向かう途中、もう一本、つづけてもう一本。

極め付きに四本目の巨剣が二人を貫かんと降り注いだ。


ようやく魔法陣を脱して振り向いた二人。

砕け、砂塵舞う石畳の中心を見ながらリシアが。

「封印を守る存在!?　それとも魔王軍の生き残り!?」

砕けた石畳の破片が雨のように落ちてくる。

レンが目を細めて砂塵の奥を見つめた。

五メイルかそれ以上もありそうな巨軀と、金の彫金が施された漆黒の甲冑。四本の腕と、片方の肩に纏った布。ネックレスを砕いた巨剣を石畳から抜き去り、レンとリシアが魔法陣の外に逃げる最中に襲ってきた巨剣を手にする魔物。

　明らかに、レンとリシアに向かって歩を進めていた。


「……魔王軍を率いていた将」


　忘れもしない、学院での出来事。

　実行委員の部屋で見た古い本に描かれていた、魔王軍の将の姿そのものだ。

　肩に纏った布の色が違うこと以外は図鑑に書いてあった通りだ。巨大な紅玉《ルビー》を切り出して剣身にしたような深紅の巨剣を、四本の腕で余すことなく構える姿に息を呑まされる。

　リシアは軽く息を吐いてから、仕方なさそうに言う。

「ねぇ、私たちは誰に怒るべきなのかしら」

「とりあえず、エルフェン教は確実ですね。封印の管理がなってません」

「ええ……けど、抗議するためにはあいつをどうにかしなくちゃ」

　二つ、疑問があった。

　一つは先ほどのネックレスが二人の来訪を受けて急に石畳に落ちてしまったこと。もう一つは、やはり自分たちが巻き込まれた理由が不明であること。

（確かめるには、生きてここを出るしかない）

幸いにも相手の動きがかなり鈍い。

魔法陣の中に飛び込む胆力は恐れ入るが、そもそも長きにわたりこの封印の中にいたのだ。恐らく封印が弱まったから動き出せるようになっただけで、この空間で動くのは堪《こた》えるだろう。

――――いや、それどころか死にかけのはず。

(でも、どうして生き残っていたんだ)

いくら魔王軍の将だろうと、何百年もこの封印の中で生き延びられるだろうか。

何か特別なことがあって――――そうじゃないと、時の檻に抗《あらが》えないはず。レンは魔物が肩に纏った布を見た。

本には蒼い布として描かれていたはず。

いまは灰色だ。

あの布が特別な力を持っていて、魔物を時の檻の中でも生き永らえさせた。動物が冬眠するかのように、長い時を過ごさせた。

だから布が何らかの力を失いつつあったことで、色も消えたのかもしれない……という予想。

レンはリシアと情報を共有してから、

「俺たちができることは二つあります。一つは戦ってあいつを倒すこと。もう一つは、逃げながら時間を使って封印が解けるのを待つことです」

巨軀の魔物が歩足を動かすたびに石畳が割れる音。

砂塵の奥で、二本目の巨剣を振りかざした姿が影になって現れる。

「……封印がいつ解けるかわからないけど、外に出られる可能性もあるわね」

「そうです。だから戦いは避けた方がいいはず」

リシアも頷き同意する。

二人は踵《きびす》を返すようにローゼス・カイタスの広場に背を向け、石階段へ向かうため足を動かす。

相手は魔王軍の将を務めた魔物。安易に戦うことは選べない。


だが、逃げ道は限りなく少なくなった。

不意に山肌や地面が砕け散り、抉れた岩石が浮かび上がって辺りを円状に取り囲む。紫電が岩石と岩石の間を迸る超常現象に見舞われた。

星殺ぎでも打ち消せないほど、強力な魔法によるものだった。

天球も赤く染まり、その先の封印が歪《ゆが》んで見えた。

予定していたように二人で逃げるのは、どう見ても難しい。


……やるしかないのか。


確か奴は、魔王の配下に加わる前まで剣魔と呼ばれていた。

四本の腕から放たれる剣戟は、いったいどれほどのものなのだろう。

「俺がどうにかしてあいつを引き付けます」

「え？」と驚いたリシア。

魔法陣の中央に陣取っていた剣魔が四本の腕を振り回し、レンとリシアを見た。

後手に回れる余裕はなかった。星殺ぎで打ち消せない魔法を相手が使うのなら、力の差はそれだけでわかる。

「何とか時間を稼ぎますから逃げてください！　少しでも離れたところに！」

剣魔が歩き出そうとした寸前、レンが踏み込む。

砂塵の先、巨軀の剣士を止めるために。

「魔王教どころか、魔王軍の将と戦うとは思わなかったな……！」

五メイルを超す巨軀へ、レンが鉄の魔剣を振る。

鋭利な剣閃は音を置き去りに、刃のように鋭い風を纏っていた。

『オォォオオオオオオ――――ッ』

唸《うな》るような鳴き声を放ちながら深紅の巨剣を振り下ろした剣魔。

下から受け止めたレンが「ぐっ！」と呻《うめ》いた。

押しつぶされる可能性が彼の脳裏をよぎると同時に、全身が神聖魔法で漲るのを感じた。

驚くより、剣を振る。

レンは剣魔を鋭い目つきで見上げ、膂力の限りを尽くした。

「はぁああッ！」

『――――ッ!?』

深紅の巨剣を押し返す。

けれどもう一本の巨剣が振り下ろされる直前、それは弾かれた。

白い輝きを放つ、リシアの剣により。

レンは彼女に顔を向けずに言う。

「逃げてくださいって言ったはずなんですが！」

「私は頷いてないわよ！　レンを置いて自分だけ逃げるくらいなら、死んだほうがまし！」

白焉で深紅の巨剣を弾いたリシアの、迷いがない声だった。

一瞬生じた剣魔の隙を見逃さず、レンが足元に踏み込み鉄の魔剣を振る。切り裂くなど不可能。

鉄の魔剣は傷一つ作れず弾かれた。

手元に迸った痺《しび》れに眉をひそめ、舌打ちをしたレンが口を開く。

「さすが、魔王軍の将！」

あれほどの硬さははじめてだ。

どうすれば傷を付けられるか想像もつかないが、幸いなのは、剣魔が目覚めたてなことと封印で相当弱っていること。

だが、剣を交わすたびに、剣魔が放つ圧が増していたことが気にかかる。

「来るわ！」

肉薄する。鉄の魔剣が剣魔が手にした深紅の巨剣に。

最初に比べて剣魔の力が増しているのは、決して勘違いではなかった。剣圧そのものも魔法の一種なのか、砂塵を伴い視界を奪いながら猛威を振るった。

「ぐっ……！」

幾本もの巨剣が振り回されるたび、肌を切り裂く旋風が舞い上がった。巨剣の深紅に負けじと赤い鮮血がレンの頬ににじむ。

それにもレンは、惑うことも怖けることもない。

「このくらい――どうってことない！」

レンは迫る巨剣の一本を軽い身のこなしで躱《かわ》し、二本目は巨剣の腹を足蹴に駆け上がった。横に薙《な》がれた三本目は盾の魔剣で僅かに弾いた。


残る一本、四本目の巨剣。

レンが鉄の魔剣を振り下ろす速度が、剣魔が巨剣を振り上げる速度に勝った。

だが剣と剣がぶつかり合うと、力の差に圧倒される。

「っ……」

「レン!?」

幼い頃、父のロイと訓練していたときのように、情けなく。

後から振り上げられた巨剣がレンを身体ごと弾く。

弾き飛ばされたレンの身体は途中でリシアに抱き留められ、彼女に庇われながら壊れかけの魔法陣の中へ戻った。

彼の手の甲にできた擦り傷から血が流れる。

「……封印が弱まるにつれて、強くなってるみたいね」

口を開いたリシアがレンの怪我を癒やしながら言った。

二人が戻った魔法陣の光は、もう弱々しいそれだった。

「俺が弾き飛ばされたときの剣魔、すごかったですか？」

「……ええ。いままで見たことないくらい」

踏み込みは巨軀に見合わぬ疾さを誇る。

脅威を視認したリシアはまばゆい光の壁を何層にも生み出す。

深紅の巨剣が振り下ろされると、まるでただのガラスのように砕け散った。……これは所詮、多少時間を稼ぐためのものだ。

「後のことを考えてる余裕はなさそうね」

光の壁が砕けつづけることを恐れず。

彼女の足元から生じた魔法陣がレンを巻き込み、二人の膝や腰、肩まで幾重にも重なった。数年先の自分たちの力を召喚したと言われても信じてしまいそうな、別格の力を感じる。

薄く残る時の檻の魔法陣が、リシアに反応して瞬く。

神聖魔法の真価。まばゆい閃光は、時の檻の輝きにも勝っていた。後先を考えてなどいられない。

いまできる最大限の神聖魔法を行使しなければ。

光の壁が崩れていく。

深紅の巨剣を振り下ろした勢いで石畳まで抉れ、割れる。圧倒的な膂力は石畳を容易に粉々にし、多くの砂塵を舞わせた。

レンがリシアの隣、すぐに前に出られるように立つ。

「……ねぇ、レン」

リシアが口を開き、レンの顔を見上げた。

「こんなことになるなら、帝都のお祭りに参加していたかったって思う？　あっちにいれば、戦うのは武闘大会に参加した同年代ばっかりだったし、今頃私たちが決勝で戦ってたかも」

「いえ、別に後悔はしてません」

「ふふっ、レンならそう言うと思ってた」

「とはいえ、祭りの名前の最後に『裏』ってつけたいところですけどね」

二人が顔を見合わせて笑う。

帝都で行われている巨大な催しの裏側で、こんなことになっているなんて誰が想像するだろう。

自嘲したレンは、表舞台の裏側で死闘を演じるその前に、

「これも俺たちらしいのかもしれませんね」

「ええ。表舞台を離れて戦うのって、本当に私たちらしいかも」

この後の激戦を前に、ゆっくり言葉を交わす。

これが最後の時間になるかもと思っていたわけじゃない。これが二人にとって落ち着く術だっただけ。

「……いまさらですが、やっぱり避難してくれませんか？」

「バカ。ほんとにいまさらだし、無理なことはレンもわかってるでしょ」

リシアはレンの言葉に苦笑して、白焉を握る手に力を込めた。

彼女の象徴ともいえる名剣を握る手は決して震えることなく、隣に立つレンを見上げて微笑む表情からも恐れは見えない。

彼女は周囲に舞う砂嵐の先に理不尽を見ながら、

「それとも、隣に立つ相手が私では不満なのかしら？」

迫りくる砂嵐に対し、レンが鉄の魔剣を一閃。

魔法の一つだった強風がそれによって雲散したところで、リシアはレンの一歩前に出て振り向いた。

なおも可憐に、そして美しい笑みを浮かべていた彼女がレンに手を伸ばす。

彼女の指先から生じた光の波が、レンの身体を包み込んでいく。

「どう？」と彼女が声に出さず瞳で挑発的に告げる。

「こんな状況なのに、リシア様はいつも通りですね」

「死んでしまうとしても、隣にレンがいてくれるなら十分よ。ただ、死ぬのが何十年か早くなるだけだわ」

「────そう、ですか」

レンはリシアの手を取った。

一際強い閃光が二人を包み込んでいき、互いの身体に力が漲った。

「怪我をしても怒らないでくださいよ」

「くどいわよ。聖女の手を取ったのだからレンも覚悟なさい」

数多の神像は風化して、はたまた魔王の側近の手により多くが砕けている。それらを傍目に、リシアはレンの傍で微笑んでいた。

疑うはずもない。

彼といれば大丈夫────絶対に。

「昔より強くなった私の神聖魔法、楽しみにしてて。もしかしたら、レンの魔剣も切れ味がちょっとよくなってるかも」

最後の、光の壁が砕け散った。

迫るは幾本もの巨剣、深紅の絶望。

レンが息を吸って踏み込み、雄々しく吼える。

「はぁぁあああああッ！」

さっきはなかった、そして見せつけられなかった力で巨剣を弾く。

微かな一瞬の隙が生じて────

「レンは強いでしょ」

彼の強さを誇ったリシアが剣魔の懐から、地面を蹴って剣魔の首元へ。

「でも、ここには白の聖女《わたし》もいるんだから！」

相手が強大な存在だろうと、少しずつ傷を付ければいい。

剣魔は回避を試みるも、黒光りする甲冑の肩が神聖魔法の力を帯びた白焉に貫かれ、漆黒の煙が漏れ出した。

揺らいだ巨軀を支えるように剣魔が半歩後退。

甲冑の黒が僅かに艶を失う。

「レン！　このまま――――」

「はいッ！　もう一度――――」

しかし、希望を抱きはじめた剛剣使いたちが立ち止まった。

剣魔の巨剣が四本、剣身と同じ深紅の波動を纏う。

見ているだけでわかる。暴力を極めた魔力の波。

順調に思えたことが勘違いだったと言わんばかりの、力の塊だ。

『陛下ノ……』

はじめて発せられた剣魔の言葉。

『御許ニ――――！』

四つの腕を翼が如く広げ、大股で駆け出す。

それは、二人が目を疑うような光景だった。

深紅の巨剣が通り過ぎた後には赤黒い光の残像が幾重にも残る。剣を振るたびに響く音は、男女どちらか区別のつかない怨嗟《えんさ》だ。

瞬く間に二人の眼前へ近づく剣魔の前に、レンが立ちはだかる。

やはり、剣魔の巨剣は何らかの魔法により強化されている。

（だったら、殺げばいい！）

レンは鉄の魔剣を振り上げて星殺ぎを行使。想像していた以上の衝撃でレンの態勢が一瞬で崩れるが、巨剣が纏った赤黒い波動は僅かに消えた。

『グォオオオオオッ！』

だが、他の三本は違った。

効果があったのは一本だけで、しかもごく僅か。剣魔の圧は増す一方で、二振り目すら耐え切れず鉄の魔剣が砕け散る。

ギリッ、と歯を食いしばったレンと、レンに迫る深紅の巨剣を見て飛び込もうとしたリシア。

将の猛威は二人の想像を遥かに上回り、蹂躙《じゅうりん》した。

『ゴォッ！　ガァァアッ！』

巨剣を振るたびに威圧的な声が響く。

リシアが本気で使う神聖魔法で強化されていても、これでようやく延命できただけ。

レンも諦めてなどいなかった。

しかし、このまま戦っても勝てないことを確信していた。

（……あれがあれば）

剛剣技における剣聖の証《あかし》、かの戦技があれば剣魔にも大きなダメージを与えられるはずなのに。

それがどこまでも遠く、扱える気配がない。

『ゴォオオオオオッ！』

考えている間にも迫る巨剣を防ぐも、鉄の魔剣があっけなく砕け散る。

黒鉄色《くろがねいろ》の剣身が砕け散る姿を目の当たりにしながら、頰に汗を流し、死を予感させる様々な感情に苛まれたレンは歯を食いしばった。

すぐ近くで戦うリシアの心配する顔を見て、賭けに出る。

「焼き尽くせ！」

空中が割れて、持ち手を覗かせた炎の魔剣が圧を放つ。抜き去ると同時に切り上げれば、かの龍王には劣るとも強力な炎が剣魔を包み込む。

『ッ!?』

レンが森で使っていたときと違う、黄金の炎だ。

「リシア様！」

「ええ！」

炎から逃れようと腕を振る剣魔の巨剣からごお、と風を切る音がした。剣魔は意識の多くが炎の魔剣に向いていたこともあり、リシアはそこでいま一度懐に入り込む。

剣魔の腰に向けて突き立てる白焉の一撃を遮ろうとする巨剣は、リシアの背後から生じた炎に防がれた。

一本の巨剣に放たれた強烈な炎で、剣魔はその一本を弾かれてしまう。

剣魔はそのまま手を伸ばし、白焉を掴み取ったのだが――

「すごく痛いわよ、それ！」

水が蒸発するような音が剣魔の手元から白い煙を伴って生じた。

呻き声を上げながら、それでも剣魔の兜《かぶと》の奥で瞳の代わりに魔力が煌めく。巨剣は瞬く間に波動を纏い直した。

これでは一方的にレンとリシアが消耗するだけ。

炎の魔剣で巨剣の力を剥がせたところで、すぐに元通り。

『陛下ノ――御許ェエエエエッ！』

四本の巨剣を振りながら行使された強力な魔法の数々。

不意に二人の背後の地面が崩れ、瓦礫が禍々しい魔力を纏って宙を行き交う。

山肌が地響きを伴っていたるところで隆起する。さながら、アシュトン家の村にあったツルギ岩のようだ。

磨き上げられた岩の表面を紅い雷が、巨剣を振るたびに二人へ迸ろうとしていた。

「俺に考えがあります！」

リシアが神聖魔法の壁を生み出そうとしていたのを、レンがこの言葉で止めた。

必死に敵の攻撃を躱し、耐えながら。

「私は何をすればいいの!?」

「これまでと同じように、神聖魔法で俺を支えてください！」

「ええ！　その後はどうすればいい!?」

「耐え切ってから仕掛けます！　そのときも俺が命懸けで隙を作りますから、俺に何があっても剣魔を貫くことだけ優先してください！」

「……最後の一撃に懸けるのね！」

リシアの力を温存しなければ二人に未来はない。

剣魔の攻撃があまりにも多くの方向から襲い掛かってくるから、盾の魔剣も使えない。

「絶対に、支え切ってみせるから」

はじめて頼られた気がした。

あのレンが、まさか自分にさっきのような言葉を口にするとは思ってもみなかった。

けれど喜ぶのは後だ。浮かれていると死んでしまう。

遂に迫る剣魔の攻撃のすべて――――レンを信じたリシアはそれらに一切臆せず、来《きた》るべきときに備えて神聖魔法を行使する。

「はぁぁあああああッ！」

レンが炎の魔剣を横薙ぎ、生じた炎で瓦礫をほとんど灰も残さず焼き尽くす。

小さな破片が彼の頬を掠《かす》め、じわりと出血。まばたきする暇もないうちに雷が届くも、炎の魔剣を振り下ろし星殺ぎで防ぐ。

つづく連撃の中。

波動を纏う巨剣を剣魔が四本同時に振り上げ、これまでにないほど魔力を滾らせると。

『オオォォオオオオオッ！』

レンの咆哮《ほうこう》に応えるかのように、剣魔も声を上げ巨剣を振った。巨剣が纏う波動がすべて交わると、螺旋《らせん》を描きながら巨大化する光弾へと変わり放たれた。

刹那に、レンはあれを星殺ぎでは防げないと悟った。

いまのリシアの手助けがあっても――――絶対に。

だが、レンは背中に感じた温かさで落ち着いていた。

「レン」

リシアがレンの背に向けて微笑む。

彼の言葉を何一つ疑うことなく、信じていた。

「リシア様、少しだけ待っててくださいね」

「ええ。レンも私のことは心配しないで、前だけ見ていて」

防げないと悟ったから、どうしたというのか。

エドガーの……魔法を用いる剛剣使いの特別な戦技を強くイメージして、持ち手を握る手に力を込めたレンが深く呼吸する。

あれは未完成の代物で、訓練で得られた達成感は僅か。

それでも、いまのレンは普段よりすべてにおいて高まっている。

やれなかったときは二人とも死ぬだけ。


……なら、やるしかない。


もはや目と鼻の先まで迫っていた光弾を、レンは炎の魔剣を振り上げて放つ。

森で練習を繰り返した、自分だけの戦技を。


『────!?』


この世界で、最も美しい炎だった。

煌々《こうこう》と黄金に輝いた火花がダイヤモンドダストに酷似。二人の眼前に生じた黄金の壁は、剣魔が放つすべてを例外なく消し去る。

「……ほんと、すごすぎるんだから」

黄金の炎を纏う剣を手に前へ進みはじめたレンの耳に、リシアの声が微かに届いた。

剣魔の足が黄金の炎に封じられた。

甲冑は溶解していなかったが、表面の艶は少しずつ消えていた。

剣魔は上半身を抱くように腕を寄せ、広場を囲む魔力や瓦礫を再び引き寄せる。

レンが炎の魔剣を構え、リシアに迫るすべてを焼き尽くすも、絶えず瓦礫と魔力の結晶が猛威を振るった。

……忘れるな。


奴は魔王軍の将を務めた魔物だ。

一度奴の大技を防げたところで、それだけで済む保証などない。

剣魔の背を取ろうとしていたリシアが雷に怯んだことで、背の憂いが消えた剣魔が四本の巨剣を振り回す。

剣魔は冷静に、そして冷酷に。

『オォオオオオオッ！』

最大の敵《レン》を殺すために雄叫《おたけ》びを上げた。

もしもリシアが背中から襲い掛かってきても、まずはレンを殺す。それほどの殺意を彼にだけ向けて、巨剣でねじ伏せることに執念を。

相対するレンの炎の魔剣が砕け散り、彼が無防備になった。

「く……」

魔力の消耗に頭痛を催しながら、レンは懸命に魔剣を再召喚する。

だが剣魔は常に大技を駆使している。宙を行き交う瓦礫や雷、波動を放つ敵に対してレンはあまりにも力不足だった。

「こ、の————ッ！」

ふざけるなよ、と心の内で苦笑いしていた。

どうして自分とリシアがこんな目に遭うのか、砕かれた神像に文句を言いたかった。

でも言わなかったのは、諦めていないから。文句を言う暇があったら、どう対処するべきか考えていたかった。

懸命に後退しながら戦うも、その動きすら剣魔が上回る。

剣魔はレンが炎を放つより先に、すべての動きを封じ切っていた。


……そんな顔、しないでください。


剣魔の背中越しに見えたリシアの悲痛な表情を見て。

まるで、自分が負けるように思われている。

実際にはそうでなくとも、リシアはレンの身を案じつづける。それを見たレンは胸を締め付けられる思いだった。

リシアにあんな表情を浮かべさせているのは自分だ。この状況に陥った理由などはさておき、戦いの最中に彼女を心配させているのは紛れもなく自分なのだ。


だからこそ、憎い。

俺を完膚なきまでに蹂躙する相手のことが、とても憎い。

レンは鋭い眼光で剣魔を見つめ、

「死ぬことなんて、もうずっと前から恐れてない――――！」

盾の魔剣を召喚し、それを携えた片腕を伸ばす。

魔力の盾を幾重にも重ね、後退を止めて前に突き出した。もう一方の手には、召喚し直した炎の魔剣。

この戦いの中、消耗や戦い方の観点から避けていた二本同時召喚。

『オォォォオオオオオオッ！』

「簡単に殺せると思ったか――――剣魔！」

『……!?』

明らかな弱者に対し、恐れを抱くという矛盾に駆られたかのような剣魔。

されど剣魔は、レンの身体を切り裂くことだけを考えて巨剣を振るった。

一振りで何層もの魔力の盾を砕き、二振り目には盾の魔剣ごと、レンの首元から胸、そして腹を目掛けて一文字。

レンが呼吸を荒らげながら心の内で。

……まだ、生きてる。

実際にはどれほどの重傷か想像もつかないが、十分だ。

痛みに頬を歪めたレンの身体に向けられた三振り目を、身体をコマのように旋回して躱した。

残された四振り目、最後の巨剣は、残る力をすべてつぎ込んだと言ってもいいほどの炎で受け止めて――――。

鍔迫《つばぜ》り合《あ》いに入った巨剣を黄金の炎で溶かしきる。

レンはその勢いのまま、剣魔の肩口へ向けて炎の魔剣を振り下ろした。

「あああああああああああああぁぁああああッ！」

痛みに喘《あえ》いだのか、咆哮なのか自分でもわからなかった。

明らかなのは、相手の腕を一本奪ってやったこと。切り口から溢れ出た剣魔のエネルギーが、辺りの空気を黒く汚す。

石畳に膝をつき不敵に笑うレンを見下ろした剣魔が、巨剣を振り上げた。

「お願い……だから」

悲痛な声を上げたリシアが見る先、出血で目が霞みながらもレンは一矢報いようとしていた。

リシアも剣魔を止めるべく飛び込むが、彼女ほどの腕があっても対抗できないのが剣魔だ。前衛のレンがいなければ果てしなく儚《はかな》い。

剣魔が振る巨剣を真正面から受け止めるも、堪えられたのは一瞬。

全身に押し寄せた経験したことのない圧によって身体が弾き飛ばされた衝撃で、リシアの肺の中から空気が抜けた。

「っ……」

痛い。

痛すぎて戦いのことを考えることすら難しかった。

けれど一つだけ――少し離れたところで這《は》いつくばりながらもレンを見ることだけは、絶対にやめなかった。

常人ならすでに息絶えている深手を負わされながら、それでも立ち向かおうとするレンの姿。

その彼を見て、

「も……う……」

リシアが砂利を握りしめ、涙を流して叫ぶ。

「……もう、やめて……っ」

レンに巨剣が振り下ろされる光景を、目の当たりにしながら。

強烈な痛みで辛かったのに、それでも声を立てた。

「……私の大切な人を――それ以上傷付けないでっ！」

光だった。

白銀の光を纏う、ガラスに似た翼がリシアの背中から現れる。

何事かと思うより先に感じる神秘に、レンは言葉を失う。

大きく広げられた翼は、やはりガラスが並んだようにも見えた。

翼が放つ光の粒子が剣魔に届いて、甲冑を溶かしていた。

いくつもの閃光が放たれる。剣魔はレンを殺すより先に閃光の対処に気を取られ、巨剣を振って受け止めたのだが、

『グ、オォオオ……!?』

閃光は容易く剣魔の身体を貫いた。

代わりにレンの身体は閃光に触れるだけでたちまち治り、死に至りかけていた傷の痕すら窺えなくなった。

心なしか、肌にも活力の色を取り戻しつつある。

『……オォ……ッ……』

閃光は止まる様子がなかった。

驚くレンは一つ冷静に、ある事実を視界に収めた。

何か、変だ。

あまりにも不可思議な状況に、レンは霞む視界の中でリシアの顔を見た。

「リシア……様?」

リシアはいつからか、両手で上半身を抱えながら身体を丸めていた。彼女の意思とは別のように、

翼から閃光が放たれつづける。

レンは考えるより先に、彼女の傍へ駆け寄った。

◇◇◇◇

白い空間にいた。

リシアはその白い空間の中で、母の胎内にいる赤ん坊のように丸まって漂う。

どこからか、鈴の音が聞こえてきた。レンとリシアがこの封印の中に迷い込む前にも耳にしたあの音色だ。

「…………」

漂う自分は、どこへ向かっているのだろう。

大好きなレンの気配が遠くなっているような気がして、リシアは怖かった。

わけもわからず、どんな抵抗もできなかった。

「…………」

何も声に出せない。

辺りを見ようにも体勢すら変えられない。

途中から、リシアは誰かに呼ばれているような気すらしはじめた。

誰かわからなかったが、女性の声で呼ばれていた。声の主が自分をどこかへ連れていこうとしているとリシアは感じた。

怖い。

怖くてたまらない。

「…………」

イヤだ、と言うことはできなかった。

言いたかったのに、何一つ抗えなかったから。

考えることもできなくなりつつあった。


まるで自分が自分ではなくなるような。

リシアという個人が消されてしまうような。


五感も消え、意識も遠のきはじめた。

このままだと自分はどうなってしまうのか、それすらも考えられなくなってしまいかけたのだが、

「…………？」

自分の身体を抱く腕に、誰かの腕を重ねられた気がした。

心安らぐ、温かさを伴って。

『――――ア様』

白い空間に響き渡った声が、漂いつづけていたリシアを繋ぎとめた。

もう何もかも、目を開けないからわからないはずだったのに……リシアは自分を呼ぶ声を理解できた。

消えていたはずの五感も、消えかけていたはずの意識も、瞼《まぶた》を開けられそうな感覚も。

『――――シア様！』

また、鮮明に聞こえてきた声。

……彼のところに、帰りたい。

この何もわからない状況下で、リシアはそのことだけはっきり考えられた。

だけど、自分をどこかへ連れていこうとする気配も消えていない。

「…………ン」

まだ、怖くて怖くて、抗うように、

「…………レン」

彼の名を呼ぶ。

瞼を開けて、辺りを見た。

これまでリシアを呼んでいた何かは見えないが、辺りを満たす輝きは恐ろしいほど聖《きよ》く、どこまでも神々しかった。

リシアは神々しさに抗って、レンの声にだけ応えた。

「レン！」

私はレンの傍を離れる気はない――――と強く心に思った。

すると、胸の中にある魔石が強烈な痛みを発した。両手で押さえつけるも変わらず、リシアは痛みに顔を歪める。

何か、強い力によって命令されているようにも思えた。

「……やめて」

自分が傍にいたいのは、よくわからない光なんかじゃない。

「レンの傍……なの……っ！」

世界にひびが入りはじめていた。

比例して、リシアの魔石に訴えかける強制力は増していく。

だが、それを上回る、まるでリシアを自分のものだと言わんばかりの……そんな別の強制力がリシアの魔石の痛みを払う。

「……え？」

リシアを襲う不快感が一瞬で消え去った。

彼女を襲う強制力は突如として現れた別の存在を嫌い、リシアから遠ざかっていく。

そして、

『――――リシア！』

彼の声が響き渡ると、白い世界は粉々に砕け散った。

◇◇◇◇

元通り、と言えるのだろうか。

「……レン？」

目覚めたリシアの背に翼はなく、いつもの姿に戻っていた。

リシアが目の当たりにしたのは、膝に抱いた彼女を見下ろすレンの顔だ。

さっきまで必死に呼びかけていた彼の顔に安堵が見える。手を伸ばした彼は、リシアの頬にその手を当てて微笑んだ。

……彼に微笑まれるだけで、こんなにも安心できてしまうなんて。

「はい。俺ですよ——リシア」

「……レン、私の名前……」

「本当ならここを出てからの予定でしたが、あまりにもリシアが起きなかったので」

「あ、あははっ……もう。私が起きなかったからって、いきなり呼び捨てにするのはズルいじゃない」

「そんなの、急に寝たリシアが悪いんですよ」

リシアは頬に添えられていたレンの手に自分の手を重ねた。

彼の傷が治っていたことを知らずに神聖魔法を使うと、決死の覚悟で使っていたさっきより何故か効果があった。

「あのね、レン」

レンが声を出すことなく頷く。

「……勝手に人の魔石に命令しないでよ。ばか」

「ま、魔石に命令？　してないですけど……何があったんですか？　さっきのすごい攻撃もそうですし」

「どっちもわからないけど、レンが私の魔石に命令したみたい」

「俺は別にリシアに命令してませんって！　ってか、魔石に命令って何ですか!?」

「……私もよくわかってないの。でも、そんな感じなんだってば」

さっきまでの妙な強制力は一切なかった。

状況はさっぱりわからなかったが、リシアは幼い頃のようにレンが救ってくれたのだと、彼が傍にいてくれたからなのだとわかった。

彼女が胸に秘めた魔石も、そう言っているような感じがした。

いまあるのは、レンに神聖魔法を使うといつも以上に効果がある事実。魔石そのものが、彼にだけ力を尽くしているような感覚だった。

「レン、剣魔は？」

レンはリシアを座らせると、戦いを終わらせるために一人で立ち上がった。

「……レン？」

心配そうに言ったリシアにレンが微笑みかける。

「まだいます。リシアの閃光と俺の炎で、あっちに」

剣魔はリシアが放った閃光により全身にひどい損傷を負い、また、リシアが気を失っている間にレンが放った劫火《ごうか》で広場の端まで追いやられていた。

剣魔が衝突した衝撃で神像がまた一つ崩れ、瓦礫の中から姿を見せたところだった。

閃光に貫かれた身体を労《いたわ》りながら、魔剣使いの少年を見た剣魔。彼我の距離が一歩ずつ、静かに狭まっていく。


……あのときのこと、思い出しちゃったな。


レンの脳裏を掠めた何年も前のこと。

『……レンだけでも、無事でいて』

森を越え、丘陵でマナイーターと戦ったとき。

イェルクゥが無理やり自身の封印を解いたことで、本来の力を取り戻したマナイーターに蹂躙された際のリシアの言葉。

また、あの状況に陥りかけた。

強くなると決めたのに、自分のことが情けなくてたまらない。

「リシアは待っていてください」

「でも――」

レンは傲慢にも一人で倒し切ると言っているわけではない。

目が覚めたばかりのリシアのことが心配だから、彼女を少しでも休ませるための言葉だった。

しかし、倒し切れたらという考えがないわけではなかった。より強く全身を満たす神聖魔法とリシアの存在が、彼の心を奮い立たせていた。

レンは炎の魔剣ではなく、鉄の魔剣を手にする。

これが一番、剛剣技を使うときも勝手がいい。


「俺を信じて、そこで待っていてくださいますか？」


一度立ち止まって、顔だけで振り向いたレンの声。

答えなんて決まり切っている。それこそ彼と逃避行をするようになってから、信じていなかったときなんて一瞬もなかった。

リシアはレンの背に向けて、

「ずっとずっと前から、何もかも信じてるわよ」

これ以上ない言葉を届け、レンを勇気づけた。

時の檻はもうすでにほとんどの効力が消えていた。霧も相当薄くなっている。封印が破られるときは限りなく近い。二人が外に出られるときも間もなく訪れるだろう。

ふと、レンの脳裏をこれまでの学院生活が駆け巡る。

だが、そんな普通の暮らしと違って、自分が生きる世界はこうしたことが度々起こる。

突如として、平穏を破るようなことが。

「こういうのも、俺たちらしいのかな」

常にこうした戦いに身を投じていたいわけではなかったが、残念なことに、こうした戦いをしている自分は自分らしいと思ってしまう。

『陛下……ノ……』

剣魔の腕は一本なく、甲冑はボロボロ。

しかし侮ることなかれ。魔王軍の将はレンと同じように執念深く、諦めず戦いに身を投じることだろう。

それを証明するかのように剣魔が疾走。

これまで以上の神速で駆け抜け、石畳を舞い上げた。

死にかけの魔物より獰猛《どうもう》に、巨剣に纏う波動も最後にすべてを振り絞っていた。剣と剣がぶつかり合うたびに火花が生じ、雲散した魔力が燦爛《さんらん》たる様相を呈していた。

『もし、俺が剣を磨いた果てが剣王だったら……とは考えてしまいますけどね』

はじめはクラウゼルの屋敷でレザードから、やがて、こちらで暮らすようになってからはラディウスとも話した。

どの機会でもレンはそうなれたらいいかも……くらいにしか言葉にすることができなかった。

どうせ限界が来ると思って、自分で自分を抑えていた。ただそうなれたらいい、と消極的にもとれることを口にして予防線を張っていた。

「ぐ……！」

巨剣が頬などの皮膚を容易に切りつけてくるのに、レンは歯を食いしばって耐えた。

極限まで纏いの練度を高め、意識せず自由自在に使いこなす。


レンが剣魔に対し単身で優位に立ちはじめたのは、このときからだった。

神聖魔法で強化されたこともあるだろう。しかしレン自身、この死闘の中で成長している。

……鉄の魔剣が、紫電にも似た魔力の波動を微かに纏う。いまはまだ微かで弱々しいが、紛れもなく新たな扉を開こうとしていた。

それは、レンが気が付かないくらい一瞬の出来事だ。

「もう、どこまでもいくよ。強くなるために」

『ゴオ――――ッ！』

鉄の魔剣を肩より上に持ち上げ、切っ先を剣魔に向けた構え。

「それにいまは、負ける気がしない！」

彼の口から発せられた言葉に、剣魔の様子が変わった。

これまで脆弱《ぜいじゃく》とは言わずとも自分の敵ではなかったはずの少年が見せる、覇気。

目の前の覚醒はただごとではない。剣魔は魔王軍を率いた将の一体として、強敵の力に相対すべく全身を滾らせた。

『陛下ノ――――』

矜持がある。

魔王に従うことへの、誰にも譲れない意地があった。

『御許へ――――ッ！』

度々口にしていた言葉をまた発し、巨剣すべてに波動を纏わせた。

いままでと違い、甲冑の強化に向けていた力もすべて、攻撃のために費やした。ただの魔物にあらず、誇りを持った騎士にすら見える。

しかし、待ち受けるレンもただの少年ではない。


……いくぞ、レン。

大きく息を吸い、肩より上で構えた鉄の魔剣の切っ先を剣魔に向けた。

待ち受けるレンと剣魔がすれ違う――――そう見えた光景は、刹那に一変する。

甲冑の腕が一本と巨剣が断たれ、ガラン、と石畳に落ちた。あの一瞬のすれ違いで、鉄の魔剣がいとも容易く断ち切ったのだ。

一方で、今度は鉄の魔剣が砕けることなくレンの手元にあった。

レンは心の中に強く思い浮かべた力を顕現しかけていた。

「まだ、足りないか――――！」

彼が識《し》る戦技の中でも、他の追随を許さぬ攻撃を誇った戦技。

まさしく剛剣の理不尽そのもの……剛剣の開祖『獅子王』が定めた唯一の概念、強くあること。

剣聖となった者が見せつけるのは、その絶対的な破壊力。

即ち、剣聖の証。

レンにはまだ扱い切れなくとも、その一端を一瞬だけ見せつけた。

改めて行使しようとしてもできず、鉄の魔剣が纏っていた波動も消えてしまっていたが、もう十分だ。

不死にも思えた剣魔にも、ようやく終わりが訪れようとしていた。


『――――身ヲ、捧ゲン』

満身創痍《まんしんそうい》でありながら、剣魔は二本の腕だけで巨剣を掴み取る。滔々と響く声につづいて石畳に深々と突き立てた。

砕けた石畳の下から光が漏れ出し、辺り一帯の地がひび割れた。ローゼス・カイタスが崩壊という結末を迎えようとしている。

レンは足元が崩れ去る寸前にリシアの元へ駆け、懸命に手を伸ばす。

「リシア！」

「っ……うん！」

レンとリシアの手が重なってすぐ、石畳はその下の地面ごと崩壊。

剣魔が最後に放った力でどこまでも深く破壊されていき、全員が遥か下へ落ちていく。

剣魔は自分がいた場所に巨剣を突き立て膝をつく。そうしながら、二人を仕留めようと周囲の岩石を操作した。

「ここは……!?」

「広場の下にこんな空間があったの!?」

レンとリシアは巨大な瓦礫を足場にしながら周囲を見た。広場の下に隠されていた地下空間は、どこまでつづいているのか想像もつかないほど広い。

崩れた広場の穴から降り注ぐ光と、剣魔が放つ攻撃の光が地下空間を照らしている。

「最後の最後に――――！」

雷が辺りを舞い、レンが殺いでいると、

「私ならもう大丈夫だから、一緒に戦わせて」

「……本当ですか？」

「ほんと！　こんなことで嘘を言って、レンを困らせる気はないってば！」

レンはリシアの顔を見て頷く。

「わかりました。でも、絶対に無理はしないでください」

戦った後のことは考えない。

いま必要なのは剣魔との決着だけ。


本当の本当に最後の鬩ぎ合いに二人が立ち向かおうとすると、

『アシュ――――トン……ッ！』

剣魔が忌々しそうに声を荒らげた。

「……え？」

「お前、いまなんて――――」

レンは名乗っていないのに、アシュトンと言った剣魔に二人は驚いた。

だが、いま重要なのは剣魔に問いかけることではない。気になるが、レンとリシアは剣を握る手に力を込めた。

悠長に話す暇などない。

戦うことに命を懸けた。

剣魔が操る瓦礫を足蹴に、二人は落下していきながら距離を詰める。

もはや剣に頼ることなく戦う剣魔が、膨大な魔力を用いて二人を襲う。それは苦し紛れにすぎなかったが、ただただ凶悪。

それでも、二人は剣魔の下にたどり着いた。

剣魔が巨腕を振り上げようとすればリシアが防ぎ、

「いまよ！　レン！」

剣魔がもう一方の腕を振り上げる寸前に、今度はレンが、

「はぁぁあああああああ！」

咆哮を発しながら剣魔の胸元を貫く。

剣魔は貫かれた際の衝撃で、全身が圧《お》された。

遂に。

『ッ――――！』

甲冑の中から、魔石が砕ける音が大きく響き渡るも……。

剣魔はせめて刺し違えようと、瓦礫を猛烈な勢いで引き寄せた。復活から間もない剣の魔物は、魔石が砕かれようがどこまでも将であろうとした。

魔力の波。紫電。魔力を纏った瓦礫。

宙に浮かぶ巨剣を前に、二人が声を立てる。

「まだ動けるの!?」

「でも、もう限界のはずです！」

「ええ……！」

宙に浮いていた巨剣の切っ先がレンに向いた。

レンが鉄の魔剣を構えなおそうとしたとき……異変が生じる。

「――――これって」

まばゆい光に包まれた鉄の魔剣。

戦いに没頭するあまりいままで気が付いていなかったが、腕輪に光の粒子が舞い込んでいた。それは、剣魔の胸元に開いた風穴から届けられており、

・ミスリルの魔剣（レベル４：１９００／６５００）

剣魔の魔石から届く力が、鉄の魔剣の姿を変えさせた。

地上から降り注ぐ光が、剣身を照らす。鉄の魔剣の黒鉄色が、いまでは瑠璃色を思わせる美しく深い蒼にも染まっていた。

「行きましょう！　レン！」

レンとリシアは、剣魔の力に押しつぶされる前に、

「これで終わりだ！　剣魔！」

「これで終わりよ！　剣魔！」

魔剣を振り上げたレン。
白焉を構えたリシア。
最期――力なく手を伸ばした剣魔の声が発せられる前に、二本の剣が剣魔に届いた。
『神子ノ末裔、ヨ――』
その声を遺《のこ》して、剣魔は甲冑すら残すことなく全身を消滅させていく。
魔王軍の将を務めた魔物がいま――少年と少女に敗れた。

十二章　非日常が日常？

獅子王大祭の賑わいが、一週間も過ぎた頃には完全に消えていた。

帝都を賑わせていた国内外の貴族や旅行客、出店も姿を消し、獅子王大祭の準備期間以前の姿が戻っていた。

帝都に存在する多くの学び舎でも同じだった。

各競技に参加した者を讃える会話も減り、授業の課題のことだったり、夏休みのことを話す者の姿ばかりが見られた。


盛夏の頃、昼休みの屋上で。

「……静かね」

「……静かですねー」

レンはベンチに腰を下ろし、リシアは屋上の壁に背を預けて。

この穏やかな学院生活が日常なのか、それとも先日の非日常こそが日常なのか。

「昨日まではまだ疲れがーって言ってたけど、今日はどう？」

「もう本調子です。リシアはどうですか？」

「私も。やっと獅子王大祭がはじまる前と同じくらい元気になったと思う」

戦いによる傷というよりは、魔力の消耗と気力の消耗だった。

あれからいろいろなことがあったから、本当に気が休まる時間が戻ったのはつい先日のことで、ようやくこうして静かな時間を過ごせている。

「今日は久しぶりに、獅子聖庁に行ってみる？」

「そろそろ剣を振りたいですし、行きますか」

たった数時間のことだったのに、ローゼス・カイタスでの時間は濃密すぎた。

剣魔との戦いが終わってから。

二人があの後、どこまでも落ちた先でのことだった。

◇　◇　◇

二人が落ちる穴の周りも崩壊がはじまっていたから、崩壊する空間に自然魔法で根を張って上へ逃れることは難しかった。

数え切れないほどの岩石と瓦礫を断ちながらの落下がいつまでつづくのか。

永遠と思われた時間が終わったのは数秒後。落ちた先に見えた地底湖と、そこに繋がった地下水脈に二人は飛び込んだ。

落下物はリシアの神聖魔法で防ぎ、水の流れに任せること数分。

ときに水面に顔を出し、全身を水に沈めることを繰り返して、

「ぷはぁっ⁉」

「けほっ！　けほっ！」

明るくなってきたところでまずはレンが水面に顔を出し、次にリシアが顔を出して息をした。

「レン！　泳げる⁉」

「大丈夫です！」

と言えば、リシアが安堵した。

レンが彼女の手を摑んで抱き寄せると、

「べ、別に泳いだ経験がないだけだからね！」

「と、とりあえず、俺に摑まっていてください！」

レンも泳いだ経験はほとんどなかったが、問題なかった。

二人が浮上したのはローゼス・カイタスの外、橋が架かっていた峡谷の下を流れる川のどこかだった。

水の勢いは特筆するほどでもなく、清流という言葉が似合いそう。

どうやら、外へ通じる水の流れに乗っていたようだ。

「リシア、手を」

「ええ……ありがと」

浅瀬を歩くレンがリシアに手を貸し、二人で川岸へ歩を進めた。

リシアはスカートの裾を摑み、川の水を絞った。レンはというと、炎の魔剣を召喚して近くの木を切った。

生木だからどうかと思ったが、炎の魔剣は関係なしに火を熾《おこ》す。

水を絞ってもまだぴたっと肌にひっつくスカートに、リシアは着心地の悪さと、レンの前での気恥ずかしさを感じて太ももを擦《こす》らせた。

「夏なのに、焚《た》き火《び》をありがたいと思うなんてね」

ようやく笑える。

少し休憩してから帰ろうと思った。

「あっちを見て」

リシアが見上げて言った。

視線の先にはローゼス・カイタスがある山へ通じる橋が見える。

目が眩《くら》むほどの高さにあるが注目するのはそこではなく、さらにその上、ローゼス・カイタスがあった場所。

ここからでは角度のせいであまり山などの様子を窺えなかったが、時の檻が消えていることは確かだった。

周辺にいる者たちの驚く声が僅かに聞こえてくる。

「時の檻だけじゃなくて、山も全体的に壊れてるみたい」

「あと気になるのは、あれからどのくらい時間が経ってるのかですね」

「あれからって、私たちが時の檻に中に入ってから？」

「はい。腕時計を確認しようにも見ての通りなので」

文字盤のカバーは割れて、針もどこかへ行ってしまっている。

あの戦いで無事でいる方が変だろう。

「エルフェン教に文句の一つでも言いたいけど、それはそれで話が大げさになりそうなのよね」

「ですねー……どうして俺たちだけが巻き込まれたんだ、とかで魔王教との関係を疑われたら面倒そうです。ユリシス様やラディウスに相談した方がいいかもしれません」

「そうね――――けど、万が一面倒なことになったら、二人で一緒に逃げちゃっていいかも」

「うわぁ……完全にお尋ね者じゃないですか」

冗談を言いながら、二人は笑っていた。

危険な状況になるとは思っていない。そもそも、二人がローゼス・カイタスの中にいた事実を知る者はいないはず。

二人は同時に砂利の地面に腰を下ろし、焚き火を眺めだした。

「身体がまったくといっていいほど動かないです」

「ええ……私ももう、すぐにでも寝たいくらい」

気が抜けたからなのか、全身の気だるさが尋常じゃなかった。

リシアの神聖魔法で身体を癒やすのもいいが、彼女に不要な負担を強いるのもいかがなものか。

レンはリシアの力に頼ることを微塵も考えることがなかった。

「これ、どうやって帰ればいいんでしょうね」

「ええと……どこかに階段とかはないのかしら」

「こんな峡谷の底にですか？」

「……自分で言っておきながら、なさそうな気がしてきたわ」

「ということは、山登りですね」

「ま、またなのね……」

先のことを考えると気が滅入《めい》る。

けれども、生き残れたこと以上の喜びはなかった。


騒動が起こる前まで行動を共にしていたセーラたちには、レンとリシアが急に消えたように見えていた。時の檻に巻き込まれた側と時間の流れに違いがあったため、セーラたちにとってはレンとリシアが消えてすぐ、ローゼス・カイタスの異変を感じ取ったようなものだった。

レンとリシアの元に駆け付けたのはフィオナとクロノアの二人だった。

フィオナは午後からレンとリシアと武闘大会を観戦する予定だったこともあり、空中庭園で待っていたのだが、ローゼス・カイタスに異変が生じた連絡を受けて、クロノアと共に駆け付けたのだ。

二人のことはクロノアが魔法で捜し、気配が峡谷の底にあったから知ることができた。

『お二人とも、まずは安全な場所に参りましょう』

状況はわからずとも、フィオナは川岸にいた二人が騒動に関係していると一瞬でわかった。

帰る途中で、レンとリシアはクロノアから予想を聞いた。

『聞けば聞くほど妙だね……。多分だけど外にいた人たちには、急に封印がなくなったように見えたんじゃないかな。二人が封印の中に閉じ込められた理由はわからないけど……』

『それじゃやっぱり、俺たちだけが？』

『うん。二人だけ、あの時間が経過しない空間に閉じ込められてたんだよ』

いまの時間を聞いたレンとリシアは啞然とした。

聖歌隊の歌を聞いてから、それこそ二時間も経っていなかったのだ。

つまり、外にいた者たちが時の檻の崩壊に気が付いたのは、時の檻の中の戦いが終わってから。

レンとリシアが何をしていたのかなどは、知る由もなかった。


二人は近しい者たちにだけ何があったのか告げた。

時の檻の真相を知るのはクラウゼル家の面々と、イグナート家の面々、それにクロノアとラディウスだけ。リシアが自らの意思に反して強力な光を放ったことを知る者はさらに少なく、レンとフィオナ、クロノアとレザードだけだ。いずれユノたちにも知らされるかもしれないが、いまはまだ落ち着くために。

一連の騒動は、ラディウスによりかん口令が敷かれた。

◇　◇　◇　◇

屋上で静かな時間を過ごしていたレンとリシアの耳に、鐘の音が聞こえてきた。

いつもなら午後一の授業開始を知らせる鐘の音だが、今日は午後から学院の都合で休校で、帰宅の途に就く生徒の姿が屋上からも見える。

「もう行きましょうか」

リシアの声をきっかけに、屋上を離れた。

校内は帰り支度に勤しむ生徒や、友人との会話を楽しむ生徒たちで賑わう。

用事があるリシアが職員室に寄ると、レンは外で待っていた。一人で立っていたレンを見つけて、通りかかったカイトが声を掛けてくる。

「よっ、帰る前に飯でもどうだ？」

「すみません。俺はもう帰るつもりだったんで」

「そっか。なら、また誘わせてもらうぜ！」

踵を返そうとしたカイトが、慌ててレンを振り向いた。

「最近あんま会えないんで言えなかったが、獅子王大祭のときはありがとな！　おかげで最後まで楽しい時間だったぜ！」

「いえいえ。でも、準決勝と決勝は行われなかったんですよね」

「ま、それだけが心残りだけどな。でも仕方ないって。あのローゼス・カイタスの封印が解けたってんで大騒ぎだったし、それどころじゃなかっただろ。六日目と七日目はそのせいでなかったようなもんだ」

レンが「確かに」と苦笑しながら頬を掻く。

「すごかったらしいぜ。ローゼス・カイタスの中の様子」

カイトが興奮した様子で語る。

「とんでもない戦いの痕があったんだとよ。神像の広場は跡形もなくて、ずっと地下までつづくでっかい穴があったらしい。当時はきっと、とんでもない戦いがあったんだろうな」

「……そうかもしれませんね」

「いまはエルフェン教が調査中みたいだ。どうして急に封印が解けたのか、まだ何もわかってないんだとさ」

カイトが語ったすべてが、あの後のローゼス・カイタスについて。

巻き込まれた二人の話は限られた者しか知らないから、このくらいしか話が進んでいなかった。

話し終えたカイトが「じゃあな！」と言ってどこかへ行くと、入れ替わるように職員室を出てきたリシアがとととっ、と軽い足取りでレンの元へ戻った。

カイトと話したことを話題に出せば、くすくすと笑いながらリシアが唇を動かす。

「もしも私たちがやったんだって言ったら、どういう反応だったと思う？」

「レオナール先輩だったら、楽しそうに『馬鹿言うな』って笑い飛ばしてくれますよ」

「ふふっ、そうかも」

あの件の事後処理はラディウスとユリシスに任せている。

ラディウスが何かあれば話に来ると言ってから、もう何日も経っていた。

（意外と、俺たちに知らせるようなことは何もないのかも）

ラディウスは獅子王大祭六日目、レンとリシアが時の檻の中に入った日以降、レンに顔を見せていない。

時の檻の件で忙しいということだけは、ミレイが学院に来たときに言っていた。


校舎を出ていつも通り駅に向かい、エレンディルへ帰るだけの予定だった。

しかし校門の外、二人が少し歩いたところにラディウスがいた。

「すまないが、いまから時間を貰えるか？」

急な誘いではあるが、何か話があるのだろうと思ったレンがリシアと目配せを交わしてから、

「大丈夫だよ。どこで話す？」

「実行委員で使っていた部屋はどうだ？」

「ん、わかった」

話を聞くリシアが、近くにフィオナを見かけた。

フィオナもリシアの姿に気が付いて近づいてくると、ここにラディウスがいたことで何かを察し

たようだ。

「リシア様、よければ一緒にお茶でもどうですか？　食堂の新しいケーキがすごく美味しいって噂なんです」

「是非！　私も気になっていたんです！」

二人はそう口にして、レンとラディウスの傍を離れた。

気を遣い、後で話を聞ければと思ってのことだろう。リシアは離れる前にレンを見て、唇の動きだけで「また後で」と柔らかな笑みを浮かべていた。


レンはいまの気遣いに感謝してから、ラディウスと共に実行委員で使っていた部屋へ向かった。

部屋の中は以前と変わらず、使っていた書類もテーブルに残されていた。

「先のローゼス・カイタスでの真相を知る者は僅かだ」

ローゼス・カイタスでの件は事が事なため、情報を共有する相手はかなり限られる。中でも時の檻にレンとリシアが巻き込まれたことや、剣魔との戦いは特にそう。

「時の檻だが、現状はその役目を終えたから封印が解けたと思われている。急に山の大部分が崩れたのは、時間が動き出したからだろうとな」

「……やっぱりそんな感じなんだ」

「時の檻が魔王軍の凄まじい力を押さえ付けていたことは明らかだ。剣魔のような存在がいたことも想定されているから、二人が剣魔と戦って倒したことは明かさずに済む。国防の面からも気にするようなことにはならん。こちらも動いている」

たとえば皇帝やエステルも、ローゼス・カイタスの件は耳に入れている。

しかし、レンとリシアが巻き込まれたことを知る者はやはり限られていた。

「レオメルの騎士も動員して調査が進んでいるが、結論は変わらず、時の檻が昔からの役目を終えたから消えたというものだ。昔からの話通り、ということになるだろう」

「じゃあ、レオメルとエルフェン教の間で緊張もない？」

「幸いなことにな。正直、私個人としてはいくらでも文句をつけたいところなのだが」

「しない方が俺たちのためかな」

「ああ。二人に妙な調査が入る可能性を危惧すると、触れない方がいい」

これで話が終わるのなら、レンとリシアにとっては都合がいい。ラディウスが言ったように思うことがないわけではなかったが、それはそれ。

他にもっと重要なことがあるから、口を噤んだ方がよかった。

「それもあって、ここ数日は大変だった」

「調査が？」

「いや、ユリシスを抑えることでな」

ユリシスはレンたちが巻き込まれたことに強い憤りを覚えており、ラディウスは心配で様子を見ていた。

……ユリシスも黙っていた方がレンたちにとって都合がいいことはわかっているから、恐らく大した行動は起こさなかっただろうが。

「他にも調べたことがある。単刀直入に言うと、エルフェン教がローゼス・カイタスの中に何かを隠していた様子はない。たとえば、剣魔を意図的に隠していたということもだ」

「俺とリシアが嵌められた可能性はなさそうってこと？」

「そうなる」

剣魔の存在は示唆せずに、レオメル側からエルフェン教に多くを尋ね、不審な点がないか……答えが真実かどうか見定めた。仮に隠していたらレオメルと事を構えることになるから、そもそも可能性は低かった。

他にも多くの探りを入れたラディウスの結論が、いまの言葉だった。

「ローゼス・カイタス周辺の警備にあたっていた騎士にも確認を取った。あの日、何らかの魔法を用いて来客を惑わした様子はなかったらしい。あの状況で二人だけを狙った魔法を行使するのは難しかったということだ」

エルフェン教が何らかの目的で二人を狙った可能性は限りなく低い。二人が時の檻に巻き込まれた理由は別のところにある。

それがわからないことが問題となっているのだが、

「レン、巻き込まれた理由に心当たりはないか？」

レンはあれから、二つの可能性を考えていた。

巻き込まれたことを探るための手がかりがゼロというわけではなかった。

一つ目の可能性は、時の檻が剣魔を浄化し切れなかったことから、『白の聖女』の力を求めたというもの。

レンは一度リシアの魔石から力を得たため、一緒にあの騒動に陥った。

二つ目の可能性は、レンがバルドル山脈でフィオナの『黒の巫女』に影響を受けたから。

あの力は魔王に関係するものだというし、レンの中にまだ少しでも残されていたら、浄化すべき対象とされて巻き込まれた可能性があるかもしれない。

もっともこの二つの理由があるからといって、封印の中に巻き込まれる作用があったかどうかはわからないし、二つ目の予想では、リシアが巻き込まれる理由が不明だ。

もちろん他の可能性もあるが――


……それか、二つが合わさった可能性だって。


レンとリシアがはじめてローゼス・カイタスの近くに行った際に時の檻が二人を感知し、妙な夢を見させたのかも。

そう思うと、レンはしっくりくる気がした。

時の檻は特別な封印だから、そのくらいのことがあっても不思議ではないとも考える。

「どうやら心当たりがありそうだな」

「ちょっとね」

「では、近いうちにでも聞かせてくれ。これは私の勘だが、レンの力のみならず、『白の聖女』のことなども関係しているると思っているのではないか？　ならば筋を通してから私に話してくれたらいい」

苦笑したレンが「ありがと」とラディウスの気遣いに感謝を告げる。

リシアとフィオナの特別な体質が関係しているというのが、口にしづらい理由だった。彼女たちに聞かず、二人の父にも聞くことなく勝手に話すような不義理はできなかった。

ラディウスだってそれは望んでいない。近く、改めて聞ければそれでよかった。

「時の檻に巻き込まれた当事者として、レンに何か調べておきたいことなどがあれば言ってくれ。私も調査に協力させてもらう」

「もうかなり助けてもらってるけど……」

調べる必要があることは何かというと、山のようにある。

だが、その中から優先順位をつけることはできた。

「神聖魔法について調べたいと思ってるよ」

「先ほどの件か。ではどうしたい？　正直、封印に巻き込まれたレンに帝都大神殿を勧める気にはなれんぞ」

「そりゃ、こっちとしても遠慮したいところだけどさ」

白の聖女の力によりローゼス・カイタスに引き寄せられた、ラディウスはその可能性からレンが神聖魔法を調べようとしていると思っているが、レンの本心は違った。

レンが神聖魔法について調べたいと言ったのは、リシアの背に現れた翼のことが気になりつづけていたからだ。

調べ事の最優先事項と言ってもいい。

「ではそうだな……どこか、いい情報を調べられそうな場所を紹介できるよう考えておこう」

「ありがと。それで、あのさ」

言葉を挟むようで申し訳ないと思いながらレンが言う。

「ラディウスは『神子《みこ》』って言葉を聞いたこととかない？」

「神子……悪いが覚えはない。その神子というのがどうしたのだ？」

剣魔が言った神子という言葉がアシュトン家を差しているのか、リシアを差しているのかはわからないのだが、レンはそのことを説明することにした。

前にアシュトン家の先祖のことをラディウスと話したことがあるから、これも話しやすい。

「剣魔が死ぬ前、神子の末裔って言ってたんだ」

「言葉から考えるに、神聖魔法に詳しい者たちに聞いてもいいかもしれん。学院長もいいが、他に詳しい者に聞いてみるのもいいだろう」

「じゃあ、俺が聞いたことを秘密にしてくれそうな……それと、口の堅い人を紹介してっていうのはさすがに贅沢《ぜいたく》かな？」

ラディウスは思いのほか早く「いけると思う」と言った。

「話を聞くためには帝都を離れることになるが、レンの希望を叶えられるだろう」

「本当に!?　それで、どこに行けば会える!?」

「白い王冠と聞けばわかるはずだ」

レンは驚くまま、口を開いたまま唇を動かして、かの大都市のことを思い浮かべる。


「水の都――――エウペハイム」


剛腕ユリシス・イグナートの領地にして、帝都に次ぐ大都市。

レンの部屋にある机の中には、昔、エドガーがクラウゼルに置いて帰ったあの黒い招待状がいまでも入っている。

驚くレンが一度落ち着き、話を戻す。

「ひとまず、詳しい人を紹介してもらう件はまた改めて相談させてもらおうかな」

「では、今日はこのくらいにしておこう。あの二人を待たせすぎても悪い」

リシアとフィオナのことだ。

レンが立ち上がればラディウスもつづき、二人は外へ出るために扉を開けた。

下校していく生徒たちを横目に、

「しかし時の檻の件は助かった。第三者視点でも、封印の中に強力な魔物がいた形跡があったと証明できる要因がいくつもあったのだ。おかげでこちらとしても動きやすい」

「そうじゃなかったら、俺とリシアのことも話さないといけなかったしね」

「極力避けたかったがな。話せば二人を政争の道具にしようとする者が現れるだろうし、エルフェン教を相手に面倒な腹芸を仕掛ける羽目になった可能性が高い。事をうまく納められるなら、穏便に処理するに越したことはない」

「じゃあ、これでよかったのかな」

「間違いなく。二人は偉業を成し遂げたが、反面、時の檻の件で気にする者も現れよう。それに学院長も協力してくれている。何かあれば力になってくれると約束してくれた」

だから、ローゼス・カイタスのことはこれで終わり。

「あとはうちの家系のことかな」

「アシュトン家がどうかしたのか？」

「戦いの最後の方、剣魔がアシュトンって言ってたからさ」

「……あのな」

ため息交じりのレンの話を聞き、ラディウスがレンの脇腹を小突いた。

第三皇子の不満げな顔。

「神子の話のときにまとめて言え」

「ごめん。俺もいろいろ考えてて失念してた」

「……やれやれ。で、どうして剣魔がアシュトンの名を口にしたのだ」

「俺も全然わかってないんだよね」

「そうだろうな。だからため息交じりに言ったのだろう。ここで剣魔とアシュトンが懇意だったのなら問題になったが、戦ったわけだろ？」

「アシュトンって言いながら、ちゃんと俺を殺しにきてたかな」

「ならいい。いや、襲われたのならいいはずもないが……しかしわからんな。何故、魔王軍の将がアシュトンの名を口にした」

「わからないって。だから前に家系図とか探せたら頼むって言ったんだよ」

「む、言われてみれば確かにそうだ」

「あと、ご先祖様はすごく強かったみたい。俺の実家が燃える前は資料があったんだけど、全盛期のアスヴァルと戦ったようなことが書いてあったみたいで」

するとラディウスがもう一度レンの脇腹を小突いた。

今度はさっきより強く、勢いに乗せて。

「もっと早く言え」

「ごめんって。こっちはレザード様たちにしか話したことなかったからさ」

「そうかもしれないが……まぁいい。ようやく合点がいった。だから禁書庫か」

レンだってなるべく早く伝えたかったが、話しづらい内容すぎた。

「しかし、とんでもない先祖だ。アスヴァルと戦い、魔王軍の将に忌み嫌われるだと？　レンの先祖は何をしたのだ？」

話しながら歩いて腕を組み、空を見上げたラディウスが「まさかな」と小さな声で。

彼は剣王ルトレーシェの存在を頭に浮かべ、大時計台の騒動の際に手を貸した理由を考えた。

「彼女は何か知っているのか――――？」

「うん？　何か言った？」

「……いや、何でもない。私の方でも何かわかったら知らせよう」

「ありがと。頼りにしてる」

アシュトン家の話もできたところで、校門が近づく。

まだリシアとフィオナの姿は見えなかったのだが、ラディウスが馬車へ戻ると言うのでレンが彼を送る。

「ところで」

ラディウスが思い出したように。

「いつからだ？」

「うん？　何が？」

「リシア・クラウゼルに様を付けていないじゃないか。レンに限って忘れていたわけではないだろう」

「……まぁ、ローゼス・カイタスの中でいろいろあって」

主に剣魔と出会う前の約束など。

短い時間だったけれど、あそこでの時間は濃密だった。

「仲がよくて何よりだ」

ラディウスは押し殺すように笑い、レンの横顔を眺めていた。


馬車に着くと、外にはエステルが立っていた。

早々に馬車の中に入ってしまったラディウスが最後に、「エステルが話したいことがあるらしい」と言い残す。

十数秒の沈黙を交わしてから、

「私はレンに謝らなければならないことがある」

エステルがそう口火を切った。

「まったく状況が理解できてないのですが」

「秘密裏にレンを見張っていた。皇帝陛下の命令でな」

レンの頬が強張った。

皇帝が見張るよう命じていたと聞き、七英雄の伝説におけるレン・アシュトンのことが脳裏をよぎっていた。

しかし心配は不要だ。

エステルがわざわざ口にしたことがその証拠だった。

「私たちがエレンディルで二度会ったのは偶然ではなく、どちらもその仕事をしていたからだ。陛下はレンのことを判断しかねていた。レンがどういう存在なのか——そのすべてをな」

「もしかして、ラディウスと仲がいいことも？」

次期皇帝との呼び声高いラディウスのことなら、現皇帝も気にするだろう。

以前までのラディウスは近しい友人を持つことなく、孤高の存在としての一面もあった。呼び捨てで、まるで市井の子同士のように親しくするレンとの関係を調べたいと思っても無理はない。

だが、密命というほどなのだから他にも理由はあった。

「それもあるが、剣王だ」

「剣王？」

「ああ。私がマーテル大陸にいた昨夏、彼女は大時計台の騒動の際にレンが参戦することを条件に力を貸したそうだな」

それならレンも覚えている。

いまでも疑問に思っていることだ。

「剣王がひとたび動けば、何事にも大きな影響をもたらす。派閥の力関係はおろか、レオメルが国家として動く必要が生じる可能性もあった」

「それは存じ上げていますが……というか、どうして力を貸してくれたのか、あれから剣王に聞いてないんですか？」

「陛下が何度か聞いたところ、噂の剛剣使いが気になったからとだけ言っていたそうだ」

確かにレンは度々活躍していたし、獅子聖庁にも出入りして実力を高めつづけたからわからないでもなかった。

また、剣王の存在のみならず、次期皇帝の呼び声高きラディウスの傍にいることもそうだ。

「故に陛下は私に、『レン・アシュトンを見定めよ』と命じられた」

見定めるといっても主観が混じる。

エステルはどうするべきか迷ったものの、レンを近くで見るうちに彼の人となりを理解した。問題視するなどとんでもない。ラディウスに必要な友であると確信した。

「もっとも、レンとはじめて言葉を交わした頃から、問題ないと感じていたのだが」

「それは光栄ですが、俺を見張ってたことってラディウスにバレませんでした？」

「おお！　そうなのだ！　随分と早い頃から看破されていてな！　そもそも、帝都やエレンディルといった、ラディウス殿下の目が届きやすいところで調べることに無理があったのだ！」

「……でしょうね」

「もちろん、陛下もそれを想定しておいでだった。逆に、ラディウス殿下がどう動くかは陛下ご自身気になっていたらしく、そちらは陛下自らお調べだったようだ」

ラディウスは皇帝の考えを理解していたものの、許容しきれない自分もいた。

皇帝と話す時間を用意した際には基本的に冷静だったが、皇帝の言葉に納得できなかったときには、近衛騎士が驚くほど感情をあらわにすることもあった。

「命令とはいえ気分が悪かったことだろう。申し訳なかった」

話し終えたエステルが頭を下げる。

二人は馬車の陰にいたこともあり、誰かに視線を向けられることはなかった。

「だ、大丈夫ですから！　というか当然の調査ですって！」

ラディウスの傍にいなければ諸々の話が違ったろうし、致し方なく思う。世界最大の軍事国家レオメルの皇族相手では当然だろう。

むしろ、皇帝がレンのことを何も調べようとしない方が問題に感じてしまう。

エピローグ

夕方に、エレンディルの屋敷で。

「では、エウペハイムに？」

「そのつもりです。まだいつ行くか未定ですが、なるべく早く行きたいと思ってます」

「私とも後で詳しく話そう。予定が決まった暁には、私もイグナート侯爵に話しておきたい」

例の招待状もあることだしな、と話を聞いたレザードが笑っていた。

「――――おや」

彼がレンを見ていて気が付いた。

「もう、こんなに私と目線が近くなっていたのか」

「改まってみるとそうですね。前はもっと俺が見上げる感じだったのに」

入学する前、それこそレンがエレンディルに住む前と比べると特に顕著だ。

母のミレイユに似た中性的な顔立ちをした男の子が、もうこんなに成長していた。レザードが感慨に耽っていると――――


レンを探していたリシアが廊下の曲がり角から姿を見せた。

可憐な微笑み。

レンを見る笑みは他の誰に見せるそれとも違っていた。

「レンっ！　探したんだから！」

彼女が軽い足取りで駆け寄ってきた。

「あっ、ごめんなさい……お父様と話してたのね」

「いや、ちょうど終わったところだ」

「本当ですか？　じゃあレン、いまから一緒に町に行かない？　その……読みたい本のつづきがなかったから買いに行きたいの」

空の端はまだ明るい。

獅子聖庁からの帰りはもっと遅い日もあるから、気にすることではない。

レンが「いいですよ」と快諾すれば、

「じゃあ、いまからでも行ける？」

「行けますけど――――って、リシア!?」

「早く早く！　急がないと暗くなっちゃうわ！」

リシアがレンの手を引いて小走りで外へ向かっていく。

その光景を眺めていたレザードの傍へ、ヴァイスが近づいた。穏やかな笑みを浮かべて眺めるレザードに語り掛ける。

「ご当主様、ご機嫌よろしいご様子で」

「ああ。とても気分がいい」

理由を尋ねるのは無粋と思い、ヴァイスはそれ以上聞かなかった。

町に繰り出した二人は本屋で目的の品を入手して、涼しくなった薄暮の町を歩いていた。

最近は以前より、町中にいる騎士の数が多い。

ローゼス・カイタスの一件から、念のための警戒をしていたことと、封印が解けたことで訪れたエルフェン教の客人が増えていたのである。

リシアがローゼス・カイタスでのことを思い返して。

当然、誰にも聞かれないと確認してから。

「私たちが魔王軍の将だった魔物と戦ったなんて、嘘みたい」

「嘘でも夢でもありませんよ」

レンが間髪入れず口にすると、隣を歩くリシアがレンの横顔を見上げた。

「これがその証拠ですから」

レンは腰に携えたミスリルの魔剣を示した。

ミスリルの魔剣はその大きさに合わせた鞘に納められているから剣身は見えない。しかし、持ち手が鉄の魔剣と違った威容を見せつけている。

ヴェルリッヒが新たに作った鞘が、レンが歩くたびに少しだけ揺れていた。

リシアが微笑んで言う。

「あと、レンが私を呼び捨ててくれるようになったことも、あれが夢じゃなかったって言ってるみたい」

「あの、改まって言われると照れくさいので、勘弁してくれませんか？」

「ダメ？　私をいきなり呼び捨てで起こしてくれたこと、私、ずっと忘れないと思うけど」

レンが頬を掻いてそっぽを向く。いつもの照れ隠しの仕草。

こうして歩いているだけで嬉しくて、頬が緩みつづけていることがリシアにとっての困りごとだった。

沈黙すら心地《ここち》好《よ》くて、足取りも自然と軽くなる。

少しの間そうして薄暮のエレンディルを楽しんでいると、

「またあんなことがあっても大丈夫なように、もっと強くならないといけませんね」

「私も。私はもうすぐ剣豪になれるから、レンは剣聖ね」

レンが首を横に振り、どこか遠くを眺めていた。

「もう、剣聖を目標にすることはやめました」

隣にいるレンの顔を覗き込んだリシアが、いつもとあまり変わらない声で聞く。

「諦めたはずないわよね？」

「もちろん」

「――――じゃあそれって、もしかして……」

レンはまだ明確に伝えていなかった。

自分の剣に限界があるかのように振る舞って、遠慮がちに、なれたらいい程度にしか口にしていなかった言葉がある。

いまとなっては、あの存在のように強くなりたいという曖昧なそれではない。

憧れるだけでいた自分は、もういなかった。


「剣王になるって、決めたんです」


立ち止まり、顔を向けたレンと目を合わせながら。

いままでになく強く言い切った彼の凜々しさに、白の聖女が見惚れた。

「だから、これからも一緒に剣を磨いていただけると嬉しいです」

リシアが喜ばないはずがなかった。

彼女は胸の奥に秘めるようにいまの言葉を反芻してから、自分の胸に手を当てる。改めて口を開いた彼女が凜と言い切る言葉に、レンが驚かされる。

「――――じゃあ、私も剣王を目指さなくちゃ」

「リ、リシアもですか!?」

「そんなに驚かなくてもいいじゃない！　だって私は――――」

それが険しい道のりであることは彼女もわかっている。軽々しく言ったわけではなかった。

けれど……これからも、レンの一番近くで共に剣を磨ける存在でありたい。

「私は……？」

リシアはレンの問いを聞いて嬉しそうに、楽しそうに笑っていた。

人差し指を立てると自身の唇にそっとあてながら、どこまでも可憐に……綺麗に。

「やっぱり、まだ秘密！」

いつの日か絶対に、恋慕の情と共に伝えたくて。


もうすぐ、秋がやってくる。

そして、すぐに冬が訪れる。


帝都での日々を経てレンが剣の頂に上り詰めることができたとき、新たに誕生する剣王は一人ではなく、二人なのかもしれない。

答えはいつか、この物語のその先で。

あとがき

お久しぶりです。結城涼《ゆうきりょう》です。

こうしてご挨拶させていただくまで時間を頂戴してしまいましたが、四巻をお手に取っていただきありがとうございました！

またこうして皆様にご挨拶させていただけて嬉しく思います！


四巻はご覧いただいたように、「七英雄の伝説」のメインとなる舞台「学院」での生活からはじまりました。

早速クロノアに頼まれて実行委員となりますが、やはり平穏な日々にはならなかったようです。レンのセリフにもありましたが、これもレンたちらしさなのかもしれません。

ですが、一年次の夏を経てからも様々な物語が待ち受けております。

というわけで、今回も早速告知がございまして――


『物語の黒幕に転生して　5』


すでにX（旧Twitter）などでは告知していたのですが、五巻の発売も決定しております！

いつも多くの応援、本当にありがとうございます！

次巻ですが、エウペハイムでのお話がメインになります。

フィオナの生まれ故郷ということもあり、彼女とレンのイベントも盛りだくさんです。

恋愛に勇気を出した彼女の頑張りや、レンの新たな活躍など……引き続き数万文字の加筆にて皆様にお届けできるよう、鋭意製作中です。

気が付くと早五巻ということで、一巻から考えるとレンのお話もすごく遠くまできている気がします。

ですがまだまだお話はつづきますので、続く展開にもご期待いただけましたら嬉しいです！

発売時期などにつきましては、もう少しお時間をいただいたところで告知に参ります。

Xでも随時告知しておりますので、もしよければご覧ください！


――というわけでページも残りわずかとなりましたので、皆様へ謝辞を。

今回もなかむら先生から素敵なイラストの数々を頂戴し、多くのシーンを美麗に彩っていただきました！

カバーイラストをはじめて拝見した際、気持ち新たに感動したことを覚えております。

四巻でもレンたちを魅力的に描いていただき、心より感謝申し上げます！　イラストをいただくたびに幸せな気持ちになれました！

また担当さんたちにも引き続き大変お世話になりました。次巻もどうぞよろしくお願いいたします……！

そして四巻では、キャラ紹介ページや地図ページなども追加となりました。素敵なイラストをくださったデザイナー様やイラストレーターの皆様、ありがとうございました。

読者さんへこの本を届けるためにお手を尽くしてくださった皆々様へも、この場を借りてお礼申し上げます。

そして重ねてとなりますが、いつも応援してくださる皆様へ。

いつも温かいお言葉や応援をいただきありがとうございます！　つづく五巻も頑張ってご用意いたしますので、どうぞよろしくお願いいたします！

では、次回はエウペハイムで繰り広げられる物語にて。

願わくば、その先の物語でもご挨拶できますように――――！

電撃の新文芸

物語《ものがたり》の黒幕《くろまく》に転生《てんせい》して4
～進化《しんか》する魔剣《まけん》とゲーム知識《ちしき》ですべてをねじ伏《ふ》せる～

著者／結城涼《ゆうきりょう》

イラスト／なかむら

2024年6月17日　初版発行

発行者／山下直久
発行／株式会社ＫＡＤＯＫＡＷＡ
〒102-8177　東京都千代田区富士見2-13-3
0570-002-301（ナビダイヤル）
印刷／図書印刷株式会社
製本／図書印刷株式会社

【初出】……………………………………………………………………………………………
本書は、カクヨムに掲載された『物語の黒幕に転生して～進化する魔剣とゲーム知識ですべてをねじ伏せる～』を加筆・修正したものです。

ISBN978-4-04-915208-1　C0093　Printed in Japan

ファンレターあて先
〒102-8177
東京都千代田区富士見2-13-3
電撃の新文芸編集部

「結城涼先生」係
「なかむら先生」係

この物語はフィクションです。実在の人物・団体等とは一切関係ありません。